KB201164

내 인생의 주인으로 산다는 것

이 도서의 국립중앙도서관 출판예정도서목록(CIP)은 서지정보유통지원시스템 홈페이지
(http://seoji.nl.go.kr)와 국가자료공동목록시스템(http://www.nl.go.kr/kolisnet)에서
이용하실 수 있습니다. (CIP제어번호 : CIP2016025620)

내 인생의
주인으로
산다는것

박정태 지음

굿모닝북스

차례

어떻게 하면 자유롭고 행복한 삶을 살아갈 수 있을까? 어떻게 하면 더 여유롭고 성공적인 인생을 향유할 수 있을까?

누구나 더 나은 삶을 꿈꾼다. 그래서 앞만 바라보고 달리고 있는 것이다. 열심히 바쁘게 살아가고 있는 것이다. 모두가 부러워하는 부와 명성, 지위와 인기를 얻기 위해, 그것을 발판으로 꿈 같은 행복과 더 큰 성공을 쟁취하기 위해 너나할것없이 발버둥치고 있는 것이다.

그런데 헨리 데이비드 소로는 이처럼 많은 사람들이 꿈꾸는 행복에는 별 관심을 두지 않았다. 남들이 인정해주고 우러러보는 성공에는 더더욱 연연해하지 않았다. 소로는 오로지 더 가치 있는 삶을 살기 위해, 더 나은 인간이 되기 위해 고민하고 노력했다.

소로가 보기에 많은 사람들이 불행하다고 느끼는 이유는 스스로 노예가 되어 살아가고 있기 때문이었다. 노예로 살다 보니 자유롭지 못하고 여유로움도 없고 행복하지도 않고 성공한 인생을 살아갈 수 없는 것이다. 소로의 처방은 아주 명확하다. 노예의 삶을 사는 인간에서 주인의 삶을 사는 인간으로 변하라는 것이다. 그것이 더 가치 있는 삶을 사는 길이고, 더 나은 인간이 되는 길이다.

소로가 그의 대표작 《월든》을 통해 전하고자 했던 메시지를 한마디로 요약하면 "그대 인생의 주인으로 살아가라"라고 할 수 있다. 내 인생의 주인으로 산다는 것은 내 삶을 하나의 작품으로 만들어가는 것이다. 열과 성을 다해 완벽한 작품으로 조각해내는 것이다. 이 작업은 누구도 대신해주지 않는다. 설사 누구한테 맡긴다 해도 그 책임은 전적으로 내게 돌아온다. 내 인생의 주인으로 산다는 것은 아주 어렵고 힘든 일이지만 보다 의미 있고 고결한 삶을 살아가려면 이 길밖에 없다.

이 책 《내 인생의 주인으로 산다는 것》은 소로의 이 같은 인생 철학을 정리한 것이다. 소로는 간결한 설명의 대가다. 간소하게, 간소하게 살라고 몇 번이나 강조한 것처럼 그의 문장도 군더더기 없이 간결하기 이를 데 없다. 그가 해리슨 블레이크 *Harrison Blake*에게 보낸 편지에 쓴 그대로다. "글을 길게 쓸 필요는 없지만 그 글을 짧게 만들기 위해서는 긴 시간이 필요합니다." 이 책에서는 그래서 소로의 핵심적인 인생 철학을 최대한 간결하게 전달하고자 했다.

이 책의 구성은 크게 세 부분으로 나눌 수 있다. 먼저 1장부터 4장까지는 노예의 삶을 살던 내가 주인의 삶을 살아가는 나로 바뀌려면 어떻게 해야 하는가를 다룬다. 1장 〈우리는 깨

어날 수 있는가〉에서는 겉으로는 물질적인 풍요를 누리고 있
는 것 같지만 실은 자신들이 소유한 도구의 도구로 전락한 사
람들을 향해 제발 깨어나라고 외치는 소로의 간절한 호소를
들어본다. 2장 〈자유롭게 살아갈 각오를 하라〉에서는 자유란
의도적으로 살아가는 데서만 얻을 수 있는 것이며 자기 인생
을 책임지겠다는 자세가 없으면 결코 자유롭게 살 수 없다는
점을 짚어본다. 3장 〈자기만의 길을 가라〉에서는 우리가 살아
가는 방식은 우리 스스로 선택하는 것이라는 점을 소로의 설
명을 통해 살펴본다. 4장 〈그대의 눈을 안으로 돌려보라〉에서
는 우리 안에 잠들어 있는 무한한 가능성과 잠재력을 발견하
는 것이, 그리고 삶의 기준을 바깥이 아니라 안에서 찾는 것
이 내 인생의 주인으로 살아가는 데 무엇보다 중요하다는 점
을 이야기한다.

이 책의 두 번째 부분인 5장부터 8장까지는 내 인생의 주인
으로 살아간다는 것이 구체적으로 무엇인지 소로의 살아가는
방식을 통해 하나씩 들여다본다. 5장 〈동의하지 않을 자유〉에
서는 1년에 6주만 일하고도 올바르고 여유롭게 살아갈 수 있
었던 소로의 직업 철학을 살펴본다. 6장 〈밥벌이의 즐거움〉에
서는 "생계를 꾸려나가는 일만큼 즐거운 오락거리를 알지 못
한다"는 소로의 말에 들어있는 행복의 비밀을 찾아본다. 7장
〈부와 풍요의 노예에서 벗어나기〉에서는 자발적 가난을 실천
하며 고결한 빈자로 살았던 소로가 내린 '진정한 부자에 대한

정의를 들어본다. 8장 〈명사형 삶과 동사형 삶〉에서는 우리 인생의 진짜 보물이 무엇이고, 그것을 향유하기 위해서는 어떻게 살아가야 하는지 돌아본다.

세 번째 부분인 9장부터 11장까지는 단 한 번뿐인 우리 인생이 얼마나 소중한 것인지, 내가 내 인생의 주인이라는 점을 깨닫는 것이 얼마나 중요한 것인지 살펴본다. 9장 〈오늘은 신이 주신 선물이다〉에서는 우리가 마음먹기에 따라 하루하루가 얼마든지 아름다운 기적이자 축복이 될 수 있음을 되새겨본다. 10장 〈살아간다는 것이 깨달음이다〉에서는 각자의 인생은 누구도 시도해보지 못한 실험이며 이 세상과 나 자신에 대해 배워나가는 과정이라는 점을 짚어본다. 11장 〈내 인생의 아티스트가 된다는 것〉에서는 "우리 모두는 자신의 삶을 재료로 완벽한 작품을 만들어나가는 아티스트"라는 점을 깨달을 때 비로소 영원을 살아갈 수 있다는 소로의 메시지에 대해 생각해본다.

나는 이 책 《내 인생의 주인으로 산다는 것》을 쓰면서 소로 스스로 '인생 실험'이라고 밝혔던 그의 살아가는 방식을 가능한 한 있는 그대로 전하고자 애썼다. 소로의 가르침을 정확하게 이해하기 위해 《월든》을 비롯한 그의 저서와 에세이, 일기, 편지를 비롯해 현재 출간돼 있는 자료와 참고문헌들을 힘닿는 데까지 공부했다. 또 소로가 살아있다면 어떤 식으로 바라보고 생각하고 말했을까 하고 항상 자문해보았다.

소로가 말했듯이 "책은 처음 쓰여졌을 때처럼 의도적으로 또 조심스럽게 읽혀져야" 한다. 《월든》 역시 소로가 일곱 번이나 고쳐 썼을 정도로 정성을 기울인 만큼 독자들도 신중하게 한 문장 한 문장을 음미하면서 읽어야 한다. 그러면 보다 나은 삶으로 향할 수 있다. 소로 전기를 쓴 로버트 리차드슨*Robert Richardson*이 《월든》을 가리켜 "이 책을 덮고 있는 앞표지와 뒷표지 사이에는 보다 나은 삶으로 향하는 길이 놓여 있다"고 한 것은 그런 의미일 것이다.

《월든》의 마지막 장 〈결론〉에 나오는 쿠우루의 장인 이야기에서 알 수 있듯이 소로는 완벽을 추구했다. 그러나 오해해서는 안 된다. 소로는 완벽한 인간이 되고자 한 것이 아니다. 그가 추구한 것은 완벽을 향해 매진하는 자세였다. 우리가 소로에게서 배워야 할 것은 바로 이런 자세다. 그래야 소로가 꿈꾸었던 것처럼 내 인생의 주인이 되어 보다 의미 있고 고결한 삶을 살아갈 수 있는 것이다.

■죽음에 이르러서야 후회하지 않으려면

《월든》에는 저자의 머리말이나 서론 같은 게 따로 없다. 다만 헨리 데이비드 소로가 마지막 장에 〈결론〉이라는 제목을 붙였으니 첫 번째 장인 〈경제〉를 서론을 대신하는 장으로 보기도 한다. 그런데 《월든》을 처음 출간한 출판사에서는 초판 속표지에 한 문장을 제사題詞처럼 넣어서 인쇄했다.

　　나는 절망을 주제로 한 송가頌歌를 쓰려는 것이 아니다. 나
　　는 아침에 횃대 위에 올라선 수탉 숀티클리어처럼 한번 호
　　기 있게 큰소리로 외쳐보려는 것이다. 그렇게 해서 겨우 이
　　웃 사람들의 잠이나 깨우더라도 말이다.

　여기서 숀티클리어Chauntecleer는 '영시英詩의 아버지'로 불리는 제프리 초서Geoffrey Chaucer의 《캔터베리 이야기The Canterbury Tales》에 등장하는 떠버리 허풍선이 수탉의 이름이다. 그러니까 소로는 《월든》을 쓰면서 자기 나름으로는 대단한 자부심과 책임감을 느꼈다고 할 수 있다. 아침을 맞는 이 수탉처럼 자신이 비록 떠버리 허풍선이 소리를 듣는 한이 있더라도 월

든 호숫가에서 발견한 새로운 자아와 깨달음을 목청껏 호쾌하게 외쳐볼 생각인 것이다. 그로 인해 숀티클리어처럼 여우한테 잡혀가더라도 상관없다. 그 덕분에 다른 암탉들이 울어대고 동네사람들이 전부 몽둥이를 들고 우르르 뛰쳐나오기만 하면 소기의 목적을 달성하는 것이니 말이다.

소로가 기대하는 것은 사람들이 《월든》을 읽고 잠에서 깨어나는 것이다. 그가 보기에는 소위 영리하고 신중하다는 사람들마저 삶의 대부분을 책상 앞에 앉아 흘려 보내고 있다. 소로는 해리슨 블레이크에게 보낸 편지(1848년 3월)에서 이렇게 썼다. "그렇게 열정이라고는 거의 없이 지내다가 점점 녹이 슬고 결국에는 사라져 버립니다."

소로가 《월든》을 쓴 의도는 이처럼 '평온한 절망'에 빠져 노예처럼 살아가던 사람들이 잠에서 깨어나 자유롭게 살아가는 것이고, 각자 자신이 설정한 원칙에 따라 자기만의 길을 가는 것이다. 그렇게만 된다면 2년 2개월간 숲 속 오두막에서 지낸 삶은 충분한 보상을 받는 것이다. 물론 소로 자신이 월든 호숫가에서 홀로 생활하면서 풍요롭고 충만한 삶을 영위한 것은 물론이고 말이다.

초판 속표지에 인쇄된 이 문장은 비록 소로가 직접 선택한 것은 아니지만 《월든》의 두 번째 장 〈나는 어디서 살았고 무엇을 위해 살았는가〉에 나오는 것이다. 《월든》 초판을 찍은 출판사 티크노어 앤드 필즈*Ticknor and Fields*가 이 문장에 주목한 이유는 소로의 성격과 의도를 잘 나타내주기 때문이었을 것이다. 허풍선이 수탉 숀티클리어처럼 호기 있게 큰소리로 울어대는 것이야말로 소로 자신이 스스로 얼마나 변했는지를 알리는 외침이라고 볼 수 있기 때문이다.

1845년 7월 4일 월든 호숫가 숲 속으로 들어갈 때의 소로는 콩코드 마을의 괴짜 청년에 불과했다. 스물여덟 살 청년 소로는 소란스러운 마을을 벗어나 자연을 벗하며 자유로운 영혼을 발견하기 위해 숲으로 들어갔다. 소로는 이로부터 2년 2개월간 숲 속 오두막에서 혼자 산책하고 글을 쓰고 농사 지으며 생활한 뒤 다시 마을로 나온다. 그리고는 7년 동안 무려 일곱 번이나 원고를 고쳐 쓴 끝에 1854년 8월 9일 《월든》을 출간하는데, 어느새 소로는 예전과는 완전히 달라진 성숙한 철학자의 모습으로 변해있는 것이다. 《월든》을 잘 읽으면 바로 이런 소로의 성장 과정을 느껴볼 수 있다. 그리고 우리도 소로를 따라 변할 수 있을 것이다.

그런 점에서 《월든》은 변화의 체험을 주는 책이다. 《월든》은 그냥 읽고 끝나서는 안 된다. 적어도 소로가 이야기하는 변화라는 것이 어떤 것인지 직접 느껴봐야 한다.

평혼한 절망에서 깨어나야 하고 우리 내면의 가능성과 잠재력을 발견해야 하는 것이다. 그래야 노예로 살던 내가 주인의 삶을 살아갈 수 있다. 《월든》은 읽으면서 아파야 하는 책이다. 심하게 말하면 고통스럽게 읽어야 하는 책이다. 읽을 때 수술실에 들어온 환자가 되어야 한다. 변해야 하기 때문이다. 환부를 도려내야 하기 때문이다. 웃고 즐기면서 수술 받는 환자는 보지 못했을 것이다. 한 가지 다행스러운 사실은 읽으면서 환자인 동시에 의사가 되어야 한다는 점이다. 어차피 변화해야 하는 건 나 자신이다. 내 인생을 바꾸는 주체는 내가 아니면 아무도 될 수 없다. 그러니 수술실의 집도의는 바로 나일 수밖에 없다.

《월든》을 읽으면서, 혹은 지금 이 책을 읽으면서 그저 위안이나 변명거리를 얻고자 한다면, 아니면 서점에 넘쳐나는 자기계발 서적들이 제공하는 손쉬운 처세의 방법을 배우고자 한다면 당장 책을 덮으라고 말하고 싶다. 스스로 변화를 구하고 새롭게 깨어나는 일은 아무렇게나 웃으면서 할 수 있는 게 아니다. 차라리 아무것도 모르면 편하다. 그러나 편하게 살면 반드시 엄청나게 후회한다. 다들 아는 헨리크 입센*Henrik Ibsen*의 희곡 《인형의 집*A Doll's House*》에서 주인공 노라가 마지막 장면에서 어떻게 되는가? 자신이 남편의 노리개에 불과했다는 사실을 뒤늦게 깨닫고 집을 뛰쳐나가지 않는가. 모든 것을 다 버린 채 대책 없이 맨몸으로 집을 나가지만 그나마 노라는 아주 다행이다. 레프 톨스토이*Lev Tolstoy*의 소설 《이반 일리치의 죽음*The Death of Ivan Ilyich*》에서 주인공 이반 일리치는 죽을 때가 되어서야 비로소 자신을 둘러싼 모든 것들이 헛된 욕망과 가

식으로 가득 차있었다는 사실을 깨닫는다. 하지만 그는 더 이상 아무것도 할 수 없다. 너무 늦게 깨달았기 때문이다.

《월든》을 한 번 읽었다고 해서 대단한 지식이 쌓이는 것도 아니고, 삶의 지혜가 불어나는 것도 아니다. 그렇다고 소로가 제시하는 방법들이 무조건 다 옳은 것도 아니다. 다만 소로의 시각을 통해 지금 우리가 살아가는 세상을 다시 바라보고, 우리가 그동안 당연시 해왔던 상식과 통념들을 뒤집어 볼 수 있는 기회를 가져보기 위해 《월든》을 읽는 것이다.

모든 것을 소로에게서 배우자는 게 아니라 내 인생의 주인으로 살아가는 방법에 대해 소로가 어떤 조언을 해주는지 따라가보자는 것이다. 소로처럼 인생의 본질적인 사실들만을 상대하면서 인생을 소중하게 그리고 강인하게 살아보자는 것이다. 《월든》을 쓰기 전의 소로에 비해 《월든》을 출판한 다음의 소로가 부쩍 성장하고 완전히 다른 사람으로 탈바꿈했듯이 《월든》을 읽는 독자들도 다 읽은 다음에는 살아가는 자세가 달라져야 한다. 내가 변해야 하고 내 삶이 변해야 하는 것이다. 그리고 그것을 내가 느껴야 한다.

바닷가 모래가 곱고 부드럽다는 것을 책에서 읽고 다른 사람한테서 말로 전해 듣는다고 해서 무슨 의미가 있겠는가? 내가 직접 맨발로 모래의 부드러움을 느껴봐야 한다. 그러자면 바닷가로 나가봐야 한다. 신발도 벗어두고 천천히 걸어봐야 한다. 모든 감각에 주의를 기울여 그 느낌을 생생하게 체험해봐야 한다. 바닷가 모래의 부드러움은 느낌이지 지식이 아니기 때문이다. 소로가 전해주고자 하는 메시지 역시 논리 정연한 지식이나 이론이 아니다. 소로가 바라는 것은 우리들 각자가 길들여진 삶을 벗어던지고 자유롭게 살아가겠다는 각오를 하는 것이다. 자신의 인생을 바꾸고자 노력하는 것이다. 그것은 노예의 삶을 살던 내가 주인의 삶을 사는 나로 다시 태어나는 것이다.

이 책은 생의 마지막 날에 이르러서야 자신이 진정으로 살지 못했음을 뒤늦게 깨닫지 않기를 바라는 모두를 위한 책이다. 한 번밖에 주어지지 않는 인생을 제대로 살고 싶은가? 그렇다면 《월든》이 그 길을 안내해줄 것이다. 이제 소로의 이야기를 따라가보자.

1
우리는 깨어날 수 있는가

그대가 작가라면
주어진 시간이 얼마 남지 않았다는 각오로
글을 쓰라
남은 시간은 정말로 얼마 되지 않는다
그러니 그대 영혼이 맛볼 수 있는 순간들을
잘 활용하라
영감의 잔을 최후의 한 방울까지 들이키라
봄은 영원히 계속되지 않는다
젊은 시절에 그대의 창조주를 기억하라

일기 1852년 1월 24일

1

매일 같이 산에 가서 나무를 해서 살아가는 나무꾼이 있었다. 그가 숲으로 들어갈 때면 늘 노인 한 명이 길가에 앉아 조용히 햇볕을 쪼이고 있었다. 나무꾼은 나무를 해 나르다 그 노인 곁을 무심코 지나치곤 했다.

하루는 나무꾼이 그 노인 옆에서 거친 숨을 고르며 흐르는 땀을 닦고 있자 노인이 안타까운 듯 말을 건넸다. "여기 앉아서 좀 쉬었다 가시오. 그렇게 쉬지 않고 나무를 한다는 게 여간 힘들지 않겠소?" 나무꾼이 한숨을 내쉬며 대답했다. "그럼요, 하지만 별 수 있습니까? 먹고 살려면 이렇게라도 해야지요."

그러자 노인은 웃으며 나무꾼에게 한 가지 비밀을 말해준다. "당신은 이 숲에서 나무만 해 나르는데, 그러지 말고 숲 너머 산속으로 더 들어가 보시오. 거기에는 대단한 보물이 있소. 그 보물을 캐면 힘들게 나무를 하지 않고도 먹고 사는 데 걱정이 없을 것이요."

나무꾼은 속는 셈 치고 노인이 말한 대로 산속으로 들어갔다. 그러자 푸른 빛의 구리광산이 나타났다. 나무꾼은 구리를 캐 큰돈을 벌었다. 공장을 세워 구리를 제련하고, 직원들도 여럿 두고, 제련된 구리를 시장에 내다 팔고, 그렇게 정신없이 세월을 보내다 보니 노인은 까맣게 잊어버리고 말았다.

몇 해가 지나자 구리광산이 조금씩 바닥 나기 시작했다. 더 바쁘게 일했지만 수입은 줄어들고, 그러자 문득 노인이 생각났다. 나무꾼이 찾아오자 노인은 비밀을 또 하나 알려주었다. "아직 산속으로 깊이 들어가지 않은 것 같소. 좀더 들어가면 골짜기가 나오는데 그곳으로 가 보시요. 거기에 가면 더욱 값진 무진장한 보물을 발견할 수 있을 것이요."

노인의 말대로 골짜기로 가보니 엄청난 은이 묻혀 있었다. 나무꾼은 은 광산 사업 때문에 이 도시 저 도시 돌아다니느라 노인이 있는 숲 근처에는 올 틈도 없었다. 재산 관리 하는 일만 해도 하루 24시간이 모자랐다. 그는 이제 엄청난 부자가 되었지만 오로지 더 큰 돈을 벌어야겠다는 생각뿐이었다. 그러던 어느 날 예전에 산속으로 나무를 하러 다니던 시절이 떠오르며 노인을 다시 찾아가게 됐다.

노인은 오랜만에 만난 나무꾼에게 또 한 번 비밀을 알려준다. "당신은 아직도 진짜 보물을 못 찾은 것 같소. 이제 그 골짜기에서 빠져 나와 숲의 가장 높은 곳으로 올라가 보시요. 노다지가 보일 것이요."

나무꾼은 노인의 말이 채 끝나기도 전에 숲 속으로 달려갔다. 아니나다를까 숲의 가장 높은 곳에는 노다지 금광석이 묻혀 있었다. 나무꾼은 이제 손꼽히는 광산 재벌이 되었다. 자기가 갖고 싶은 것은 다 갖고, 누리고 싶은 온갖 호사는 다 누렸다. 자선사업을 벌여 사람들로부터 존경을 받았고, 종교단체에 큰돈을 기부해 축복을 받기도 했다. 수십 년을 더 캐낼 수 있는 금광이 있었고, 부와 명예도 가질 만큼 가졌는데, 나무꾼은 문득 뭔가 허전한 느낌이 들었다. 그래서 다시 노인을 찾아갔다. "왜 나에게는 그런 엄청난 행운의 비밀을 알려주면서 당신은 산밑에서 거적때기나 덮고 거렁뱅이처럼 살고 있는 겁니까?"

그러자 노인은 웃으면서 말했다. "당신은 아직도 내가 알려준 진짜 노다지를 찾지 못한 것 같소. 금광석이 묻혀 있는 곳에서 조금만 더 멀리 바라보면 지금 내가 앉아 있는 이곳이 보일 것이요. 따뜻한 햇볕이 내리 쬐고 저기 평화로운 풍경이 보이는 바로 이곳 말이요." 나무꾼은 노인 곁에 앉았다. 비로소 따스한 햇살이 느껴졌다. 부드러운 바람소리가 들려왔다.

2

주위를 둘러보면 이 나무꾼처럼 살아가는 사람이 참 많다. 부와 권력, 명예를 가져다 줄 엄청난 행운을 찾아 온 세상을 돌아다니는 사람들 말이다. 하늘이 우리 모두에게 공평하게 주신 최고의 선물은 따스한 햇살과 부드러운 바람소리다. 그런데 그것을 잊은 채 살아가고 있는 것이다.

어쩌면 지금 이 책을 읽고 있는 많은 독자들도 이 노인의 이야기가 황당하다고 생각할지 모른다. "옛날이야기니까 가능하지…" 하면서 요즘 세상에 너무 허무맹랑한 이야기라고 웃어 넘겨버릴 것이다. 그러면 좀더 현실적인 얘기를 해보자. 이건 실제로 있었던 이야기다.

미국인 기업가들이 남미 여행을 하던 중에 원주민 인디언들이 나무를 하는 모습을 목격했다. 그들은 날이 무딘 작은 도끼로 힘겹게 나무를 베고 있었다. 인디언들은 그렇게 나무를 해야 집도 짓고 땔감도 마련할 수 있었다. 이러니 그들의 살림살이가 가난할 수밖에 없다고 생각한 미국인들이 원주민 인디언들을 도와주기 위해 미국에서 날이 잘 선 대형 도끼와 최신식 톱을 여러 개 보내주었다. 미국인들 생각으로는 이제 그들은 이전보다 생산성이 수십 배로 늘어났으니 엄청난 양의 나무를 잘라낼 수 있을 게 틀림없었다. 아마존 밀림에 나무는 무궁무진하니 말이다. 그렇게 벌채한 나무를 시장에 내다팔면 돈도 많이 벌고 부유하게 살아갈 것이었다.

몇 년 뒤 호기심에 가득 찬 미국인 기업가들이 원주민 인디언들을 보러 왔다. 그런데 놀랍게도 그들 마을은 예전 그대로였고, 그들이 보기에 가난한 살림살이도 여전했다. 의아해하는 미국인들에게 원주민 추장이 말했다. "당신들이 보내준 도끼와 톱 덕분에 우리 마을은 축제를 두 배로 늘렸소. 노인들은 더 많은 휴식을 가질 수 있었소. 정말 고맙소."

미국인들이 받은 충격이 얼마나 컸을지 상상이 될 것이다. 원주민 인디언들은 그들이 필요한 만큼만 자연에서 얻어갔다. 아무리 성능 좋은 도끼와 톱이 있어도 그들은 더 많은 나무를 쓰러뜨릴 필요를 느끼지 않았다. 미국인들과는 기본적인 생각이 달랐던 것이다. 미국인들 같았으면 틀림없이 더 많은 나무를 벌채해 더 많은 돈을 벌고자 했을 것이다. 그렇게 번 돈으로 더 맛있고 기름진 음식을 먹고 더 귀한 술을 마시고, 차도 사고 집도 짓고 요트도 장만했을 것이다. 그런데 원주민 인디언들은 성능 좋은 도끼와 톱으로 일을 빨리 끝낸 다음 더 자유롭게 살았다. 미국인들처럼 일 중독에 빠져 소유물을 늘리는 대신 더 여유로운 삶을 누린 것이다.

다들 욕심을 줄이고 생활을 간소화하는 게 필요하다는 말은 많이 들어봤을 것이다. 그러나 머릿속으로만 생각할 뿐 이를 실천하지 않으면 아무 소용도 없다. 자유롭고 여유로운 삶을 누리려면 변해야 한다. 가치관이 달라져야 하고 살아가는 방식을 바꿔야 한다. 앞서 이야기했던 미국인들의 사고방식이 아니라 원주민 인디언처럼 생각해야 한다. 나무꾼이 살아가던 방식이 아니라 노인이 살아가는 방식을 지향해야 한다.

간소한 삶이란 궁색하게 살아가는 것이 아니다. 넘쳐나는 것, 불필요한 것들을 갖지 않는다는 것이다. 소박하고 현명하게 살아간다는 것은 한마디로 단순하게 사는 것이다. 사치품과 명품에 둘러싸여 떵떵거리며 호화롭게 살아가는 사람들을 보라. 겉으로는 번쩍거리고 그저 안락해 보이지만 그 삶을 자세히 들여다보면 그들의 영혼은 참으로 초라하고 궁핍할지 모른다.

소로는 말한다. 간소하게 간소하게 살수록 우리 삶은 더 깊어진다고 말이다. 화려하고 복잡한 것보다 단순함이 훨씬 더 아름답다고 말이다. 줄이면 더 깊어지고 더 집중할 수 있다. 단순하게 살수록 삶이 우리에게 베푸는 것들을 진정으로 느낄 수 있다. 그러려면 먼저 깨어나야 한다. 깨어남이란 내 삶을 살아가는 것이다. 욕망의 노예가 아니라 내 인생의 주인으로 살아가는 것이다.

3

《월든》의 주제를 한 단어로 요약하자면 '깨어남'이라고 할 수 있다. 소로가 쓴 단어를 그대로 옮기자면 'awakening'이다. 소로는 이렇게 단언한다. "깨어있다는 것은 곧 살아있다는 것이다."To be awake is to be alive. 깨어있지 않으면 살아있는 생명이라고 할 수 없다는 의미다. 그리고 더 중요한 말이 곧바로 이어진다. "우리는 다시 깨어나는 법을 배워야 하며, 그렇게 깨어난 상태로 있어야 한다."We must learn to reawaken and keep ourselves awake.

《월든》의 첫 장 〈경제〉의 서두에서 소로는 책의 내용에 대해 간략하게 밝혀둔다. "내가 이제부터 하려는 이야기는 중국인이나 하와이 섬의 원주민들에 관한 것이 아니라 바로 이곳 뉴잉글랜드에 사는 여러분들에 관한 것이다. 여러분의 사정, 즉 여러분이 이 세상에서나 이 마을에서 처해 있는 형편에 관하여 과연 그것이 어떤 것이며, 현재처럼 그렇게 비참해야만 하는지, 그것이 개선될 가능성은 없는지에 대해 조금 말하고자 한다." 그리고는 콩코드 주민들이 고행하듯 살아가는 모습을 아주 냉정하게 바라본다.

나는 이 고장의 젊은이들이 불행하게도 농장과 주택, 창고, 가축, 온갖 농기구들을 유산으로 물려받는 것을 본다. 이런 것들은 일단 얻으면 버리기가 쉽지 않다. 이들은 차라리 드넓은 초원에서 태어나 늑대의 젖을 먹고 자랐더라면 더 나았을 것이다. 그랬다면 자신이 힘들여 가꾸어야 할 땅이 어떤 것인지 더욱 분명하게 볼 수 있었을 것이다. 누가 이들을 흙의 노예로 만들었는가? 왜 한 펙의 먼지만 먹어도 될 것을 60에이커나 되는 흙을 먹어야 하는가? 왜 태어나는 순간부터 무덤을 파기 시작해야 하는가? 이들은 이런 온갖 소유물을 짊어진 채 어렵사리 한평생을 살아가야 하는 것이다. 불멸의 영혼을 지닌 가련한 사람들이 등에 진 짐의 무게에 짓눌려 숨도 제대로 쉬지 못하면서 길이 75피트, 폭

40피트의 곡식창고와 한 번도 청소하지 않은 아우게이아스
왕의 외양간처럼 더럽기 짝이 없는 외양간, 여기에다 100에
이커나 되는 토지와 풀밭, 목초지와 삼림을 힘겹게 밀고 가
면서 고된 인생 길을 걸어가는 것을 나는 수없이 보아왔다!

소로는 이처럼 《월든》을 시작하면서 처음부터 마을 사람들
이 흙의 노예로 살아가고 있다고 말한다. 세상 사람들 대부분
이 어떻게든 더 많은 유산을 물려받았으면 하고 바라는데, 소
로는 거꾸로 이런저런 유산을 상속받은 사람들이 어렵게 한평
생을 살아가야 한다고 뒤집어 버린다. 소로다운 참으로 통쾌
한 역설이다. 소로는 그러면서 "유산을 물려받지 않아 그런 불
필요한 짐과 싸우지 않아도 되는 사람들은 또 자그마한 육신
하나의 욕구를 채우고 가꾸는 데도 힘겨워한다"고 덧붙인다.
소로가 살았던 당시 미국에는 흑인 노예제도가 합법적으로
존재했다. 특히 남부 지역이 그랬는데 알다시피 아주 끔찍하
고 비인간적인 제도였다. 그런데 소로는 남부의 노예보다 오히
려 북부의 노예가 더 힘들고, 제일 힘든 노예는 바로 자기 자
신의 노예, 평판의 노예가 되어 살아가는 사람이라고 말한다.

우리 미국인들이 흑인 노예제도라고 하는, 천박하면서도
다소 낯선 형태의 인간 예속 제도에 관심을 가질 정도로 태
평스럽다는 사실이 참으로 놀랍기만 하다. 지금 남부와 북

부에는 아주 교묘하고 치밀한 방법으로 사람들을 노예로 부려먹는 주인들이 수없이 많은데도 말이다. 남부의 노예 감독 밑에서 일하는 것도 힘들지만 북부의 노예 감독 밑에서 일하는 것은 더욱 고달프다. 그러나 가장 끔찍한 것은 당신이 바로 당신 자신의 노예 감독일 때다.

《월든》에 담겨있는 한 문장 한 문장은 이처럼 지극히 현실적이면서도 인간적인 소로의 외침이다. 소로는 자신의 경험과 깊은 사색을 통해 얻어진 삶의 진실들을 솔직하게 전해준다. 그의 내면에서 끄집어낸 문장들이기에 더 깊이 와 닿고, 조용히 읽어가다 보면 나도 모르게 문득 내 인생을 돌아보게 되는 것이다.

소로가 《월든》에서 말하려는 것은 믿음과 구원의 문제 같은 종교적인 것도 아니고, 당시 유럽 대륙을 휩쓸고 있던 혁명의 물결, 그러니까 우리가 사는 사회를 어떻게 개혁하고 변화시켜야 할 것인가에 관한 거대 담론도 아니었다. 소로는 단지 우리들 각자가 살아가는 방법에 대해 이야기하고 있다. 동시대를 살아가는 미국인들 모두가 실은 노예 상태를 벗어나지 못하고 있다는 것, 즉 흑인뿐만 아니라 백인들도 자유롭지 않다는 사실을 말하고 있는 것이고, 법적으로는 자유로운 신분일지라도 정신적으로는 자유롭지 못하다는 점을 모든 미국인을 향해 선언하고 있는 것이다.

소로는 사람들이 왜 그렇게 하루하루 힘들게 노예처럼 살아가고 있는지, 절망과 체념에서 왜 벗어나지 못하는지 자기 눈으로 자세히 관찰했다. 그리고는 이런 삶과는 전혀 다른 새로운 삶을 살아갈 수 있음을 알려주고자 한 것이다. 무엇보다 스스로의 힘으로 자기 인생을 변화시킬 수 있다는 점을, 절망과 체념에서 벗어날 수 있다는 사실을, 노예의 삶이 아닌 내 인생의 주인으로 자유로운 삶을 살아갈 수 있다는 것을 자신의 직접 경험을 통해 전해주고자 한 것이다.

4

소로 자신은 '우연히도'*by accident*라고 표현했지만 그가 월든 호숫가로 들어간 날은 1845년 7월 4일 미국 독립기념일이었다. 콩코드 시민들이 거리로 나와 성조기를 흔들고 폭죽을 터뜨리며 독립기념일을 축하할 때 소로는 조용히 숲 속 오두막으로 이사한 것이다. 소로에게 이날은 결코 축하할 만한 날이 아니었다. 그가 보기에 진정한 독립은 아직 오지 않았기 때문이다. 소로에게 진정한 독립은 개인들 각자가 노예의 삶에서 벗어나는 것이었고, 따라서 한 명 한 명이 깊은 잠에서 깨어나 스스로 옭아매고 있는 속박의 사슬을 풀어버리기 전까지는 아직 독립이 오지 않은 것이었다.

소로는 그래서 기존의 상식과 통념들을 과감히 때려 엎는다. 사회적으로 인정 받는 제도나 법률, 전통보다 우리들 각자의 마음과 살아가는 태도가 더 중요하다고 말한다. 그가 지켜봤던 19세기 미국 콩코드 주민들의 모습이나 지금 대한민국에서 살아가는 많은 사람들의 모습이나 크게 다를 바 없다. "대부분의 사람들이 평온한 절망 속에서 살아가고 있다."The mass of man lead lives of quiet desperation.

소로는 이렇게 체념한 듯 살아가는 사람들의 태도에 경악했다. 그리고 분노한 것이다. "체념이라고 하는 것은 절망이 더욱 굳어진 것에 다름 아니다."What is called resignation is confirmed desperation. 소로의 분노는 자신과 똑같은 마을사람들을 깨워야 한다는 결연한 다짐이기도 하다.

사실 《월든》은 소로가 오두막으로 이사하기 전부터 시작된다. 소로가 도끼 한 자루를 빌려 숲 속으로 들어간 1845년 3월 말부터 이야기가 전개되는 것이다. 이 무렵은 호수의 얼음이 다 녹지 않아 온통 거무스레한 빛깔을 하고 있었고, 때로는 눈발이 날리던 시기였다. 그러던 어느 날 집 지을 나무를 베다가 도끼자루가 빠지는 바람에 소로는 도끼에 다시 쐐기를 박고 호수의 얼음 구멍에 담가두었는데, 그때 줄무늬 뱀 한 마리가 물속으로 들어가더니 15분 이상을 호수바닥에 가만히 있는 것을 목격한다. 동면 상태에서 완전히 벗어나지 못한 것이다. 소로는 우리 인간들도 이 줄무늬 뱀처럼 아직 동면에서 깨어나지 못하고 있는 게 아닌가 하고 생각한다.

사람도 이와 비슷한 이유로 지금처럼 천박하고 원시적인 상태에서 벗어나지 못하고 있는 게 아닌가 하는 생각이 들었다. 그러나 만약 진정한 봄의 기운이 자신을 깨웠음을 느낀다면 그들도 자리에서 일어나 더 높고 기품 있는 삶으로 반드시 올라가게 될 것이다.

소로는 희망을 품고 있는 것이다. 비록 지금은 사람들이 줄무늬 뱀처럼 겨우 반쯤 깨어난 상태로 추위에 몸이 굳어있고, 그래서 천박하고 원시적인 상태에서 벗어나지 못하고 있지만 따뜻한 봄날 햇볕을 여러 번 더 쬐고 진정한 봄의 기운을 더 받아들여 마침내 깨어나기만 한다면 틀림없이 더 기품 있게 살아갈 것이라고 소로는 확신하는 것이다.

소로가 관찰한 대로 체념한 듯 그날그날을 조용히 절망적으로 살아가는 삶은 노예의 삶이다. 소로는 이런 노예의 삶은 살고 싶지 않았다. 소로가 자기 인생의 주인이 되어 의도적으로 살겠다고 선언하는 이유는, 그렇게 살아야만 《월든》의 맨 마지막에 나오는 어떤 벌레의 알처럼 새로운 생명을 얻을 수 있기 때문이다.

뉴잉글랜드에 사는 사람이라면 누구나 사람들 사이에 퍼진 이런 이야기를 들어봤을 것이다. 처음에는 코네티컷 주, 다음에는 매사추세츠 주 어느 농가의 부엌에 60년 동안이나 놓여있던, 사과나무로 만들어진 오래된 식탁의 마른 판자에서 아름답고 생명력 넘치는 곤충이 나왔다는 이야기 말이다. 그 곤충이 자리잡고 있던 곳의 바깥쪽으로 겹쳐 있는 나이테의 수를 세어보니, 그보다도 여러 해 전 그 나무가 살아 있을 때 깐 알에서 나온 것이었다고 한다. 아마도 커피 주전자가 끓는 열에 의해 부화되었겠지만 그 곤충이 밖으로 나오려고 판자를 갉아먹는 소리가 몇 주 전부터 들렸다는 것이다. 이 이야기를 듣고 부활과 불멸에 대한 믿음이 새로워지는 것을 느끼지 않을 사람이 어디 있겠는가?

이건 지어낸 이야기가 아니다. 소로가 살아있을 때 미국의 한 농가에서 실제로 벌어졌던 일이다. 만든 지 60년도 더 넘은 사과나무 식탁에서 어느 날 날개 달린 아름다운 성충이 기어 나와 하늘로 날아 올라간 것이다. 부활과 불멸은 결코 허튼 소리가 아니다. 소로의 말처럼 다시 깨어나기만 한다면 말이다.

어떤 날개 달린 아름다운 생명이 처음에는 푸른 생나무의 백목질 속에 알로 태어났으나, 그 나무가 차츰 잘 마른 관처럼 되는 바람에 오랜 세월을 말라 죽은 듯 나무의 무수한 동심원을 그린 나이테 속에 묻혀 있었고, 나무는 점점 잘 마른 무덤처럼 변해갔을 것이다. 그러다 수 년 전부터 일가족이 즐겁게 식탁에 둘러앉아 있을 때 밖으로 나오려고 나무를 갉아대는 소리를 내서 깜짝 놀라게 했을 것이다. 그러고는 어느 날 갑자기 그 곤충이 세상에서 가장 값싸고 흔한 가구 속에서 튀어나와 마침내 찬란한 여름 생활을 즐기게 될지 그 누가 알았겠는가?

신은 우리 모든 인간을 알이나 유충으로 창조하셨는지도 모른다. 인간들은 그것도 알지 못한 채 평생을 알 속에서 혹은 유충 상태로 살아간다. 알 속에서 잠을 자지 않으면 유충이 되어 그저 눈앞의 이파리를 갉아먹으며 살아가는 것이다. 물론 소수의 유충들, 소위 성공했다고 자부하는 유충들도 있다. 이런 유충들은 맛있는 뽕잎을 마음껏 갉아먹으며 매일같이 비단실을 뽑아내는 누에가 되어 나름 배부르고 호사스럽게 살아간다. 그래 봐야 결국 애벌레에 불과하지만 말이다.

그런데 진짜로 가야 할 길은 날개 달린 아름다운 성충으로 탈바꿈하는 것이다. 나비가 되는 것이다. 유충이 나비가 된다는 것은 지금까지와는 전혀 다른 차원의 삶을 살아가는 것이다. 새로운 생명을 얻는 것이나 마찬가지다. 맨날 기어 다니며 눈앞의 이파리나 갉아먹다가 이제 아름다운 날갯짓과 함께 이 꽃 저 꽃으로 날아다니며 꿀을 맛보고 이슬을 마시는 것이다. 알에서 깨어나 애벌레가 되고 번데기가 되고, 마침내 고치를 벗어 던지는 과정은 어렵기는 하지만 얼마든지 가능한 일이고, 어쩌면 유충으로서 충분히 꿈꿔볼 만한 일이다. 당연히 힘든 과정을 거쳐야 하고 용기도 필요하다. 기나긴 세월을 인내하며 온갖 고난과 시련을 참고 견뎌야만 되는 일이다. 그러나 나비로 태어나는 순간 그 모든 노력과 인내, 고통들은 보상을 받는다. 이 땅에 와서 한 번도 누려보지 못했던 참된 삶을 살아볼 수 있는 것이다.

날개 달린 아름다운 성충으로 다시 태어났다고 해서 그것이 꼭 유토피아에서 누리는 달콤하기만 한 그런 삶은 아니다. 거기에도 또 다른 어려움이 있을 것이고 아픔과 슬픔이 따를 것이다. 하지만 유충일 때와는 격이 다른 것이다. 보다 높은 차원의 품격 있는 삶, 만약 그런 것이 있다면 당연히 한번 그렇게 살아봐야 하지 않겠는가?

소로가 얘기한 '평온한 절망'*quiet desperation*은 바로 정신의 세계에서 노예 생활을 하는 모습이고 유충 상태로 살아가는 것이다. 이런 노예 생활에서 벗어나려면, 그러니까 알을 깨고 나와 애벌레와 번데기를 거쳐 성충으로 다시 태어나려면 '의도적으로'*deliberately* 살아야 한다. 그렇게 해야만 비로소 날개 달린 아름다운 생명으로 살아갈 수 있는 것이다. 《월든》은 이처럼 유충 상태로 살아가는 세상 사람들에게 깨어나라고 힘껏 외치는 소로의 절규라고 할 수 있다.

《월든》의 마지막 구절에는 소로의 낙관적인 희망이 담겨 있다. "우리의 눈을 멀게 하는 빛은 우리에게 어둠에 불과하다. 우리가 깨어 기다리는 날만이 동이 트는 것이다. 동이 틀 날은 앞으로 많을 것이다. 태양은 단지 아침에 뜨는 별에 지나지 않는다." 단순히 아침이 되었다고 해서 새로운 날이 시작되는 것은 아니다. 우리가 깨어나야 비로소 날이 밝는 것이다. 그때가 되면 아무리 눈부신 태양도 한 조각 별에 지나지 않을 것이다. 깨어난다는 것은 이처럼 기적과도 같은 일이다. 그리고 우리는 이런 기적을 매일같이 만날 수 있다.

5

소로는 부단히 새로 깨어나기 위해 자신의 삶을 대상으로 치열한 인생 실험을 했다. 그 결과물 가운데 하나가 《월든》이다. 《월든》의 제일 큰 특징은 소로가 직접 겪은 체험의 소산이라는 점이다. 상상이나 이론, 거창한 주의 주장이 아니라 순전히 자신의 경험을 토대로 쓴 것이다. 소로가 집을 지을 때 쓴 비용과 첫 해 농사의 수입 및 지출 금액을 일일이 밝힌 이유는 그만큼 체험과 경험을 통해 배운 내용을 공유하기 위해서였다.

내가 2년 동안의 경험에서 배운 것은, 첫째로는 이처럼 높은 위도에서도 사람이 필요한 식량을 얻는 데 믿을 수 없을 만큼 적은 노력밖에 들지 않는다는 점이며, 둘째로는 사람이 동물처럼 단순한 식사를 하더라도 체력과 건강을 유지할 수 있다는 점이다.

소로는 인생 자체를 하나의 실험으로 여겼다. "여기에 인생이라고 하는, 내가 그 대부분을 겪어보지 않은 하나의 실험이 있다."Here is life, an experiment to a great extent untried by me. 소로는 인생을 실험해봄으로써 '살아가는 방법'을 배우고자 한 것이다. "젊은이들이 당장에 인생을 실험해보는 것보다 살아가는 법을 더 잘 배울 수 있는 방법이 또 있겠는가?" 소로에게 이 실험은 다름아닌 자기만의 길을 가는 것이었다. 그는 일기(1852년 2월 11일)에 이렇게 적었다. "나에게는 내가 살아보지 않은 인생, 시도해보지 않은 실험이 있다. 누군가가 살아본 인생, 시도해 본 인생은 내게 아무 쓸모도 없다."

소로는 세상을 피해 숨어산 은둔자도 아니었고, 평생 제대로 된 직업 한 번 가져보지 못한 게으름뱅이도 아니었다. 소로는 오히려 자신이 살아가는 모습을 과감히 보여주고자 했다. 네 평 남짓한 숲 속 오두막에 살면서도 얼마든지 행복하게 성공적으로 살아갈 수 있다는 것을 자신의 인생 실험을 통해 입증한 것이다. 그는 이 실험을 위해 아주 성실하게 살았다. 글도 쓰고 콩밭에서 농사도 지으면서 즐겁게 하루하루를 보냈다.

그의 목표는 인생을 깊고 강인하게 사는 것이었다. 쓸데없는 것들은 다 쳐 없애버리고 인생의 본질적인 것들만을 상대하는 것이었다. 소로는 그렇게 살아야만 죽음을 맞이했을 때 헛된 삶을 살았구나 하고 후회하는 일이 없을 거라고 이야기한다. 소로가 생각하는 훌륭한 인생이란 자기 인생을 제대로 살아가는 것이고, 그러기 위해서는 늘 깨어있어야 한다. 세속적인 의미에서 출세하고 돈 많이 벌고 높은 지위에 오르고 화려한 명성을 쌓는 게 아니라 스스로 최선을 다해 강인하게 살아가면서 인생의 깊이를 느끼려는 것이다. 그렇게 해서 함께 살아가는 이웃과 동시대인들에게 조금이라도 더 나은 삶의 방향을 제시할 수 있다면 소로 자신은 매우 성공적인 삶을 살았다고 자부할 수 있는 것이다.

언뜻 보면 소로처럼 이렇게 늘 깨어있는 사람으로 살아간다는 게 보통사람 입장에서는 불가능하다고 생각될지 모른다. 하지만 《월든》을 잘 읽어보면 알겠지만 소로가 즐겼던 정겨운 일상은 결코 먼 나라 이야기가 아니다. 누구나 마음만 먹으면 얼마든지 이렇게 할 수 있다. 소로처럼 내 인생의 주인이 되어 자유롭게 의도적으로 살아갈 수 있는 것이다.

소로는 《월든》에서 그것이 얼마든지 가능하다는 사실을 입증해 보인다. 그것도 매일 아침 신성한 의식처럼 호수에서 멱을 감고 새소리를 들으며 계절마다 바뀌는 자연의 아름다움을 호흡하면서 말이다. 신은 이런 무한한 가능성을 우리에게 주었는데 우리가 그걸 알지 못한 채 비천하게 살아가고 있다고 소로는 탄식한다.

아직도 우리들은 개미처럼 비천하게 살아가고 있다. 우화를 보면 우리는 이미 오래 전에 개미에서 인간으로 변했다고 하는데도 말이다. (…) 우리의 인생은 사소한 일들로 흐지부지 헛되이 쓰여지고 있다.

앞서 인용했듯이 소로는 《월든》의 서두부터 흙의 노예로 살아가는 사람들을 향해 깨어나라고 외친다. 겉으로는 물질적인 풍요를 누리고 있는 것 같지만 실은 자신들이 소유한 도구의 도구로 전락한 사람들, 사치품에 둘러싸여 있으면서도 수많은 원시적인 즐거움은 잊은 채 살아가고 있는 사람들을 향해 소로는 제발 그런 삶에서 벗어나라고 호소하고 있는 것이다.

소로는 묻는다. 왜 사람들은 자기 몸의 질병을 치료하는 데는 그토록 애쓰면서도 정신의 건강을 돌보는 데는 그렇게 소홀하냐고 말이다. 매일같이 헬스장을 다니며 몸매 관리와 다이어트는 그토록 열심히 하면서 자신의 정신과 영혼을 맑고 깨끗하게 유지하려는 노력은 왜 하지 않느냐고 말이다. 정신이 맑지 못하고 영혼이 깨끗하지 못한데 몸매만 잘 가꿔봐야 무슨 소용이 있겠는가? 정기적으로 병원에 가서 우리 몸의 건강검진을 받는다 해도 우리의 도덕성과 정직성이 병들어 있다면 과연 건강하다고 할 수 있겠는가?

소로는 말한다. 내면 성찰을 소홀히 하면 마음이 탁해진다고 말이다. 욕망으로 가득 차게 된다고 말이다. 그러면 욕망의 노예로 살아가게 된다. 내 인생의 주인으로 살아가기 위해서는 부단히 내면 성찰에 힘써야 한다. 노예가 되면 안 된다는 것을 다 알면서도 왜 노예로 살아가는가? 노예에서 해방돼야 한다는 것을 다 알면서도 왜 주인이 되려고는 하지 않는가?

6

한동안 "부자 되세요!"라는 인사말이 유행어처럼 된 적이 있다. 어느 신용카드 회사의 광고 카피로 시작된 말을 사람들이 따라 하면서 그렇게 된 것인데, 여기에는 "무슨 수를 쓰더라도 돈을 벌어야 한다"는 일종의 강박감 같은 게 깔려 있는 것 같다. 이 말이 유행할 무렵 서점가에는 《부자 아빠 가난한 아빠*Rich Dad Poor Dad*》라는 책이 베스트셀러에 올라 있었다. 소위 부자 되는 법을 알려준다면서 독자들에게 '부자 아빠'는 현명하고 적극적이고 긍정적인 반면 '가난한 아빠'는 어리석고 소극적이고 부정적인 사람이라는 인식을 심어주는 내용이었다.

이런 류의 유행어나 베스트셀러는 사회 저변에 깔려있는 경제 제일주의와 성장 신화를 반영한 것이지만 피드백을 통해 다시 부자 신드롬의 확산을 부추기고 가속화한다. 그렇게 해서 많은 사람들이 어떻게든 악착같이 돈을 벌어서 부자가 되어야 한다는, 과정이나 방법 따위는 관계없이 결과와 성과만이 중요하다는, 메르스보다 더 무서운 '부자 되기 병'에 자신도 모르게 감염되고, 다들 부자가 되려고 발버둥치는 것이다. 그런데 이렇게 부자가 되면 과연 행복해지는가 하면 당연히 아니다. 행복은 돈으로 살 수 있는 게 아니다.

《월든》의 첫 장은 〈경제〉다. 열여덟 장 가운데 가장 길고 전체의 5분의 1에 달하는 분량이다. 그렇다고 해서 특별히 대단한 경제이론을 설명하는 것은 아니고, 상당 부분을 할애해 숲속 오두막에서 지낸 2년간의 대차대조표와 손익계산서를 시시콜콜 알려주는 내용이다. 집 짓는 데 모두 28달러 12.5센트가 들었는데, 판자 사는 데 8달러 3.5센트, 벽돌 값으로 4달러를 썼으며, 첫 해 영농비로 14달러 72.5센트를 지출했고 수확물을 팔아 23달러 44센트를 벌었다는 식이다. 소로는 그러면서 한 마디 한다. "경제란 입으로는 가볍게 말할 수 있지만 실제로는 그렇게 간단히 처리될 수 있는 것이 아니다."

이 말처럼 소로는 애덤 스미스Adam Smith의 《국부론The Wealth of Nations》이나 데이비드 리카도David Ricardo의 《정치경제학과 조세의 원리Principles of Political Economy and Taxation》 정도는 이미 독파했고, 사람이 살아가는 데 생활의 경제학이 필수적이라는 사실도 잘 알고 있었다. 다만 맹목적인 효율성 중시와 지나친 부의 추구를 경계했을 뿐이다. 그래서 이렇게 말하는 것이다. "생활필수품을 마련한 다음에는, 여분의 것을 더 장만하기보다는 다른 할 일이 있는 것이다. 바로 먹고 사는 것을 마련하는 투박한 일에서 여가를 얻어 인생의 모험을 떠나는 것이다." 20세기를 대표하는 경제학자인 존 메이너드 케인스*John Maynard Keynes*를 떠올리게 하는 문장인데, 케인스는 〈우리 손자 세대의 경제적 가능성*Economic Possibilities for Our Grandchildren*〉이라는 글에서 이렇게 썼다. "불굴의 정신으로 돈을 추구하는 사람들이 자신들과 함께 우리 모두를 경제적으로 풍요한 환경으로 이끌 것이다. 그러나 그런 시대가 도래할 때 그 풍요를 즐길 수 있는 사람은 삶의 기술을 활짝 꽃피우고 생계수단을 벌기 위해 자신을 팔지 않아도 될 사람들일 것이다."

아리스토텔레스*Aristoteles*는 모든 돈벌이 기술을 두 가지로 구분했다. 하나는 가정과 생계를 꾸려가는 데 필요한 자연스러운 상행위고, 또 하나는 고리대금업처럼 돈 벌이 그 자체가 목적인 부자연스러운 상행위다. 아리스토텔레스는 전자를 가리켜 에코노미아*economia*라고 했는데, 경제학이라는 말은 여기서 나온 것이다. 반면 후자는 크레마티스티케*chrematistike*라 했는데, 우리말로 옮기자면 축재학蓄財學이라고 할 수 있다. 경제와 축재는 분명히 다르다. 이 두 가지를 구분할 줄 알아야 진짜 잘 살 수 있다. 소로가 전하고자 하는 메시지가 바로 이것이다. 앞뒤 가리지 않고 더 많은 것을 얻으려고만 하는 사람들을 향해 제발 좀 적은 것으로도 만족하는 방법을 배울 수는 없느냐고 호소하는 것이다.

소로는 〈경제〉를 마무리하면서 페르시아의 시인 사아디가 쓴 산문집 《굴리스탄*The Gulistan*》, 즉 《화원》에서 읽은 글을 소개한다. 덧없는 것들에 마음을 두지 말라는 내용인데, 고결한 빈자*nobly poor*를 꿈꾸었던 소로의 인생 철학을 잘 보여주는 구절이다.

> 사람들이 현자에게 묻기를, 지고한 신이 드높고 울창하게 창조한 온갖 이름난 나무들 가운데, 열매도 맺지 않는 삼나무를 빼놓고는 그 어느 나무도 '자유의 나무'라고 불리지 않으니 그게 어찌된 영문입니까 라고 했다. 현자가 대답했다. 나무란 저 나름의 열매와 자기에 맞는 계절을 가지고 있어 제철에는 싱싱하고 꽃을 피우지만 철이 지나면 마르고 시드는 법이다. 삼나무는 어디에도 속하지 않고 항상 싱싱하다. 자유로운 자들, 즉 종교적으로 독립된 자들은 바로 이런 천성을 가지고 있다. 그러니 그대들도 덧없는 것들에 마음을 두지 말라. 칼리프들이 망한 다음에도 티그리스 강은 바그다드를 지나 영원히 흘러갈 것이다. 그대가 가진 것이 많거든 대추야자나무처럼 아낌없이 나눠주라. 그러나 가진 것이 없거든 삼나무처럼 자유인이 되어라.

지금 우리 사회에는 소로가 살았던 19세기 미국보다 훨씬 더 심각한 소비문화가 퍼져 있고, 우리들 각자는 더 큰 욕망에 사로잡힌 노예가 되어가고 있다. 소로의 말처럼 스스로 자신을 구속하고 잘못된 사회 통념에 얽매인 채 살아가고 있는 것이다. 그러나 이건 누구의 잘못도 아닌 순전히 우리 자신 때문이라는 점을 《월든》은 분명히 밝힌다.

소로는 묻는다. 이 소중한 삶을 헛되이 낭비하면서 살아가고 있지는 않느냐고 말이다. 스스로 자신의 인생을 저당 잡힌 채 체념한 듯 살아가고 있지 않느냐고 말이다. 지금 당신이 키우는 가축들보다 자유로우냐고 말이다.

소로는 말한다. 우리들 각자가 평온한 절망에서 깨어나 자기 인생의 주인으로 살아간다면, 그래서 더 높은 목표를 갖고 간소하게 생활을 꾸려나간다면 지금은 꿈도 꾸지 못하는 진정 자유로운 삶을 살 수 있을 것이라고 말이다. 왜 그렇게 살아가려 하지 않는가.

2
자유롭게 살아갈 각오를 하라

전에는 듣지 못하던 귀와 보지 못하던 눈에
이제는 들리고 보인다
세월을 살던 내가 순간을 살고
배운 말만 알던 내가 진리를 안다
소리 너머의 소리를 듣고
빛 너머의 빛을 본다
새로운 대지와 하늘과 바다가 열리고
태양이 그 빛을 잃는다

영감 Inspiration

1

《그리스인 조르바*Zorba The Greek*》를 쓴 니코스 카잔차키스*Nikos Kazantzakis*의 묘비에는 이런 글이 쓰여있다. "나는 아무것도 바라지 않는다. 나는 아무것도 두려워하지 않는다. 나는 자유이므로…" 생전에 카잔차키스 본인이 직접 준비해놓은 묘비명이라고 하는데, 자유란 이처럼 추상명사가 아니라 구체적인 삶을 지칭하는 말이다. 하지만 자유로운 삶을 살아간다는 것은 말처럼 쉽지 않다.

헨리 데이비드 소로는 일기(1840년 3월 21일)에 "나는 하늘의 어떤 별보다도 자유롭다"고 썼다. 그러면서 "나는 어떤 난관에 부딪치더라도 자유를 지키려는 노력을 포기하지 않는다"고 밝혀 두었다. 자유로운 삶을 살아가기 위해서는 상당한 용기가 필요하고 남다른 노력을 해야 한다. 자신의 행동에 책임도 져야 한다. 자유란 하릴없이 노는 게 아니라 뭔가 의미 있는 일을 하는 것이기 때문이다. 자기가 하는 일이 가치 있는 것이 되려면 옳은 판단과 함께 최선을 다해야 한다. 자기가 한 일에 스스로 감동을 받아야 한다. 마음이 움직여야 한다. 그래야 내가 한 일에 자부심을 가질 수 있고 무슨 일을 하든 자유로울 수 있다.

얼마 전 책을 한 권 읽다가 흠칫 눈길이 멈춘 구절이 있다. 요즘 일본에서 라이프스타일 소매점이라는 새로운 흐름을 이끌고 있는 츠타야 서점의 창업주 마스다 무네아키增田宗昭가 쓴 《지적자본론知的資本論》이라는 책이었는데, 자기가 생각하는 자유란 "하고 싶은 일을 할 수 있고 하고 싶지 않은 일은 그만둘 수 있는 것"이라고 했다. 자기 하고픈 일을 자기 생각대로 할 수 있는 것이 자유라는 말일 것이다. 마스다 무네아키는 이렇게 자유롭게 사는 게 바로 성공한 삶이라며 한 마디 덧붙였다. "꿈을 이루기 위해 노력할 수 있는 것, 이것이 내가 생각하는 자유다."

참 멋진 말이다. 언뜻 듣기에는 아주 쉽고 간단해 보인다. 마스다 무네아키는 그러면서 한 시절을 풍미했던 미국의 포크송 라이터이자 가수 겸 시인인 밥 딜런Bob Dylan의 말을 인용했다. "아침에 잠에서 깨어나 자신이 하고 싶은 일을 할 수 있는 사람이 성공한 사람이다." 노벨 문학상을 수상한 밥 딜런의 노래처럼 아주 간결하면서도 핵심을 찌르는 말이다.

하지만 현실을 돌아보면 그렇게 녹록하지 않다. 오늘 아침 잠에서 깨어나 자기 하고 싶은 일을 하러 나간 사람이 과연 몇 명이나 될까? 출근길 지하철에서 만난 대다수의 사람들이 아마 그렇지 않았을 것이다. 표정만 봐도 금방 알 수 있다. 상당수는 억지로 회사나 일터로 나가면서 속으로 "오늘은 또 얼마나 시달릴까"하는 생각을 했을 것이다.

내가 일하지 않으면 가족을 먹여 살릴 수가 없으니까, 노후에 돈 걱정하지 않으려면 젊었을 때 한 푼이라도 더 벌어놔야 하니까, 이 정도까지는 아니더라도 어딘가로 나가지 않고 가만히 있으면 실업자 소리를 들으니까, 그래서 아무리 싫고 괴롭더라도 밥벌이를 핑계 삼아 직장으로 일터로 나가는 것이다. 더구나 요즘 실업자라는 말은 곧 패배자(루저)와 동의어로 통하는 세상이니까, 알다시피 다들 직장을 구하려고 난리 아닌가? 젊은이들은 젊은이들대로 "이런 직장이라도 구한 게 어딘데" 하면서, 또 나이든 사람들은 나이든 사람들대로 "그나마 이 나이에 일하러 나가는 게 어딘데" 그러면서, 다들 힘겹게 살아간다.

그러니까 밥 딜런이나 마스다 무네아키의 말이 듣기에는 기가 막히지만 요즘 같은 현실 속에서 자유롭게 살아간다는 건 그리 간단한 일이 아니라는 것이다. 그래서 그냥 체념한 듯 살아가는 것이다. 소로가 아주 신랄하게 꼬집었듯이 말이다. "대부분의 사람들이 평온한 절망 속에서 살아가고 있다."

이런 체념과 절망에 빠진 삶과 대비되는 것이 바로 자유로운 삶이다. 그래서 누구나 자유롭게 살아가고자 하는 것이고, 무엇에도 얽매이지 않는 자유로운 인생이야말로 모두가 꿈꾸는 삶이다. 자유, 영어로는 'freedom' 혹은 'liberty'라고 하는데, 막상 자유가 정확히 무엇인지 그 정의를 물어보면 많은 사람들이 대답을 제대로 못한다. 반면 자유롭게 살아가는 게 무엇이냐고 물어보면 열이면 열, 저마다 독특한 대답을 내놓는다. 물론 제 멋대로 자기 하고 싶은 대로 하는 게 자유는 아니지만 '자유'란 이처럼 떠올리는 생각부터가 자유롭다.

소로는 말하기를 자신이 무엇보다 소중히 여기는 것은 얽매임이 없는 자유라고 했다. 그러면서 이렇게 얘기한다. "가능한 한 오래오래 자유롭고 얽매이지 않는 삶을 살아가라. 농장에 매이든 형무소에 갇히든 얽매이는 것은 마찬가지인 것이다." 소로 역시 자유가 무엇인지 정확한 개념 정의를 내놓지는 않는다. 소로에게는 개념을 정의하는 것보다 살아가는 방식이 중요하기 때문이다. 개념 따위에 얽매일 필요는 없다. 그러니 소로가 말하는 '자유롭고 얽매이지 않는 삶'*live free and uncommitted*을 자기 방식대로 살아가면 된다.

2

자유를 얻기 위해서는 용기가 필요하다. 자유는 누가 거저 주는 게 아니다. 자유는 내가 누리는 것이고, 그래서 자유를 얻기 위해서는 내가 그 대가를 치러야 한다. 어렵더라도 용기를 내서 기꺼이 그 대가를 치르고자 할 때 비로소 자유를 누릴 수 있다.

자유로운 삶은 내가 결심을 하고 그렇게 살아가야 비로소 얻어지는 것이다. 자유롭게 살아갈 각오가 되어있지 않으면 절대로 자유롭게 살 수 없다. 소로는 이것을 의도적인 삶이라고 표현했다. 《월든》의 주제를 명료하게 드러내는 대목이자 가장 널리 회자되는 구절을 읽어보자.

> 내가 숲 속으로 들어간 이유는 인생을 의도적으로 살아보기 위해서였다. 오로지 인생의 본질적인 사실들만을 상대한 다음, 삶이 가르쳐주는 내용을 내가 배울 수 있는지 알아보고, 그리하여 죽음을 맞이했을 때 내가 헛된 삶을 살았구나 하고 후회하는 일이 없도록 하기 위해서였다. 나는 삶이 아닌 것은 살지 않으려고 했으니 산다는 것은 그토록 소중한 것이다. 나는 정말 그것이 꼭 필요한 경우가 아니라면 그 무엇도 단념하고 싶지 않았다.

단어 하나하나에서 느껴지듯 소로에게 삶이란 너무나도 소중한 것이었다. 그래서 의도적으로 살아보기로 결심한 것이다. 소로가 월든 호숫가에 오두막을 짓고 2년 2개월간 혼자 살았던 것은 행복해지기 위해서가 아니었다. 성공을 위해서는 더더욱 아니었다. 단지 삶이 아닌 것들은 다 때려 엎어버리고, 오로지 인생의 본질적인 사실들만 상대하기 위해 숲 속으로 들어갔던 것이다. 인생을 한번 제대로 자유롭게 살아보겠다는 소로의 각오가 와 닿는다.

나는 인생을 깊게 살아 그 모든 골수를 빼먹고자 했고, 스
파르타 인처럼 아주 강인하게 살아 삶이 아닌 것은 모두 때
려 엎으려 했다. 수풀을 넓게 베어내고 잡초들도 잘라낸 다
음 인생을 한쪽으로 몰고가 그것을 최소한의 요소로 압축
시켜 그 결과 인생이 비천한 것으로 드러난다면 그 비천함
의 적나라한 전부를 확인해 있는 그대로 세상에 알리고,
만일 인생이 숭고한 것으로 판명 난다면 그 숭고함을 체험
을 통해 알아내 다음 번 여행 때 그것을 제대로 설명해보
고 싶었다.

이 대목은 영화 「죽은 시인의 사회*Dead Poets Society*」에도 나오
는 유명한 구절이다. 영화를 보면 키팅 선생님이 숲 속 동굴에
서 비밀 모임을 갖는 학생들에게 시집을 건네주는데, 그 시집
의 속표지에 손글씨로 쓰여져 있는 문장이 바로 이 구절이다.
아이들은 감동적인 목소리로 이 구절을 읽어나간다.

여기 나오는 첫 문장, "내가 숲 속으로 들어간 이유는 인생
을 의도적으로 살아보기 위해서였다"I went to the woods because
I wished to live deliberately에서 '의도적으로'*deliberately*라는 단어가
바로 소로가 말하는 자유로운 삶을 함축적으로 담아낸 것이
다. 앞서 소로가 탄식하듯 말했던, 대부분의 사람들이 평온
한 절망 속에서 살아간다고 했을 때의 '절망'*desperation*과 대비
되는 말이기도 하다.

《월든》을 읽다 보면 여러 곳에서 'deliberately' 혹은 'deliberation'이라는 표현을 만나게 된다. 가령 《월든》의 세 번째 장인 〈독서〉의 첫 문장은 "With a little more deliberation…"으로 시작되는데, 자신이 뭘 하면서 살아갈 것인지 "좀더 의도적으로" 선택한다면 공부하는 사람이나 관찰하는 사람이 되고자 할 것이라고 말한다. 이처럼 'deliberately'야말로 《월든》의 주제를 알려주는 핵심적인 단어이자 소로의 인생 철학이 고스란히 담겨 있는 용어라고 할 수 있다.

영어사전에서 'deliberately'를 찾아보면 "신중하게, 의도적으로"라는 뜻도 있지만 "천천히, 느릿느릿하게"라는 의미도 있다. 그리고 의도적으로 살아간다는 것은 "홀로" 그 삶의 방식을 선택한다는 것이다. 그러니까 'deliberately'라는 단어 하나에는 "홀로 천천히 자유롭게"라는 소로가 지향했던 삶의 방식이 그대로 들어있는 셈이다.

소로가 찾으려 했던 답이 바로 이것이다. 2년 2개월이라는 짧지 않은 시간을 월든 숲 속에서 혼자 오두막을 짓고 콩밭을 가꾸고 사색하고 산책하면서 그가 깨달은 것은, 삶이란 너무나 소중한 것이며, 그러므로 그 무엇도 단념하지 말고 아주 깊게 강인하게 살아야 한다는 것이었다.

3

서점에 가보면 화려한 표지와 튀는 제목으로 무장한 자기계발서와 처세술 서적들이 넘쳐난다. 이런 책들의 내용을 잘 살펴보면 기껏해야 자신의 '몸값'(세상에 이 얼마나 끔찍하면서도 천박한 표현인가!)을 올리는 방법이라든가, 자기 능력을 과대 포장해 남들보다 빨리 출세하고 더 많은 돈을 벌 수 있는 기술, 혹은 종자돈 얼마를 가지고 단기간에 큰돈을 만드는 온갖 방법들을 마치 대단한 비법이나 되는 것처럼 알려준다. 정말로 필요한 내용들, 예컨대 어떻게 하면 올바른 삶을 살아갈 수 있으며, 정직과 겸양 같은 덕성은 어떻게 기르는가를 제대로 가르쳐주는 책은 잘 보이지 않는다.

물론 각자가 생각하는 올바른 삶과 덕성을 기르는 방식은 다를 것이다. 하지만 확실한 해답은 제시하지 않더라도 한번쯤 인생의 방향을 생각해볼 수 있게 해주는 게 필요하다. 우리에게 절실한 것은 이런 책들이다. 어떤 방식으로 생계를 꾸려나가야 올바르고 풍요로운 삶을 살아갈 수 있는지, 소로가 표현한 대로 하자면, 정직한 방법으로 생활비를 벌면서도 자유롭고 만족스러운 인생을 살아갈 수 있는지, 그 구체적인 방법이나 아니면 개략적인 방향이라도 알려주는 책 말이다.

그래도 자기계발서를 읽어야만 하겠다면 먼저 이런 물음을 진지하게 던져봐야 한다. 왜 자기계발을 하려고 하는가? 그렇게 해서 승진하고 출세하고 더 많은 돈을 벌려고 하는 이유는 무엇인가? 당연히 그것들이 필요하고 또 갖고 싶기 때문일 것이다. 하지만 얼마나 필요하고 얼마나 갖고 싶은가도 생각해봐야 한다. 거기에 끝이 있는지, 게다가 그것들을 얻기 위해 치러야 할 대가는 무엇인지, 곰곰이 따져봐야 한다.

특히 마지막 질문이 중요한데 많은 사람들이 이 질문을 아예 무시하고 넘어가곤 한다. 결과가 중요하지 나머지는 그 다음에, 그러니까 일단 결과를 얻은 뒤에 생각하자는 식이다. 정말 그럴 수 있을까? 승진하고 출세하고 돈을 버느라 인생의 귀중한 시간들을 다 써버린 다음 죽음을 맞이할 때가 되어서야 자신이 그 동안 희생한 것들이 무엇이었는지 떠올리는 어리석음을 범하지 않을 자신이 있는 걸까?

어떻게 하면 훌륭한 삶을 살아갈 수 있을까? 보다 구체적으로 말해 보자. 어떻게 하면 사소하고 번잡한 일에 신경 쓰지 않고 과도한 중노동도 하지 않고 자기가 하고 싶은 일을, 그것도 이 사회에 보탬이 되는, 그러면서도 정직한 일을 하면서 생계를 잇고 나머지 시간은 최대한으로 활용해 자유로운 삶을 살아갈 것인가, 이 물음에 대한 답을 찾아야 한다.

아무리 출세하는 게 좋고 돈 버는 일이 급선무라 할지라도 이 물음은 꼭 짚고 넘어가야 한다. 많은 유산을 상속받은 사람들, 아버지의 높은 자리를 물려받아 평생 별 걱정 없이 살아갈 수 있는 소위 금수저를 물고 태어난 사람이든 아니면 맨몸뚱이 하나로 평생을 살아가야 하는 보통사람들, 속된 말로 흙수저를 물고 태어난 사람이든 똑같이 진지하게 고민해봐야 할 물음이다.

그리고 어려운 선택을 해야 한다. 어떤 삶을 살아갈 것인지에 대해서 말이다. 먼저 자신이 무엇을 원하는지 정확히 알아야 한다. 그래야 후회하지 않는다. 시행착오도 피할 수 있다. 그것을 정말로 자신이 좋아하는지, 자신이 진짜 잘할 수 있는지, 따져봐야 한다. 열심히 노력할 자신만 있다면 능력과 기술이 조금 모자라도 상관 없다. 과감히 한번 해보는 것이다. 그 다음은 남들 눈치 보지 않고 달려나가는 것이다. 누가 뭐라 해도, 비록 사회적 지위가 형편없고 보상이 아주 적은 일일지라도 내가 좋아하고, 또 이 세상에 보탬이 되는 일이라면 자신 있게 받아들일 수 있을 것이다.

이제 마지막은 남들이 보잘것없다고 여기는 것을 거꾸로 자랑스러운 것으로 만들어야 한다. 그래야 가난을 즐길 수 있다. 그것이 바로 고결한 빈자의 삶이다. 1년에 6주만 일하고, 그것도 자기가 선택한, 자기가 하고 싶고 자기가 잘할 수 있는 일을 해서 1년을 살아가는 것이다. 나머지 46주는 온전히 자신의 삶을 완벽한 하나의 작품으로 만드는 데 쓰면 된다.

소로는 일기(1852년 7월 24일)에 이렇게 썼다. "소작농의 근면함이란 그 유래를 캐보면 대개 부자의 어리석은 일을 돕는 것에 불과하다." 그리고는 나중에 에세이 〈원칙 없는 삶*Life without Principles*〉에서 소개한 일화 한 토막을 적어두었다.

그가 사는 콩코드 마을 북쪽에 좀 천박한 부자가 한 명 살고 있었는데, 이 사람이 자기 소유의 초지 가장자리를 따라 언덕 밑에 둑을 쌓으려고 했다. 물론 그렇게 해서 땅의 가치를 좀더 높여보자는 심산이었을 것이다. 이 사람은 그러면서 측량도 할 겸 소로더러 자신과 함께 거기서 3주 동안 땅을 파면서 같이 일하자고 제안해왔다. 당시 마땅한 일자리가 없던 소로 입장에서는 얼마 동안이지만 괜찮은 돈벌이가 생긴 셈이었지만 그의 성격상 받아들일 리가 없다. 당연히 일언지하에 거절한다. 게다가 많은 사람들이 합리적이라고 생각하는 이 부자의 계산 밝은 생각에 일침을 가한다.

그 결과 그는 더 많은 부를 축재하게 될 것이고, 그의 상속자가 그 돈을 어리석게 쓰도록 남겨줄 것이다. 만일 내가 그와 함께 일을 한다면 사람들은 나를 부지런하고 열심히 일한다고 칭찬할 것이다. 하지만 돈은 적게 벌더라도 진짜 더 많은 이익을 남기는 어떤 일을 하는 데 나 자신이 헌신할 것을 선택한다면 사람들은 나를 게으르다고 비난할지 모른다. 그럼에도 불구하고 의미 없는 노동으로 인해 내가 제약 받는 것을 나는 원치 않는다. 나는 그가 하는 일에서 정말로 가치 있는 것을 털끝만큼도 발견할 수 없다. 그렇기 때문에 그 일이 그에게는 아무리 흥미롭다 해도 나는 다른 학교에서 나의 교육을 끝내고 싶어하는 것이다.

소로는 묻는다. 왜 그리 더 많은 것을 얻으려고 늘 머리를 싸매고 궁리하면서 때로는 더 적은 것으로 만족하는 법은 배우려 들지 않느냐고 말이다. 소로는 말한다. "어떤 사람이 숲이 좋아서 매일 반나절씩 숲 속을 산책한다면 아마 게으름뱅이로 낙인 찍힐 것이다. 그러나 만약 하루 종일 투기꾼으로 시간을 보내며 숲을 베어내고 땅을 대머리처럼 밀어 버린다면 그는 근면하고 진취적인 시민으로 평가 받을 것이다."

소로는 부자를 도와 돈을 버는 대신 자유로운 삶을 살아갈 수 있는 시간을 벌고자 했다. 새벽 공기를 맡으며 마음껏 숲 속을 산책하고 맑은 정신과 무한한 기대로 하루하루를 살아가기 위해 돈이 아니라 시간을 선택했던 것이다. 더 많은 돈과 지위, 명예를 버렸으니 이제 가난과 무명의 삶을 여유롭게 감수해야 한다. 마치 소풍을 나온 듯이 느긋하게 살아가면 된다. 누가 소풍을 떠나면서 무거운 가구와 집까지 들고 가겠는가? 그야말로 정신 나간 짓이다. 최소한의 짐만 꾸려가면 소풍이 훨씬 더 즐거워질 텐데 말이다. 다른 사람들처럼 바쁘게 돈과 권력, 명예와 지위를 좇으며 살아가느니 이것이 훨씬 낫지 않을까? 비록 때로는 부족한 것들로 인해 곤란을 겪기도 할 것이다. 다른 사람들의 시선 역시 곱지만은 않을 때가 있을 것이다. 하지만 그런 건 그냥 넘어갈 수 있어야 한다. 이게 진짜 삶이니 말이다. 야생의 생명력 넘치는 삶은 절대로 편한 삶이 아니다. 진정한 삶은 들판을 달리는 짐승들처럼 힘들게 살아가야 하는 것이다.

4

자유롭게 산다는 것은 의도적으로 살아가는 것이라고 했다. 눈을 감고 지난 며칠간의 삶을 돌아보면서 과연 얼마나 의도적으로 살았는지 가만히 생각해보자. 인생의 본질적인 것들을 얼마나 상대했는지, 삶이 가르쳐주는 내용들을 얼마나 배웠는지, 하루하루를 얼마나 진실하게 보냈는지, 인생이 정말로 소중하다는 사실을 얼마나 절실하게 느꼈는지, 하나씩 떠올려보면서 나 자신을 되돌아보는 것이다.

자유는 무슨 물건처럼 소유할 수 있는 것이 아니다. 자유, 자유라고 말하지만 실은 자유롭게 살아가면 된다. '자연'처럼 말이다. 《월든》의 두 번째 장인 〈나는 어디서 살았고 무엇을 위해 살았는가〉에는 아주 멋진 문장이 나온다. "단 하루라도 자연처럼 의도적으로 살아보자."Let us spend one day as deliberately as Nature. 소로는 자신이 숲 속으로 들어온 이유가 의도적으로 살아보기 위해서였다고 했는데, 이제 보다 구체적으로 자연처럼 살아가자고 말하는 것이다. 그러니까 소로에게는 의도적으로 살아가는 상징과도 같은 존재가 바로 자연이라고 할 수 있다. 이어지는 문장에는 평온함 속에서 정신적 희열을 느끼는 소로의 모습이 그대로 드러나 있다.

단 하루라도 자연처럼 의도적으로 살아보자. 호두 껍질이나 모기 날개 따위가 선로 위에 떨어진다고 해서 그때마다 탈선하는 일이 없도록 하자. 아침에는 일찍 일어나 식사를 하든 거르든 차분하게 마음의 평온을 유지하자. 손님들이 오든 가든, 종이 울리든, 아이들이 울든 단호하게 하루를 지내보자. 왜 우리가 무너져 내려 물결에 떠내려가야 하는가? 정오의 얕은 모래톱에 자리잡은 점심이라는 이름의 저 무서운 격류와 소용돌이에 휘말리지 않도록 하자. 이 위험을 이겨내면 안전한 데로 들어서게 된다. 나머지는 내려가는 길이기 때문이다. 긴장을 풀지 말고 아침의 기백을 그대로 가지고 율리시스처럼 돛대에 몸을 묶은 채 외면을 하면서 그 소용돌이 옆으로 빠져나가자. 기적 소리가 울리면 목이 쉴 때까지 울도록 내버려두자. 종이 울린다고 해서 왜 우리가 달려가야만 하는가? 우리는 어떤 음악 소리가 들려오는지 귀 기울이기만 하면 된다.

소로는 《월든》의 세 번째 장부터 숲 속에서 지낸 일상의 모습들을 자세히 풀어놓는다. 앞장에서 말했던 것처럼 자신이 실제로 살아가는 생활상을 보여주는 것인데, 다섯 번째 장인 〈고독〉의 맨 앞에는 이런 문장이 나온다. "나는 자연의 일부가 되어 이상하리만큼 자유롭게 자연 속을 돌아다닌다."I go and come with a strange liberty in Nature, a part of herself. 자연과 하나가 됐으니 그 무엇에도 얽매이지 않고 자유를 만끽하며 살아갈 수 있는 것이다.

소로는 바깥에서 벌어지는 온갖 사건과 소음 따위에는 전혀 신경 쓰지 않았다. 그에게 중요한 것은 마음의 평온이었다. 소로는 매일 아침 일찍 일어나 종교 행사를 치르듯 호수에 가서 멱을 감고 차분하게 명상을 하면서 숲 속에서의 하루를 시작했다. 소로는 바쁜 스케줄에 따라 움직이지 않았고 따라서 시간에 쫓길 필요도 없었다. 단 하나 소로가 매일같이 빼먹지 않고 한 일은 하루에 네 시간 이상씩 숲 속을 산책하는 것이었다. 소로는 에세이 〈산책*Walking*〉에서 이렇게 썼다.

나는 하루에 적어도 네 시간을, 보통은 이보다 더 많은 시간을 속세의 모든 일에서 완전히 벗어나 숲을 가로지르고 언덕을 넘고 들판 여기저기를 어슬렁거리면서 돌아다니지 않고는 내 건강과 정신을 온전하게 보전할 수 없을 것이라고 생각한다. 여러분이 내 생각에 대해 뭐라고 말해도 좋다. 많은 가게주인과 장인들이 마치 자신의 다리는 서거나 걷기 위해서가 아니라 앉아있기 위해 만들어진 것처럼 다리를 꼰 채로 오전은 물론 오후까지 내내 자기 가게에 머무르고 있는데, 이따금 이런 광경이 떠오를 때면 나는 그들이 오래 전에 자살을 하지 않은 것만으로도 칭찬받을 일이라고 생각한다.

소로 특유의 유머와 위트를 읽을 수 있는 대목이다. 소로처럼 꼭 네 시간씩 산책하지 않더라도 매일매일을 좀더 여유를 갖고 지내야 한다. 매 시간 계획을 세우고, 심지어는 10분 단위로 시간을 쪼개 생활할 필요는 없다. 도저히 짬을 낼 수 없을 정도로 늘 바쁘다는 생각이 들면 당장 지금 하고 있는 일을 절반으로 줄여보라. 그런다고 하늘이 무너지지 않는다. 《논어論語》를 보면 공자孔子의 이런 말씀이 나와 있다. "보라. 푸른 하늘이 저 위에 있지만 아무 말없이 고요하기만 하다. 그럼에도 네 계절은 운행하고 있고, 만물은 성장하고 있다. 푸른 하늘이 무슨 말을 필요로 하겠는가!"《양화陽貨》편)

5

소로가 월든 호숫가에 사는 동안 그의 오두막 근처에는 온갖 계층의 수많은 사람들이 지나다녔지만 그는 아무런 불편도 겪지 않았고 호메로스의 책 한 권 말고는 아무것도 잃어버린 것이 없었다. 모든 사람들이 자기처럼 소박하게 산다면 절도나 강도는 존재하지 않을 것이라고 소로가 주장하는 이유다. 소로는 로마의 시인 티불루스Albius Tibullus의 시를 한 줄 인용한다. "너도밤나무 그릇으로 만족하던 시절에는 / 사람들은 전쟁으로 고통 받지 않았으니."

소로가 호숫가 오두막에 사는 동안 가졌던 살림살이는 이런 것들이었다. 침대 하나, 탁자 하나, 책상 하나, 의자 셋, 직경 3인치의 거울 하나, 부젓가락 한 벌, 장작 받침쇠 하나, 솥 하나, 냄비 하나, 프라이팬 하나, 국자 하나, 대야 하나, 나이프와 포크 두 벌, 접시 세 개, 컵 하나, 스푼 하나, 기름단지 하나, 당밀단지 하나, 옻칠한 램프 하나, 이것들이 전부인데 소로는 대부분을 직접 만들거나 한 푼 안 들이고 얻어왔다. 소로는 자신이 가구 딸린 집에 살 수 없었던 이유를 이렇게 설명한다.

예전에 내 책상 위에는 귀한 석회석 세 개가 놓여 있었는데, 매일 한 번씩 이것들의 먼지를 털어주어야 한다는 것을 알고는 기겁을 했다. 내 마음속 가구에 쌓인 먼지도 아직 다 털어내지 못하고 있는데, 나는 싫은 생각이 들어 이 돌들을 창 밖으로 내던져버렸다. 그러니 내가 어떻게 가구 딸린 집에 살 수 있겠는가? 차라리 나는 들에 나가 앉아 있고 싶다. 사람이 땅을 파헤치지만 않으면 풀잎 위에는 먼지 하나 앉지 않으니 말이다.

석회석 세 개조차도 부담스러워하다니, 참으로 간소하고 소박한 삶이란 바로 이런 것이라는 생각이 든다. 소로는 여행자처럼 살았다. 그것도 아주 가벼운 봇짐 하나만 가진 여행자로 말이다. 짐이 가벼워야 여행이 즐겁다. 얽매임이 없기 때문이다. 내 인생의 주인으로 살아가려면 무엇보다 얽매임이 없어야 한다. 이것저것 매인 것들이 많으면 결코 자유로울 수 없다. 그는 일기(1851년 7월 2일)에 이렇게 썼다. "여행자! 나는 이 말을 사랑한다. 여행자는 여행자라는 이유만으로 존경 받을 만한 충분한 자격이 있다. 여행이야말로 우리 인생을 상징해주는 말 아니겠는가? 한 사람의 인생 역정이란 결국 어디에서 어디를 향해 가는 것일 테니 말이다."

소로는 젊은 시절 형 존과 함께 2주 동안 콩코드 강과 메리맥 강을 보트로 여행한 것을 비롯해 월든 호숫가에 머무는 동안에도 메인 숲에 다녀왔고, 동부 해안가의 케이프코드 바닷가를 세 차례나 도보 순례를 했을 만큼 여행을 즐겼다. 그런데 소로가 여행할 때 가지고 다녔던 봇짐에는 책 한 권과 바느질 재료, 망원경, 나침반, 줄자뿐이었다. 소로는 심지어 배낭도 없이 손수건이나 갈색 종이 한 장으로 가방을 만들어 다니는 게 최고의 여행이라고 말했을 정도다.

소로가 제발 좀 간소하게 살라고 외치는 이유는 분명하다. 우리 삶이 얼마든지 즐겁고 행복한 축복이 될 수 있는데도 많은 사람들이 개미처럼 비천하게 살아가는 까닭은 사소한 일들로 인해 인생을 헛되이 써버리기 때문이다. 사소한 일들에 신경 쓰지 않으려면, 그래서 보다 넉넉하게 소중한 시간들을 향유하려면 삶을 단순화해야 한다. 마치 수학자가 어려운 문제를 풀 때 불필요한 것들을 없애버리고 문제를 최대한 단순화시키듯 우리 인생의 문제들도 그렇게 풀어야 한다. 소로는 그 래서 간소한 삶이 필요하다고 역설하는 것이다.

간소하게, 간소하게, 간소하게 살라! 그대가 하는 일을 두 가지나 세 가지로 줄이라. 백 가지나 천 가지가 되도록 두지 말라. 백만 대신에 다섯까지만 세고, 계산은 엄지손톱에 할 수 있도록 하라. 문명화된 삶이라고 하는 이 험난한 바다 한가운데서는 구름과 태풍, 모래바람, 그리고 천 가지하고 도 한 가지 요인을 더 고려해야 한다. 그러다 보니 배가 침 몰해 바다 밑에 가라앉아 목표한 항구에 들어가지 못하는 사태가 벌어지지 않도록 하기 위해서는 추측항법으로 인생 을 살아갈 수밖에 없고, 이런 상황에서는 반드시 뛰어난 계 산 능력을 갖춰야 성공할 수 있는 것이다. 간소화하고 간소 화하라. 하루에 세 끼를 먹는 대신 꼭 먹어야 한다면 한 끼 만 먹어라. 백 가지 요리를 다섯 가지로 줄여라. 그리고 다 른 것들도 그런 비율로 줄이라.

소로는 진정한 삶을 시작하는 것은 먼 나라로 여행을 떠나 는 일과 같다고 말한다. 얽매임 없이 자유롭게 살아가려면 짐 부터 가벼워야 한다. 먼 길을 떠나는 여행자가 짐을 가볍게 꾸 리듯 우리 생활도 간소하게 꾸려나가야 한다. 짐이 무거우면 제약이 많다. 진정한 삶을 시작하려면, 노예의 삶을 벗어 던지고 내 인생의 주인으로 살아가려면 우선 짐부터 가볍게 꾸려야 하는 것이다.

6

노자老子는 말하기를 최고의 선은 물과 같다고 했다. 상선약수上善若水다. 노자는 《도덕경道德經》에서 "물은 만물을 이롭게 할 뿐 다투지 않고 만인이 싫어하는 곳에 거처한다"며 그래서 물은 도와 가깝다고 했다. 물은 늘 낮은 곳을 향하고 만물의 뿌리를 적셔준다. 나무는 물이 있기에 싹을 틔우고 열매를 맺을 수 있고, 사람은 물론이거니와 곤충과 짐승들도 물로 목을 축이고 생명을 이어갈 수 있다. 물은 아무 말 없이 밤낮으로 흐르면서 만물을 이롭게 해주고는 바다로 흘러가 버린다.

물은 또한 어디에도 얽매임 없이 사물의 변화에 따라 자유자재로 변하면서 만물의 생명을 낳고 기르는 어머니 같은 존재다. 쉬지 않고 흐르는 강물은 끊임없이 움직이기에 늘 깨끗하고 아름다울 수 있다. 만일 한 곳에 계속 머물러 있으면 더러워지고 썩어버리고 말 것이다. 마치 우리 생각이 한 곳에만 머물러 있으면 신선하고 건강한 사고를 할 수 없듯이 말이다. 이렇듯 강물은 끊임없이 움직인다는 게 얼마나 중요한지 가르쳐 준다. 물은 자기 앞에 바위가 있어도 바위에 부딪치는 일 없이 그 주위를 부드럽게 돌아서 흘러간다. 어떤 장애가 가로

막아도 다투지 말고 유연하게 헤쳐나가라는 게 아마도 강물이 전해주는 가르침일 것이다.

그런가 하면 새벽 아침 호수처럼 고요한 물은 모든 것을 비춰주는 거울이다. 소로가 월든 호수를 예찬했듯이 말이다. "이 지구상에서 호수처럼 아름답고 순수하며 커다란 것은 없을 것이다. 하늘의 물, 그것은 울타리가 필요 없다." 소로는 가을날 월든 호수가 완벽한 숲의 거울이 된다고 말한다. 이 거울은 돌로도 깰 수 없고 어떤 폭풍이나 먼지도 흐리게 할 수 없다. 거울 속의 수은은 영원히 닳아 없어지지 않고, 자연은 이 거울의 도금을 늘 손질해준다.

> 호수는 어떤 풍경에서든 가장 아름답고 감정이 풍부한 형상이다. 호수는 대지의 눈이다. 그 눈을 들여다보면 사람은 자기 본성의 깊이를 헤아리게 된다. 호숫가를 따라 자라는 나무들은 눈의 가장자리에 난 가냘픈 속눈썹이며, 그 주위의 우거진 언덕과 벼랑들은 눈 위에 그려진 눈썹이다.

월든 호수처럼 세상을 바라보는 맑은 눈을 가졌던 소로는 매일같이 월든 호수에 가서 몸을 깨끗이 씻어냈고 정신을 똑바로 가다듬었다. 호수는 그의 마음을 비춰주는 대지의 눈이자 그가 깨어있는지 늘 곁에서 지켜봐 주는 신의 물방울이었다. 소로의 호수 예찬은 맑고 투명한 월든 호수처럼 얽매임 없이 깨끗하게 살고자 하는 의지라고 할 수 있다. 노자의 말을 하나 더 인용하자면 "사람은 땅을 본받고, 땅은 하늘을 본받고, 하늘은 도를 본받고, 도는 자연을 본받는다"고 했다. 여기서 자연은 우리가 통상적으로 쓰는 의미의 자연, 즉 네이처 *Nature*가 아니라 '만물이 스스로 그러하다'는 의미다. 물은 그 자체로 사람을 먹여 살리고 대지에 생명을 주고 하늘을 맑게 비추는, 그 자체로 자연이라고 할 수 있다.

7

누구나 행복해지고자 한다. 행복을 꿈꾸고 행복을 추구하고 행복을 붙잡기 위해 안간힘을 쓴다. 그런데 행복이란 어지간해서는 잡히지 않는다. 어쩌다 행복을 손에 넣었다고 생각하는 순간 행복은 그야말로 신기루처럼 사라져버리고 만다. 그래서 이렇게 단정하기도 한다. 행복이란 이 세상에 존재하지 않는 것이고, 누구도 행복하지 않다. 정말 그럴까?

소로라면 어떻게 생각했을지 궁금해진다. 사실 소로는 행복에 별다른 의미를 두지 않았다. 《월든》을 읽어보면 '행복'*happiness*이라는 명사형 단어는 딱 한 번 나오는데, 아홉 번째 장 〈호수〉에서 월든 호수를 묘사할 때다. "이 호수는 그 자신이나 창조자에게, 그리고 나에게도 기쁨과 행복의 샘물이다." 그리고는 처음부터 끝까지 《월든》 어디에도 행복이라는 단어는 나오지 않는다.

소로는 굳이 행복을 좇지도 않았고 행복해지려고 애쓰지도 않았다. 소로에게 행복은 기쁨과 아름다움처럼 살아가면서 얻어지는 하나의 즐거움일 뿐이지 억지로 손에 넣으려고 발버둥칠 대상이 아니었다. 그저 자연처럼 자유롭게 살면서 이런 즐거움을 얻으면 되는 것이다. 소로는 어느 여름날 밤 월든 호수를 찾아갔을 때 받았던 감동을 시로 노래했는데 이렇게 시작한다. "아, 여기 월든 호수가 있구나, 그 옛날 내가 발견했던 것과 똑같은 숲 속의 호수가." 소로에게는 가슴 깊은 곳에서 우러나오는 이런 감동적인 느낌이 행복보다 훨씬 더 소중했던 것이다. 《월든》에서 〈경제〉 다음으로 긴 장인 〈호수〉는 상징으로 가득 찬 아름답고 시적인 문장들로 넘쳐난다.

여름날 아침 호수 한가운데로 보트를 저어가서는 길게 누워 공상에 잠기면 배는 산들바람이 부는 대로 떠가고, 그렇게 몇 시간이고 지나서야 문득 배가 기슭에 닿는 바람에 몽상에서 깨어나곤 했다. 나는 그제서야 고개를 들어 운명의 여신이 나를 어떤 물가로 밀어 보냈는지 살펴보았다. 지금보다 젊었던 그 시절은 이렇게 게으름을 부리는 것이 시간을 가장 매력적으로 또 생산적으로 보내던 때였다. 하루 중 가장 소중한 시간들을 그런 식으로 보내기 위해 나는 숱한 아침 시간에 호수로 몰래 빠져 나왔다. 그 시절에

나는 정말 부자였다. 금전상으로가 아니라 햇빛 찬란한 시
간과 여름날들을 풍부하게 가졌다는 의미에서 그랬다. 나
는 이 시간들을 아낌없이 썼다. 이 시간들을 공장 작업장
이나 학교 교단에서 더 많이 보내지 않은 것을 나는 전혀
후회하지 않는다.

한 문장 한 문장마다 소로다운 매력이 한껏 느껴지는 구절
이다. 소로가 호수 한가운데 떠있는 보트에 누워 한가하게 공
상에 잠겨있는 모습을 그려본다. 아, 나도 이렇게 살 수 있다
면, 몸은 그저 바람 부는 대로 맡겨놓고 생각은 자유롭게 떠
돌아다니도록 놓아둘 수 있다면! 그러자면 무엇보다 얽매임이
없어야 하는데 이게 말처럼 쉽지가 않다. 그래서 소로가 대단
하게 보이는 것이다. 소로는 이 문제를 아주 간단히 풀었다.
그의 해결책은 세상을 있는 그대로 자신만의 시각으로 바라보
고 당당하게 남의 눈치 안 보고 살아가는 것이었다.

마을 사람들이 그의 이런 모습을 보았다면 틀림없이 혀를
끌끌 찼을 것이다. 어쩌면 "하버드 대학씩이나 나온 친구가"
하면서 한심스럽게 여겼을지도 모른다. 그러거나 말거나 소로
는 다른 사람들의 시선에 전혀 개의치 않았다. 오히려 그렇게
게으름을 부리는 것이 제일 매력적이고 생산적이었다고 말한
다. 참, 소로다운 발상이다. 이번에는 어느 맑은 가을날 언덕
에 올라 호수를 바라본다.

따스한 햇살이 너무나도 고맙게 느껴지는 어느 맑은 가을 날 언덕 높은 곳에 있는 나무 그루터기에 걸터앉아 호수를 바라본다. 그렇게 물 위에 비친 하늘과 나무들의 그림자 때문에 잘 보이지 않는 수면 위에 끊임없이 그려지는 동그라미 모양의 파문을 관찰하면 마음이 한결 차분해진다. 이 넓은 수면에는 동요도 없고, 혹 있더라도 금세 잠잠해지며 가라앉는다. 마치 물 항아리를 흔들어대면 잠시 출렁거리다가 물이 가장자리에 닿으면서 다시 잠잠해지는 것처럼 말이다.

소로에게 월든 호수는 마음을 비춰주는 거울이며 순수의 상징이다. 그래서 비록 달리는 기차는 호수를 보기 위해 일부러 멈추지 않지만 기관사나 승객들은 월든 호수를 자주 본 덕분에 조금이라도 더 나은 사람이 되었을 것이라고 생각한다. 얼마나 순수한 생각인가!

달리는 기차는 호수를 보기 위해 일부러 멈추지 않는다. 하지만 기관사와 화부와 제동수, 그리고 정기승차권을 갖고 다니는 승객들은 월든 호수를 자주 본 덕분에 조금이라도 더 나은 사람이 되지 않았을까 하고 나는 생각해본다. 이 평온하고 순수한 월든 호수를 낮에 최소한 한 번은 보았다는 사실을 그 기관사는, 적어도 그의 본성은 밤에도 잊지 않을 것이다. 단 한 번만 바라보더라도 월든 호수의 모습은

혼잡한 보스턴의 대로와 기관차의 검댕을 씻어내는 데 도움을 준다. 그래서 월든 호수를 "신의 물방울"로 부르자고 제안한 사람도 있다.

소로가 바라는 것은 다만 마음이 깨끗해지고 차분해지는 것이다. 억지로 세속적인 성공을 좇지 않았던 것처럼 그는 행복 타령도 하지 않았다. 그에게 행복이나 성공은 목표로 추구할 대상이 아니라 그저 자유롭게 의도적으로 살아가는 과정에서 얻어지는 부산물일 뿐이었다.

소로는 말한다. 자유는 의도적으로 살아가는 데서만 얻을 수 있다고 말이다. 의도적으로 살기 위해서는 용기가 필요하다. 자기 인생을 책임지겠다는 용기가 없으면 절대로 자유롭게 살 수 없다. 자유로운 삶은 다른 누가 주는 게 아니다. 나스스로 자유로운 삶을 살아가는 것이다. 그러자면 자유롭게 살아갈 각오를 해야 한다. 이제 우리 자신에게 물어볼 차례다. 과연 나는 의도적으로 살아가고 있는지, 자유롭게 살아갈 각오는 되어 있는지 말이다.

3
자기만의 길을 가라

어쨌든 나는
내 길을 추구해야 한다
그 길이 아무리
외롭고 비좁고 꾸불꾸불하더라도
그 길에서 나는
사랑과 존경심을 품고
걸어나갈 수 있을 것이다

원칙 없는 삶

1

서울 광화문에 있는 흥국생명 사옥 앞에는 높이 22미터 무게 50톤에 달하는 '망치질하는 사람*Hammering Man*'이 서 있다. 미국인 조각가 조나단 보로프스키*Jonathan Borofsky*의 작품인 이 움직이는 거대 철제 조각상은 1분 17초마다 한 번씩 망치질을 하는데, 그야말로 하루 종일 쉬지 않고 망치질을 반복한다. 이 작품을 바라보고 있으면 항상 분주하게 살아가는 현대인의 반복되는 일상이 느껴진다. 작가가 전해주고자 하는 메시지가 이것일 것이다. 똑같은 기계적인 동작을 끊임없이 되풀이하는 '망치질하는 사람'처럼 많은 사람들이 아침에 일어나 일터에 나갔다가 밤이 되면 집으로 돌아온다. 타성에 젖어 습관처럼 그날그날을 살아가는 것이다.

　헨리 데이비드 소로는 사람들의 이런 태도, 소름끼칠 정도로 길들여진 방식으로 살아가는 자세를 제일 경계했다. 이것이 바로 노예의 삶이기 때문이다. 《월든》의 여섯 번째 장 〈방문객들〉에서 소로는 이런 사람들을 나이와 성별, 직업에 관계없이 "늙고 병들고 겁 많은 사람들"이라고 부르면서 이들은 늘 "질병과 불의의 사고와 죽음에 대해서만" 생각한다고 이야기한다.

> 돈을 버느라 시간을 다 뺏겨 여유가 없는 사람들, 신에 관해서라면 자기들이 독점권을 가진 양 말하며 다른 어떤 견해도 용납하지 못하는 목사들, 의사와 변호사들, 그리고 내가 없는 사이에 나의 찬장과 침대를 들여다보는 무례한 주부들, 안정된 전문직의 닦여진 가도를 걷는 것이 가장 안전하다고 결론을 내린 더 이상 젊지 않은 젊은이들, 이 모든 사람들이 한결같이 하는 이야기는 현재 나의 위치에서는 큰일을 할 수 없다는 것이었다. 아! 바로 거기에 문제가 있었다. 나이와 성별을 망라한 이들 늙고 병들고 겁 많은 사람들은 질병과 불의의 사고와 죽음에 대해서만 주로 생각하는 것이다. 그들이 보기에 인생은 위험으로 가득한 것이다. 그러나 위험에 대해 생각하지 않으면 무슨 위험이 있겠는가?

소로는 이런 사람들이야말로 약 상자 없이는 산딸기도 따러 갈 수 없는 위인들이라며, 그러나 사람은 살아 있는 한 늘 죽음의 위험이 뒤따른다고 꼬집는다. 그러면서 특유의 위트를 섞어 이렇게 덧붙인다. "물론 그 사람이 처음부터 산송장과 비슷하면 비슷할수록 죽음의 위험은 적어지겠지만 말이다.

아무튼 앉아있는 사람이나 달리는 사람이나 위험하기는 마찬가지인 것이다."

야생의 자연을 들여다 보면 안전이란 없다. 오히려 위험을 피하는 것이 위험에 맞서는 것보다 안전하지 못한 경우가 더 많다. 그런 점에서 헬렌 켈러*Helen Keller*의 말은 음미할 만하다. "삶이란 위험을 무릅쓴 모험이거나 아무것도 아니거나 둘 중 하나다."

다들 남들처럼 돈 벌고 출세하기 위해 발버둥친다. 하루 24시간이 부족하다며 바쁘게 쫓기듯 살아간다. 때로는 좌절도 하고 쓴맛도 보지만 안정된 직장에 다니고 있다는 사실을 위안으로 삼는다. 꼬박꼬박 월급 나오니 어떻게든 나중에 연금 나올 때까지만 버텨보자고 다짐하기도 한다. 힘들면 술도 좀 마시고 이런저런 방법으로 스트레스도 풀고, 집에 들어가면 아이들은 쑥쑥 커가고 내 집 장만하느라 빌린 은행 대출금도 거의 다 갚아가는 것 같다. 그런 식으로 한 살 두 살 나이가 들어간다. 마치 신기루를 좇으며 달려가듯 귀중한 젊은 시절을, 또 아쉬운 중년의 나날을 그렇게 앞만 보고 살아가는 것이다. 그러면서 다들 한숨 쉬듯 자문한다. 이게 최선 아닌가? 달리 뭘 어떻게 해? 그런 물음이 당연하다고 생각하는 것이다. 그러나 소로는 이런 생각을 지배하고 있는 상식과 통념에 과감히 도전한다.

우리는 너무나도 철저하게 현재의 생활을 신봉하고 살면서 변화의 가능성을 부인하고 있다. '이 길밖에는 다른 도리가 없어' 하고 우리는 말한다. 그러나 원의 중심에서 몇 개라도 반경을 그을 수 있듯이 길은 얼마든지 있다. 생각해보면 모든 변화는 기적이라고 할 수 있으며, 그 기적은 시시각각으로 일어나고 있다.

대부분의 사람들은 마치 식물처럼 숨죽인 채 살아가면서도 매일매일 시간에 쫓겨 허둥댄다. 그리고는 자신의 삶에서 여유와 기회를 눈곱만큼도 가질 수 없다고 푸념한다. 소로는 그러나 실은 얼마든지 여유와 기회를 찾을 수 있다고 말한다. 용기가 없어서 못 갖는 것뿐이다. 아무런 모험도 하지 않으려하고 무조건 위험을 피하면서 편하게만 살아가려는 사람들을 향해 소로는 개미처럼 비천하게 살고 있다고 질타한다. 어차피 살아있는 생명은 죽게 마련이다. 죽음을 맞이했을 때 헛된 삶을 살았구나 하고 후회하는 일이 없게 하려면 스파르타 인처럼 아주 강인하게, 삶이 아닌 것은 모두 때려 엎으면서 살아야 하는 것이다.

소로가 말하듯이 "자신이 원하는 일을 하며 생계비를 벌 수 있는 사람"이 가장 행복하다. 자신이 살아가는 방식을 스스로 결정하겠다고 단단히 결심하고서 의도적으로 살아간다면 아무리 어려운 도전도 이겨낼 수 있다.

2

소로는 우리가 절망의 도시에서 절망의 시골로 들어가 밍크
나 사향쥐의 용기에서나 위안을 찾을 수밖에 없다고 탄식한
다. 밍크나 사향쥐는 덫에 걸리면 제 다리를 물어뜯어 잘라
내서라도 자유의 몸이 되고자 하는데, 대부분의 사람들은 도
시에 살든 시골에 살든 전혀 그렇게 하지 않기 때문이다. 사
람들은 오히려 현재의 습관적인 생활 방식을 '의도적으로' 선
택하면서도 "달리 선택의 여지가 없다"고 믿는다. 소로는 이
런 잘못된 고정관념은 당장이라도 버려야 하며, 아무리 오래
된 사고방식이나 행동방식도 증명되지 않은 것을 믿어서는 안
된다고 말한다.

선택의 여지가 없다고 말하는 것 역시 실은 스스로 선택한
것이다. 노예의 삶을 살 것인가, 아니면 주인의 삶을 살 것인
가는 전적으로 내가 선택하는 것이다. 다른 누구의 시선이나
평판 따위에 신경 쓸 것 없이 내가 나 자신에게 내리는 평가가
무엇보다 중요하다. 소로는 어느 짐마차꾼의 예를 든다. 사업
가에게 고용돼 장터를 돌아다니는 이 짐마차꾼은 말에게 먹
이와 물을 주고 운송대금도 챙기지만 하루 종일 움츠린 채 사
람들의 눈치나 보며 막연한 불안에 휩싸여 살아간다. 이 짐마
차꾼에게서는 단지 자기 자신의 행동에 의해 얻어진 평판의
노예로 살아가는 모습만 볼 수 있다. 소로는 이렇게 묻는다.
"서인도제도의 노예들은 윌버포스가 해방시켰지만 여전히 정

신의 세계에서 노예 생활을 하고 있는 우리들을 해방시킬 인물은 어디에 있는가?"

사실 많은 사람들이 하루하루를 체념한 듯 무기력하게 살아가는 이유는 그런 삶이 편하기 때문이다. 노예처럼 사는 삶이 더 쉽고 편한 것이다. 누군가가 알려주는 대로 그 길을 그대로 따라가기만 하면 되니까 말이다. 회사가 혹은 조직이 아니면 윗사람이나 선배가 내 삶을 관리해주는 대로 살아가는 것이다. 그러면 일단 나는 책임 질 필요도 없고 시키는 일만 하면 되는 것 같다. 안주한다는 게 바로 이런 것이다.

그러나 자신의 삶이 어디로 흘러가는지도 모른 채 누군가의 거대한 기계를 돌리는 작은 톱니바퀴로 머물러서는 안 된다. 우리 인생은 그 이상의 무엇인가가 되어야 한다. 편안하게 안주하는 삶을 박차고 다른 삶을 찾아 나서겠다는 깨달음이 필요한 것이다. 그게 내 인생의 주인으로 살아가는 첫걸음이다. 편안한 삶은 절대로 자기 성찰의 기회를 주지 않는다. 평온한 절망 속에서 살아가던 노예의 삶과 결별하고 비로소 내 인생에 책임을 지는 주인의 삶을 살아가려면 먼저 편안한 삶부터 버려야 한다.

그런데 노예로 살고 싶어하는 이유가 또 있다. 무지하기 때문이다. 미지의 대상을 향한 두려움, 앞날에 대한 불확실성, 이런 것들에 지레 겁을 먹고 스스로 모른다고 뒷걸음질치는 것이다. 그래서 별 저항 없이 노예의 삶을 받아들이는 것인데,

내 인생의 주인으로 살기 위해서는 무지를 떨쳐내야 한다. 자기 자신을 확실하게 알아야 책임질 수 있다. 책임지겠다는 각오만 있으면 두려움은 금세 사라진다.

가끔 젊은 친구들을 만나 현실에 안주하지 말고 과감히 자기만의 길을 개척하라고 말하면 열이면 열 이런 물음을 던져온다. "그럼 지금 다니고 있는 직장을 당장 때려치우고 나 하고픈 대로 하면서 살라는 말입니까?" 내 대답은 분명하다. "그래, 당장 그만두게." 그러면 또 묻는다. "그러다 잘못되면 책임질 겁니까?" 바로 이것이다. 아주 중요한 질문인데, 그건 나한테 던질 질문이 아니라 자기 자신에게 던져야 할 질문이다. 책임을 져야 한다. 내 인생의 주인으로 산다는 것은 자기 인생에 책임을 지겠다는 것이다. 노예로 산다는 것은 이 책임의 전부 혹은 일부를 다른 사람에게 돌리려는 것이다. 하지만 노예로 산다 해도 결국은 자기가 책임을 져야 한다. 다름아닌 나의 삶이니까 말이다.

많은 사람들이 오늘도 길거리를 분주히 오간다. 하찮은 희망 한 조각, 터무니없는 욕망 하나씩을 품고서는 다들 자신은 안전하다고 확신하며 걸어간다. "망치만 갖고 있는 사람에게는 모든 문제가 못으로 보인다"는 말이 있다. '망치를 든 사람 신드롬man-with-a-hammer syndrome'이다. 어떤 아이디어나 해결방식을 일률적으로 모든 분야에 적용하려고 하는 증상인데, 길들여진 채 살아가는 모든 이들에게서 이 망치를 든 사람 신드

롬을 발견할 수 있다. 자신의 사고나 행동을 합리화하기 위해 이런저런 조건과 상황을 자기에 맞게 가져다 붙이는 것이다.

인간은 자신이 믿고 싶은 것만 믿는다. 사실이기를 바라는 것은 무조건 사실이라고 믿어버리곤 한다. 아주 간절히 희망하는 것을 실제로 믿게 되기도 한다. 희망이란 때로 이처럼 맹목적이어서 늘 구체적인 근거를 필요로 하는 것이다. '망치질하는 사람'은 오늘도 타성에 젖어 습관처럼 쉬운 길만 가려고 한다. 혹시 자신이 망치질하는 사람이라고 생각된다면 지금이라도 당장 새로운 망치질을 모색해봐야 한다. 어쩌면 망치를 던져버려야 할 수도 있다. 그렇게 해서라도 내 인생을 바꿀 수만 있다면 그렇게 해야 한다.

그래야 나만의 길을 갈 수 있다. 물론 이게 절대 말처럼 쉽지 않다. 순간순간마다 무엇을 해야 할지 스스로 결정해야 하고, 끊임없이 자신의 결정에 질문을 던져야 하고, 또 자신의 행동에 책임을 진다는 것은 매우 어려운 일이다. 그러나 내 인생의 주인이 된다는 것, 나만의 길을 걸어간다는 것 자체가 결코 쉽지 않은 선택이다. 남이 걸어간 길을 답습하는 것은 노예의 삶이다. 굳게 결심하고 각오해야만 비로소 나만의 길을 갈 수 있다.

어디선가 이런 글을 읽은 적이 있다. "판에 박은 듯 반복되는 생활과 무덤의 유일한 차이는 얼마 안 되는 깊이밖에 없다." 죽음에 이르러서 뒤늦게 후회하지 않으려면 이 말을 가슴

속에 새겨둬야 한다. 길들여진 삶을 사는 것은 이미 죽은 것이나 다름없다.

자기만의 길을 간다는 것은 삶의 본질적인 것에만 집중한다는 것이다. 불필요한 것, 가치 없는 것들에 눈을 돌리지 않는다는 것이다. 남들이 하는 말에 전혀 흔들리지 않는 것이다. 나를 칭송하든 비웃든 그런 것에 신경 쓸 필요 없다. 지위가 높아지고 명성이 쌓인다 해도 다 한때의 바람일 뿐이다. 마찬가지로 설사 누가 비난하고 아무도 알아주지 않는다 해도 그냥 내 갈 길을 가면 된다. 중요한 것은 내가 설정한 내 삶의 기준이지 다른 사람들의 시선이나 의견이 아니다.

소로는 말한다. 제발 눈을 뜨라고 말이다. 다른 사람의 눈으로 보는 어리석음에서 벗어나라고 말이다. 내 눈이 열려야 세상을 제대로 볼 수 있다. 뜨인 눈으로만 내 인생을 제대로 살아갈 수 있다.

3

소로는 우리가 깨어있지 않으면 살아있는 생명이라고 할 수 없다고 했다. "깨어있다는 것은 곧 살아있다는 것이다." 그리고 이보다 더 중요한 것은 "그렇게 깨어난 상태로 있어야 한다"는 것이다. 스스로 깨어난 상태를 유지하려면 끊임없이 정진하고 노력해야 한다. 소로는 그 방법으로 자기만의 고유한 삶의 방식을 찾아내 그 길을 가는 게 무엇보다 중요하다고 말한다. 다른 사람의 생활 방식을 따르는 것은 자기 삶이 될 수 없기 때문이다. 심지어 소로 자신의 생활 방식을 따른다 해도 그건 바람직하지 않다.

유산으로 몇 에이커에 달하는 토지를 물려받은 젊은이가 내게 말하기를 '무슨 방법만 있다면' 나처럼 살고 싶다고 했다. 하지만 나는 어떤 식으로든 누가 내 생활 방식을 그대로 따르기를 원치 않는다. 그 사람이 내 방식을 제대로 배우기도 전에 나는 또 다른 방식을 찾아낼지도 모를 뿐만 아니라 나는 가능하면 많은 제각기 다른 인간들이 이 세상에 존재해주기를 바라기 때문이다. 대신 각자가 '자기 자신의 고유한 길'을 조심스럽게 찾아내 그 길을 갔으면 한다. 결코 자기 아버지나 어머니 또는 아는 사람이 간 길을 따라가지 말라는 것이다. 젊은이가 건축을 하든 농사를 짓든 배를 타든 그가 하고 싶어하는 일을 하지 못하도록 가로막는 짓만은 제발 하지 말자. 항해하는 사람이나 도망 노예가 항상 북극성을 바라보듯 우리는 단 하나의 정확한 지표만 있어도 현명하게 처신할 수 있다. 그러나 우리가 평생 가야 할 길을 밝혀주는 데는 그것 하나만으로도 충분하다. 정해진 시일 안에 항구에 닿지 못할 수도 있겠지만 올바른 길에서 벗어나는 일은 없을 테니 말이다.

소로는 누구에게도 자신의 생활방식을 권하지 않았다. 설사 결과가 좋지 못하더라도 각자가 자신이 원하는 대로, 자기 삶의 방식대로 살아가는 것이 그 무엇보다 중요하기 때문이다. 내 인생의 주인이 되어 내 방식대로 살아가는 것이 제일 바람직하다고 하는 이유는 그것이 꼭 최선의 결과를 낳기 때문이 아니라 성과와 상관없이 자기 방식대로 사는 길이기 때문에 그것이 바람직하다는 것이다.

존 스튜어트 밀*John Stuart Mill*은 《자유론*On Liberty*》에서 다른 사람을 맹목적으로 따라가기 보다 자기 방식대로 살아가는 개별성이 무엇보다 중요하다고 역설한다. 많은 사람들이 무분별하게 남을 따라가려는 습성을 갖고 있지만, 각 개인이 자기만의 고유한 성격과 가치를 발휘하지 못하는 삶은 '모래를 씹는' 것처럼 무의미한 일상의 반복일 수밖에 없다는 것이다. "우리의 육체나 정신, 영혼의 건강을 보위하는 최고의 적임자는 누구인가? 그것은 바로 각각의 개인이다. 우리는 자신에게 도움이 된다고 생각하는 방향으로 자기 방식대로 인생을 살아가다 일이 잘못돼 고통을 당할 수도 있다. 그러나 설령 그런 결과를 맞이하더라도 자신이 선택한 길을 가게 되면 다른 사람이 좋다고 생각하는 길로 억지로 끌려가는 것보다 궁극적으로는 더 많은 것을 얻게 된다. 인간은 바로 그런 존재다."

밀은 이와 마찬가지로 누구든 자신의 생각이 잘못될 수 있음을 인정해야 하고, 따라서 다른 사람의 생각에 대해 열린 마음을 가져야 한다고 지적한다. "전체 인류 가운데 단 한 사람이 다른 생각을 갖고 있다고 해서 그 사람에게 침묵을 강요해서는 안 된다. 이것은 마치 어떤 한 사람이 자신과 생각이 다르다고 해서 나머지 모든 사람에게 침묵을 강요하는 것만큼이나 용납될 수 없는 일이다." 밀은 우리가 이야기하는 자유 가운데 가장 소중하고 또 유일하게 자유라는 이름으로 불릴 수 있는 것은, 다른 사람의 자유를 박탈하거나 자유를 얻기 위한 노력을 방해하지 않는 한, 각자 자신이 원하는 대로 자신의 삶을 꾸려나가는 자유라고 말한다.

4

많은 부모들이 자기 자식만은 이 세상에서 가장 훌륭한 사람으로 키우겠다고 다짐한다. 이 사회에 공헌하는 인재로 만들겠다고 큰소리치기도 한다. 자신의 아들딸을 그렇게 키우는 게 자기 삶의 목표라고까지 얘기한다. 참으로 대단한 인생 목표가 아닐 수 없지만 그러기에 앞서 혹시 자신이 자녀의 앞길을 가로막고 있는 것은 아닌지 돌아봐야 한다. 자신의 고유한 길을 찾아내려는 자녀에게 오히려 다른 사람들이 이미 지나간 길을 답습하라고 다그치는 게 아닌지 생각해보라는 말이다.

　들판 가득 피어난 노란 민들레들이 예쁜 이유는 민들레답게 피었기 때문이다. 어느 하나 남을 부러워하지도 않고 따라

하지도 않는다. 자신이 향기로운 장미가 되지 못한 것을 한탄하지도 않고, 연분홍 빛 진달래가 되지 못한 것을 슬퍼하지도 않는다. 민들레는 그저 민들레답게 피어있을 뿐이다. 그런데도 그렇게 한껏 자신을 꽃피우는 모습이 참 아름답다. 아름답다고 느끼는 건 내 마음이지만 저 민들레는 혼자서 스스로 피어났고 또 때가 되면 꽃잎을 다 떨구고 아무 말 없이 떠나갈 것이다.

집 앞의 호수공원을 달리다 보면 문득 길가에 줄지어 늘어선 작은 들국화를 발견하곤 한다. 하얀 빛깔이기는 한데, 저마다 조금씩 다르다. 약간 노란색을 띠는 것도 있고, 회색 빛이 조금 감도는 것도 있다. 하지만 눈부시게 하얗다거나 짙은 노란색은 없다. 또 유독 한두 송이가 빼어날 정도로 매혹적이거나 해서 눈길을 잡아 끄는 경우도 없다. 그저 자기 색깔대로 바람에 흔들거리며 서 있다. 저 들국화가 아름다운 이유는 너무나도 소중한 삶을 지금 이 순간 활짝 꽃피우고 있기 때문이다. 들국화와 비슷하게 생겼지만 보랏빛이 감도는 구절초, 깜찍할 정도로 샛노란 색으로 피어나는 달맞이꽃, 이들은 누구도 부러워하지 않고 누구도 시샘하지 않으면서 그렇게 피어난다. 아마도 소로가 이야기하는 자기 자신만의 길을 가라는 것은 저 들꽃처럼 살라는 말일지 모른다.

소로는 분명히 말한다. 살아있는 개가 죽은 사자보다 낫다고 말이다. 자신이 왜소한 피그미 족에 속해 있다면 피그미 족

중에서 제일 큰 사람이 되려고 노력해야지 키 큰 다른 부족에 비해 열등하다는 생각으로 목매달아서는 안 된다고 말이다. "우리들 각자는 자기 자신의 일에 열중하면서 타고난 천성에 따라 고유한 인간이 되도록 노력해야 한다." 소로는 우리가 헛된 현실이라는 암초에 걸려 난파당해서는 안 된다면서 《월든》에서 가장 자주 인용되는 구절을 이야기한다.

왜 우리는 성공하려고 그토록 필사적으로 서두르며 그토록 무모하게 일을 벌이는 것일까? 어떤 사람이 자기와 함께 있는 사람들과 보조를 맞추지 않는다면 그것은 아마도 그 사람이 그들과는 다른 고수의 북소리를 듣고 있기 때문일 것이다. 그 사람으로 하여금 자신이 듣는 음악 소리에 맞춰 걸어가도록 내버려두라. 그 북소리의 음률이 어떻든, 그 소리가 얼마나 먼 곳에서 들리든 말이다. 그가 사과나무나 떡갈나무처럼 그렇게 빨리 성장해 나가는지는 중요하지 않다. 그가 성장 속도를 맞추기 위해 자신의 봄을 여름으로 바꾸어야 한단 말인가?

여기서 '다른 고수의 북소리'를 듣는 사람은, 세상 사람들이 높이 평가하는 세속적인 성공의 기준을 무시한 채 꿋꿋이 자기만의 길을 가는 사람일 것이다. 마치 소로처럼 말이다. 이렇게 다른 사람들이 설정해놓은 틀에 얽매이지 않고 독자적으로 성공의 기준을 정해두는 게 필요하다. 그래야 자기 본성에서 우러나오는 내면의 북소리에 발맞춰 걸어갈 수 있다.

자유가 소중한 이유는 행복한 삶을 살아가는 데 꼭 필요하기 때문이다. 만일 자신의 개성을 마음껏 발휘하지 못하고 남이 설정한 성공의 기준에 맞춰 살도록 강요 받는다면 아무도 행복하다고 할 수 없을 것이다. 밀의 말을 다시 들어보자. "당사자에게 도움이 되고 그 사람을 더 행복하게 만들어줄 것이라고 해서, 혹은 그렇게 하는 것이 다른 사람들이 보기에 현명하거나 옳은 일로 여겨진다고 해서, 당사자의 의사에 반해 강제를 행하는 것은 결코 정당화될 수 없다. 자기 자신의 정신과 육체에 관한 한 본인이 절대적 주권자나 다름없기 때문이다."

5

러시아 작가 알렉산드르 솔제니친*Aleksandr Solzhenitsyn*이 쓴《이반 데니소비치의 하루*Odin den' Ivana Denisovicha*》는 시베리아의 강제노동 수용소를 배경으로 하는 소설인데, 추운 겨울날 저녁식사 장면에서 잠깐 나오는 키가 큰 노인은 주목해야 할 인물이다. 이름도 없이 그저 죄수번호 유-81호뿐인 이 노인에게서 나는 자기 인생의 주인이 되어 살아가는 자유로운 인간의 모습을 발견한다.

이 노인은 수용소에 얼마나 오래 있었는지 아예 셀 수도 없을 지경이다. 10년의 형기가 지나면 다시 10년이 추가되었고, 단 한 번도 특사를 받은 적이 없다. 게다가 오늘 그의 작업반은 영하 20도가 넘는 추운 날씨 속에 하루 종일 바람 피할 장소 하나 없는 허허벌판에서 자기 자신들을 에워싸는 철조망을 치는 일을 해야 했다. 그런데 저녁 식사시간에 마주한 이 노인의 태도는 당당하기만 하다. 다른 죄수들은 모두 새우등처럼 허리를 굽히고 있는데, 이 노인의 허리는 꼿꼿하게 서있다. 다른 죄수들은 국그릇에 얼굴을 처박고 먹는데, 이 노인은 수저를 높이 들고 먹는다. 다른 죄수들은 빵을 더러운 식탁에 아무렇게나 내려놓지만, 이 노인은 깨끗한 천을 밑에 깔고 그 위에 내려놓는다. 얼굴에 생기라고는 하나도 없지만 이 노인에게는 당당한 빛이 있다.

그 중에서도 압권은 바로 이 노인의 시선이다. 노인은 수용소 식당에서 벌어지는 온갖 일에는 아무런 관심도 없다는 듯 멀리 허공을 바라본다. 수십 년의 감옥살이에도 불구하고 전혀 굴하지 않는 표정, 어떤 타협도 하지 않으려는 태도, 주인공 슈호프는 이 노인의 얼굴빛을 이렇게 묘사한다. "산에서 캐낸 바위처럼 단단하고 거무스름하다."

소설 속의 강제노동 수용소에는 여러 인간 군상들이 살아간다. 다들 조금이라도 편하게 지내보려고 잔머리를 굴리고 잔꾀를 부리고 속임수를 쓰지만 이 노인처럼 전부가 그런 것은 아니다. 알료쉬카라는 친구는 누가 무슨 부탁을 해도 싫다는 내색을 하는 법이 없는 인물이다. 그는 자신의 그런 태도를 궁금해하는 주인공 슈호프에게 이렇게 말해준다. "무엇 때문에 당신은 자유를 원하는 거죠? 감옥에 있다는 것을 즐거워해야 해요! 그래도 이곳에선 자신의 영혼에 대해 생각할 수 있으니까요."

주위의 많은 사람들이 스스로 마음의 감옥, 생각의 감옥 속에 갇혀버린 부유한 노예 신세로 살아간다. 길들여진 채 살아가고 있는 것이다. 수용소에 갇힌 사람들보다 더 편안한 침대에서 잠자고, 더 기름진 음식을 먹고, 더 좋은 작업 환경에서 일하고 있지만, 단지 그것만 다를 뿐 새벽부터 밤늦게까지 숨가쁘게 쫓기듯 살아가는 건 수용소의 하루하루나 우리네 일상이나 비슷하다. 물질적으로는 우리가 풍요롭지만 오히려 우리가 더 오랜 시간 더욱 필사적으로 일하고, 더 절박한 심정으로 더욱 불안하게 살아가고 있는지 모른다.

생각의 감옥에서 빠져 나오려면 우선 눈을 안으로 돌려야 한다. 무엇보다 우리에게는 살아가는 태도를 선택할 수 있는 자유가 있으며, 우리가 처한 상황을 얼마든지 새로운 시각으로 바라볼 수 있는 힘이 있다는 사실을 자각해야 한다. 외적인 조건은 그것이 아무리 절망적으로 보인다 해도 내적 성찰을 통해 긍정적인 것으로 바꿀 수 있다. 시베리아 강제노동수용소라고 하는, 세상에 도저히 사람이 살아갈 수 없을 것 같은 비참한 상황 속에서도 이 노인처럼, 또 알료쉬카처럼 자기 인생의 주인이 되어 당당하게 행동하고 자유롭게 살아갈 수 있다. 눈을 돌려 자기 내면을 바라보기만 하면 그렇게 될 수 있다.

6

《월든》의 여덟 번째 장 〈마을〉에서 소로는 숲 속에서 살기 시작한 첫 해 여름 콩밭을 가꾸느라 바쁜 와중에도 자주 마을에 내려가 사람들의 습성을 관찰했다고 말한다. 《월든》에서 가장 짧은 〈마을〉 장에서 소로가 묘사한 콩코드 거리는 하나의 커다란 뉴스 열람실 같고, 또 식료품 가게와 술집 등이 있는 마을의 심장부에는 길 가는 사람들을 유혹하기 위한 간판들이 내걸려 있다. 소로는 어두운 숲 속에서 길을 잃는 경험이야말로 소중한 것이라며 "길을 잃고 나서야, 다시 말해 세상을 잃어버리고 나서야 비로소 우리는 자기 자신을 발견하기 시작하며 우리의 위치와 우리의 관계의 무한한 범위를 깨닫기 시작한다"고 말한다.

그리고는 〈시민불복종Civil Disobedience〉을 쓰게 된 계기인 하룻밤의 수감 생활에 대해 이야기한다. 이날 사건은 소로가 월든 호숫가에 들어와 산 지 1년쯤 지난 1846년 8월에 있었던 일인데, 이로부터 2년 뒤 한 강연에서 소개했고 훗날 에세이로

남겨 소로 자신의 이름을 널리 알리는 명문이 되었다. 소로가 체포돼 투옥당한 이유는 알다시피 인두세를 내지 않았기 때문이다. 그는 흑인 노예제도의 폐지와 멕시코 전쟁의 부도덕성을 주장하며 6년간이나 세금 납부를 거부하고 있었다. 그는 이날 일에 대해 아주 담담하게 묘사한다.

내가 숲에 들어간 것은 정치적이 아닌 다른 목적이 있어서였다. 그러나 한 인간이 어디를 가든 사람들은 그를 뒤쫓아와서 그들의 더러운 제도로 그를 거칠게 다루며, 할 수만 있다면 그들의 가증스러운 조직에 그를 강제로라도 붙들어 매려고 한다. 물론 나는 효과가 있든 없든 무력으로 저항을 할 수도 있었고, 사회에 대해 미친 듯이 날뛸 수도 있었으리라. 하지만 나는 차라리 사회가 나에 대해 미친 듯이 날뛰는 모습을 지켜보기로 했다. 왜냐하면 절망적인 것은 그쪽 편이니까. 그러나 나는 그 다음날 석방됐다. 그래서 수선한 구두를 찾아가지고 숲으로 돌아와 곧바로 페어헤이번 언덕에 올라가 산딸기로 점심을 들었다.

많은 사람들은 법률이나 규칙을 준수하지 않으면 처벌이 따르기 때문에 그것이 두려워서 혹은 여론을 의식해 그 법률이나 규칙이 옳건 그르건 무조건 지킨다. 그러나 소로는 여기에 동의하지 않았다. 국가가 아무리 강요해도 굽히지 않았다. 다수결의 원칙을 앞세워 사회가 설정하고 규정한 제도나 규범이라도 그것이 옳지 않으면 거부했다. 왜냐하면 순순히 따르는 것은 노예의 행동이기 때문이다. 소로는 또한 사회가 인정하는 성공의 기준에 맞춰 살아가는 것을 거부했다. 아무리 사람들이 선망하고 좋아하는 것이라 하더라도, 자신에게 가해지는 압박이 아무리 심하고 불이익이 크더라도 소로는 선택의 자유를 포기하지 않았다.

인간에게 자유가 소중한 이유는 그것이 없으면 누구도 행복하게 살아갈 수 없기 때문이다. 소로는 결과보다 과정을 더 중시했고, 자기 방식대로 살아가기를 원했다. 소로는 사회가 강요하는 '다수의 횡포'*tyranny of the majority*를 당당히 거부하고 '한 사람으로서의 다수'*a majority of one*라는 신념을 지켰다. 소로는 〈시민불복종〉에서 비록 소수라 하더라도 하느님을 자기 편으로 두었다면, 다시 말해 정의가 자신들을 통해 승리하도록 노력하고자 한다면 굳이 다수가 되기를 기다릴 필요가 없다고 했다. 다수결이 반드시 옳은 것은 아니고, 다수결이 꼭 정의도 아니라는 말이다. 미국의 여류작가 하퍼 리*Harper Lee*가 쓴 《앵무새 죽이기*To Kill a Mockingbird*》에서 애티커스 변호사가 어린 딸 스카우트에게 들려주는 말과 비슷하다. 정말로 중요한 것은 누가 뭐라고 해도 자신의 양심을 지키고 그것에 따라 행동하는 것이다.

소로는 말한다. 한 사람으로서의 다수가 되려면 깨어나야 한다고 말이다. 자기 내면을 들여다보고 다시 태어나야 한다고 말이다. 내면의 양심은 다른 무엇과도 비교할 수 없다. 우리 각자가 가진 선택의 자유 역시 절대 포기해서는 안 되는 것이다. 처벌이 두려워서 옳지 않은 규범을 지키고 있다면 그것은 노예의 삶을 선택한 것이다. 기존의 제도와 규범에 길들여진 것이다. 다수결의 원칙은 사회가 강제하는 하나의 규칙일 뿐이다. 무엇보다 중요한 것은 우리 내면의 양심이고 당당히 나만의 길을 걸어가겠다는 결의다.

그것이 아무리 어렵더라도 우리가 살아가는 방식은 우리 스스로 선택하는 것이다. 극한적인 상황에서도 의도적으로 자신의 삶을 살아가는 사람은 의외로 많다. 외부 환경에 길들여지지 않고 꿋꿋하게 나만의 길을 걸어가는 것, 그것이 바로 내 인생의 주인으로 살아가는 것이다.

4
그대의 눈을 안으로 돌려보라

침묵만이 들을 가치가 있다
침묵이 울려 퍼지면
나는 그 음악소리에 전율한다
침묵을 들을 수 있는 밤
나는 말로 할 수 없는 말을 듣는다

일기 1853년 1월 21일

1

너무나도 많은 사람들이 자기 내면에 잠들어 있는 무한한 가능성과 잠재력을 무시한 채 살아가고 있다. 자신의 엄청난 능력을 버려두고는 그저 남들 가는 대로 따라 가고, 대다수가 그런 식으로 살아가니까 자기도 묻혀서 그런 식으로 살아간다. 헨리 데이비드 소로가 《월든》의 서두에서 분노한 목소리로 외쳐댄 "대부분의 사람들이 평온한 절망 속에서 살아가고 있다"는 말에서는 그래서 더욱 절절한 안타까움마저 느껴진다.

다른 사람들이 가는 길은 간단하고 쉽고 편해 보이는 반면 남들이 잘 가지 않는 길은 어려워 보이고 두렵기까지 하다. 그런데 인생의 비밀은 여기에 있다. 무슨 일이든 우리가 살아가면서 두 가지 길 중 하나를 선택해야 할 때는 간단하고 쉬워 보이는 길이 아니라 어렵고 힘든 길을 선택해야 한다는 것이다. 쉬워 보이는 길은 단지 너도나도 그 길을 가니까 그렇게 보이는 것이다. 일종의 착시 현상이다. 어려운 길은 그 길을 선택한 사람이 드물다는 것을 의미할 뿐이다. 첫 발을 내딛기 전까지는 무섭고 두려운 생각이 든다. 하지만 아무리 어려운 길도 막상 첫 발을 내딛고 나면 충분히 해낼 수 있다는 사실을 발견하게 된다. 어렵고 힘들수록 자신의 내면에 잠재해 있던 능력도 폭발적으로 분출하게 된다. 새로운 자기를 발견하는 계기가 되는 것이다. 그럼으로써 새로운 자신감도 얻게 된다. "세상에, 내가 이런 일을 다 해내다니!" 자기 자신을 향해 던지는 이런 놀라움은 어렵고 힘든 길을 선택한 덕분에 얻게 된 작은 선물이라고 할 수 있다.

이처럼 새로운 자기를 발견하는 계기는 나의 내면을 바라보는 것이다. 《월든》의 마지막 장 〈결론〉에서 소로는 기린을 사냥하러 남아프리카로 달려갈 것이 아니라 자기 자신을 사냥의 대상으로 삼으라고, 그것이 훨씬 더 고귀한 스포츠일 것이라고 말한다. 그러면서 17세기 영국 시인 윌리엄 해빙턴*William Habington*의 시 구절을 인용한다.

그대의 눈을 안으로 돌려보라, 그러면 그대의 마음속에서
아직껏 발견하지 못한 천 개의 지역을 찾아내리라.
그곳으로 떠나라, 그리고
자기 자신이라는 우주학의 전문가가 되라.

소로가 전해주는 메시지는 분명하다. '평온한 절망' 속에서 살아가는 노예의 삶에서 벗어나려면 눈을 돌려 나의 내면을

바라보아야 한다. 자기 성찰을 통해 내 안에 숨어있는 무궁무진한 가능성을 찾아내라는 말이다. 이것이 바로 내 인생의 주인으로 살아가는 열쇠라고 할 수 있다.

우리들 각자에게는 무엇이든 할 수 있고 무엇이든 될 수 있는 진정한 자신이 들어있다. 천재 조각가 미켈란젤로*Michelangelo Buonarroti*에게 피렌체 사람들이 어떻게 피에타 상과 다비드 상 같은 눈부시도록 아름다운 조각상을 만들 수 있었는지 그 비결을 묻자 이렇게 대답했다고 한다. "대리석 안에 이미 들어있는 조각상을 꺼내주었을 뿐 입니다." 무슨 마법이나 대단한 기술로 그처럼 빼어난 조각상을 만들어낸 것이 아니라 대리석 안에 묻혀있는 조각상을 끌과 망치의 힘으로 파냈을 뿐이라는 말이다.

내 안에 숨어있는 가능성과 잠재력도 마찬가지다. 이미 존재하고 있는 '내 안의 훌륭한 사람'이 꺼내주기만을 기다리고 있는 것이다. 미켈란젤로가 끌과 망치의 힘으로 아름다운 조각상을 꺼내주었듯이 우리도 내면 성찰을 통해 무궁무진한 가능성과 잠재력을 지닌 이 훌륭한 사람을 꺼내주어야 한다. 비록 그 작업이 어렵고 또 그 과정에서 실패도 하고 좌절도 겪겠지만 그래도 해야 한다. 내 안의 위대한 작품은 오로지 나의 눈으로만 발견해낼 수 있고 내 손으로만 드러낼 수 있기 때문이다.

2

힌두교 전설에 이런 이야기가 있다. 아주 먼 옛날 인간도 한때는 신적인 능력을 지녔던 시절이 있었다고 한다. 그런데 인간들이 이 능력을 너무 남용하고 함부로 쓰다 보니 신들이 회의를 열어 인간이 지닌 신적인 능력을 감춰버리기로 결정했다. 그런데 어디에다 숨길 것인가를 놓고 격론이 벌어졌다. 땅속에다 혹은 바다 밑에다, 아니면 제일 높은 산꼭대기에다 숨겨도 인간이 무슨 수를 쓰든 찾아낼 게 틀림없었기 때문이다. 그래서 신들은 궁리 끝에 인간이 가장 찾아내기 힘든 곳, 바로 각자의 마음 속 깊숙한 곳에 이 능력을 숨겨놓기로 했다고 한다.

그러니까 누구나 마음 속 깊숙한 곳에는 신적인 능력이 숨어있는 것이다. 그것을 발견해내기만 하면 된다. 소로가 살았던 19세기는 탐험의 시대였다. 아프리카에서 남미 대륙과 북극에 이르기까지 제국주의 열강의 식민지 경쟁과 자원 개발, 시장 확보 등이 치열하게 벌어지면서 온갖 탐험가들이 오대양 육대주를 누비고 다녔던 시기다. 소로는 아프리카 니제르 강 탐사로 유명한 멍고 파크를 비롯해 미국 서부와 북미 서북 항로 개척에 나섰던 메리웨더 루이스와 윌리엄 클라크, 마틴 프로비셔의 이름까지 열거하면서, 이들처럼 우리 내부에 있는 강과 대륙, 대양을 탐험하라고 촉구한다. 그러나 소로는 분명하게 이야기한다. 바깥에 있는 것들이 아무리 화려하고 대단해

보여도 우리 내면의 무한한 가능성에 비하면 그런 건 아무것
도 아니라고 말이다.

> 진실로 바라건대 그대의 내면에 있는 신대륙과 신세계를 발
> 견하는 콜럼버스가 되라. 무역이 아니라 사상을 위한 신 항
> 로를 개척하라. 각자는 하나의 왕국의 주인이며, 그에 비하
> 면 러시아 황제의 대제국은 보잘것없는 작은 나라요 빙산
> 조각에 불과하다.

그렇다. 우리가 탐험하고 발견해야 할 신대륙과 신세계는 우
리 바깥에 있는 물리적인 대상이 아니라 우리 내부에 있는 보
이지 않는 미지의 영역이다. 이렇게 각자가 마음속에 품고 있
는 왕국에 비하면 드넓은 러시아 대제국조차 작은 빙산 조각
에 불과하다니 참으로 기막힌 표현이 아닐 수 없다. 그런데 여
기서 더 중요한 것은 콜럼버스처럼 야심을 위해 혹은 물질적
인 이익을 얻기 위해 신대륙과 신세계를 발견하려 들지 말고
새로운 생각과 사고를 하기 위한 신 항로를 개척하라는 소로
의 주문이다. 내면 성찰은 우리 자신을 탐험하는 것이며 지금
까지와는 전혀 다른 삶의 방식을 발견하는 것이다. 여기에 필
요한 것은 맑은 눈과 굳건한 용기다. 이것만 있으면 소로의 말
처럼 당장 제일 먼 서쪽 길을 향해 떠날 수 있다.

소로는 분명하게 말한다. 노예의 삶을 벗어 던지고 내 인생

의 주인으로 살아가는 열쇠는 내면 성찰이라고 말이다. 스스로 눈을 돌려 내 안을 살펴보는 것이라고 말이다. 그래야 우리 내부의 무궁무진한 가능성과 엄청난 잠재력을 발견할 수 있다. 《뻐꾸기 둥지 위로 날아간 새*One Flew Over the Cuckoo's Nest*》를 쓴 미국 작가 켄 키지*Ken Kesey*의 말은 음미할 만하다. "사과 속에 들어있는 씨앗은 누구나 금방 헤아릴 수 있지만 씨앗 속에 들어있는 사과는 아무도 셀 수 없다."

그렇지 않은가? 사과 한 개 먹고 나서 그 안에 들어있는 씨앗은 쉽게 셀 수 있지만 그 작은 씨앗 하나하나가 앞으로 얼마나 많은 사과를 열매 맺을지는 누구도 알 수 없다. 우리들 각자의 내부에도 무한한 가능성과 잠재력을 가진 씨앗이 들어있다. 안으로 눈을 돌려 그 씨앗을 발견하기만 하면 되는 것이다.

3

그런데 많은 사람들이 이렇게 하지 못한다. 그 이유가 무엇일까? 소로가 《월든》의 마지막 장에서 들려주는 이야기는 그 단서를 알려준다.

어떤 나그네가 한 소년에게 자기 앞에 있는 늪의 밑바닥이 단단한지 아닌지 물어봤다. 그러자 소년은 단단하다고 했다. 이 나그네는 소년의 대답을 듣자 말을 몰아 늪으로 들어갔다.

그런데 금세 말이 복대끈까지 푹 빠져버리는 것이었다. 나그네는 깜짝 놀라 소년을 향해 소리를 쳤다. "너, 이 늪의 밑바닥이 단단하다고 하지 않았느냐"고 말이다. 그러자 소년이 대답하기를 "밑바닥은 정말 단단해요. 하지만 아저씨는 아직 절반도 못 들어갔어요"라고 했다.

우리는 이 나그네처럼 다 들어가보지도 않고, 끝까지 해보지도 않고 섣불리 단정해버린다. 이 이야기에서 늪의 밑바닥은 우리 각자가 지닌 무궁무진한 가능성일 수도 있고, 어떤 고난과 역경이든 이겨낼 수 있는 용기와 의지일 수도 있다. 그런데 많은 사람들은 그것이 얼마나 크고 깊은 것인지 알려고 하는 시도조차 하지 않는 것은 물론이고 시작했다가도 중도에 그만두어버리고 만다.

무엇이든 제대로 알려면 꾸준한 노력과 꽤 많은 시간이 필요하다. 그저 남들이 다 그렇다고 하니까 아무 생각 없이 그냥 따라가서는 안 된다. 아직도 한참 더 노력하고 더 깊숙이 파고들어야 하는데 중도에서 지레 겁을 집어먹고 물러서는 경우가 얼마나 많은가. 그러다 보니 많은 사람들이 자신의 능력과 잠재 가능성을 과소평가하고 결국 아까운 인생을 제대로 살아보지도 못한 채 끝내버리고 마는 것이다.

《맹자孟子》에서 맹자는 아주 따끔하게 지적한다. "어떤 일을 한다고 하는 것은 비유컨대 우물을 파는 것과 같다. 우물을 판다는 것은 반드시 끝까지 지하수에 도달한다는 것을 의미한다. 우물 파기를 구인이나 했어도 지하수에 도달하지 못하고 중단해버리면 그것은 우물 파기를 처음부터 포기한 것과 같은 것이며 우물을 안 판 것이나 마찬가지다."((진심상盡心上)편) 여기서 1인은 7~8척으로 2미터가 넘는데, 9인이라면 족히 20미터 깊이까지 팠다는 것이다. 하지만 그렇게 깊이 파놓았다 하더라도 중도에 그만두면 아무 소용도 없다는 말씀이다.

이 구절은 《논어》에 나오는 공자의 말씀을 떠올리게 한다. "비유컨대 흙을 쌓아 올려 산을 만든다고 하자. 열심히 쌓아 올려 한 삼태기의 흙이면 산이 완성될 텐데 그것을 중단하면 아무리 공이 많다 하더라도 그것은 내가 멈춰버린 것이다. 비유컨대 구덩이를 매워 길을 낸다고 하자. 처음에 한 삼태기의 흙이라도 내가 먼저 쏟아 붇기 시작했다면 길이 나게 되는 것은 아무리 공이 적다 하더라도 그것은 내가 시작한 것이다."((자한子罕)편)

공자의 이 말씀은, 본래 배움과 학업의 길에서는 시작과 끝이 모두 내 책임이라는 뜻이다. 세상 모든 일이 아무리 대단한 목표를 세워 추진하더라도 잠시 노력하기를 게을리하고 중단한다면 하루아침에 물거품이 될 수 있으며, 아무리 미미한 첫걸음이라 하더라도 꾸준히 밀고 나간다면 훌륭한 성과를 이루어낼 수 있다.

내면 성찰을 통해 자기 내면에 숨어있는 무한한 가능성과 잠재력을 끄집어내는 것도 이와 똑같다. 눈에 보이는 것은 작은 도토리 한 알뿐이지만 이것이 싹트고 작은 나무로 자라나 언젠가는 거목으로 성장할 것이라는 사실을 미리 내다보기란 쉬운 일이 아니다. 하지만 그럴수록 확신을 가져야 한다. 왜냐하면 그것이 바로 내 인생이기 때문이다.

그리고 언젠가는 반드시 아름드리 큰 나무가 되리라는 믿음을 갖고 매일같이 물도 주고 돌봐주면서 소중히 잘 키워야 한다. 힘들다고 해서 혹은 성과가 금방 나타나지 않는다고 해서 중도에 그만둔다면 아예 시작하지 않은 것이나 마찬가지다. 우리 내면을 들여다보는 작업은 하루아침에 끝날 수도 없고, 그런 자세로 시작해서도 안 된다. 세상을 바꾸고 남을 변화시키려는 것보다 먼저 스스로 나 자신의 태도와 마음가짐을 돌아보는 게 필요하다. 내가 먼저 나 자신을 소중히 여기지 않으면 아무도 나를 존중해주지 않는다.

4

소로가 인용한 "그대의 눈을 안으로 돌려보라"는 시 구절에는 이처럼 우리 내부의 무궁무진한 가능성과 엄청난 잠재력을 발견하라는 메시지가 담겨 있다. 그런데 우리가 눈을 안으로 돌려야 하는 더 중요한 이유가 있다. 바로 내가 살아가는 태도와 마음가짐을 나의 내면에서 찾아야 한다는 것이다. 다시 말해 내가 설정한 기준에 따라 살아가야 한다는 것이다.

1994년에 개봉됐던 영화 「쇼생크 탈출*The Shawshank Redemption*」에서 내가 가장 인상적이라고 손꼽는 장면은 무기 징역수 레드의 가석방 청문회 장면이다. 모건 프리먼이 능청스럽게 연기하는 레드는 쇼생크 감옥의 장사꾼인데, 재소자들이 은밀히 부탁하는 담배와 술은 물론 리타 헤이워드의 포스터와 작은 망치까지, 구해주지 못하는 것이 없는 유능한 인물이다. 그런 그가 수감 20년, 30년, 40년을 지날 때마다 가석방 심사를 받는다.

영화 시작 후 얼마 되지 않아 보여주는 첫 번째 가석방 청문회에서 그는 심사위원들의 눈치를 봐가며 모범답안을 내놓는다. 지난 20년간의 수감 생활을 통해 충분히 교화되었으며, 이제 자신은 완전히 새사람이 되었다고 또박또박 이야기한다. 그러나 화면에 나오는 가석방 심사서류에는 'Rejected(탈락)' 스탬프가 찍히고 만다. 영화 속에서 10년이 흘러 두 번째 청문회에 나온 레드는 심사위원들을 향해 조금 긴장된 표정으로 다시 한번 사정한다. 자신은 정말로 교화되었으며 사회에 나가면 아주 모범적인 시민으로 살아갈 것이라고 말이다. 그러나 이번에도 역시 심사서류에는 'Rejected' 스탬프가 찍힌다.

그리고 이 영화의 주인공 앤디 듀프레인이 쇼생크 감옥을 탈옥한다. 영화 제목처럼 주인공의 탈출이 성공한 것이다. 그러나 영화는 여기서 끝나지 않고 계속된다. 앤디가 바깥에서 보낸 백지 엽서를 받아 든 레드, 얼마나 나가고 싶겠는가? 그런 그에게 세 번째로 가석방 기회가 찾아온다. 그런데 10년만에 다시 청문회 심사위원들 앞에 등장하는 레드는 매우 당당한 모습이다. 더 이상 심사위원들의 눈치도 보지 않고 심사위원들에게 사정하지도 않는다. 교화되었느냐는 물음에 "나는 그게 무슨 뜻인지 모르겠다"고 반문한다. 심사위원 중 한 명인 젊은 변호사가 "그 말은 사회에 복귀할 준비가 되었다는 것"이라고 말해주자 대뜸 이렇게 말한다. "젊은이, 나도 그 정도는 안다네. 하지만 그건 정치인들이 일부러 꾸며낸 말이지. 그래, 멋지게 양복에 넥타이까지 매고 다니는 자네들이 정말로 내게 원하는 게 뭔가? 내가 저지른 잘못에 대해 뉘우치라는 말인가?"

심사위원이 "그렇지 않은가?"라고 묻는다. 레드는 여기서 진짜 마음속에서 우러난 진실한 말을 쏟아낸다. "지금까지 단 하루도 후회하지 않고 지나간 날은 없네. 내가 감옥에 있어서도 아니고, 그래야 한다고 해서도 아니네. 나는 그때 그 끔찍한 범죄를 저질렀던 그 어리석은 아이를, 나의 그 철없던 시절을 돌아보네. 나는 그 아이에게 말해주고 싶어. 그 아이한테, 제발 좀 정신 차리라고, 세상을 좀 알라고 얘기해주고 싶네. 한데 그럴 수가 없어. 그 아이는 이미 오래 전에 사라져 버렸고, 여기 이 늙은이만 남아있지. 나는 그렇게 살아야 해. 교화되었느냐고? 그런 개 같은 소리 집어치우게. 그러니 젊은 친구, 알아서 심사서류에다 스탬프나 찍게나. 더 이상 나를 성

가시게 하지 말고. 솔직히 말이야, 나는 허튼소리 하는 건 질색이거든."

이번에는 심사서류에 'Approved(통과)' 스탬프가 찍힌다. 가석방하기로 한 것이다. 앞선 두 번의 청문회와 마지막 청문회에서 보여준 레드의 태도는 전혀 다르다. 심사위원들의 눈치나 보면서 비굴하게 가석방을 사정하던 모습과 거침없이 자신의 심정을 솔직히 털어놓는 모습은 완전히 다른 사람이다.

삶을 대하는 태도와 마음가짐이 바뀐 것이다. 살아가는 기준을 바깥이 아니라 자신의 내면에서 찾자 전혀 딴 사람으로 달라진 것이다. 노예에서 주인으로 변한 것이다. 영화에서 레드의 눈을 잘 보면 그가 얼마나 달라졌는지 알 수 있다. 처음에는 여기저기 눈치를 보며 시선을 고정시키지도 못한다. 두 번째는 조금 나아져 심사위원을 쳐다보며 이야기한다. 그런데 마지막 세 번째는 눈을 내리 깔고 자기 내면을 똑바로 바라본다.

20년, 30년이 됐을 때는 어떻게 하든 감옥을 빠져나가기만을 바라며 심사위원들한테 잘 보일 방법만 궁리했었는데, 40년이 됐을 때는 비록 쇼생크 감옥에 평생 갇혀 있는 한이 있더라도 마음속에 담겨있는 진실만을 얘기하기로 한 것이다. 레드가 이렇게 할 수 있었던 것은 심사위원들이 설정한 기준이 아니라 자기가 설정한 기준에 따라 자신의 교화 여부를 판단했기 때문이다.

소로의 말처럼, 오직 진실만이 모든 것을 견뎌낸다. "당신이 의무감으로 느끼는 것을 말하지 말고 진실로 내부에서 느끼는 것을 말하라. 어떤 진실도 거짓보다는 낫다." 레드는 비록 《월든》을 읽지 않았겠지만 소로의 말을 정확히 따랐던 것이다. 그런데 이렇게 변하려면 상당한 용기가 필요하다. 자신의 가석방 여부를 결정할 심사위원들 앞에서 주눅들지 않고 떳떳하게 자기 속내를 털어놓는 건 결코 쉬운 일이 아니다.

게다가 이것이 끝이 아니다. 실은 더 중요한 것이 남아 있다. 계속 살아가야 한다는 것이다. 레드는 가석방된 뒤 슈퍼마켓에서 일하는데, 어떤 행동을 하든 매니저의 지시와 허락을 받은 다음에 하려고 한다. 다시 노예로 돌아간 것이다. 그도 그럴 것이 오랜 수감 생활로 인해 노예처럼 사는 게 몸에 배였기 때문이다. 변한다는 건 이처럼 어려운 일이다. 레드는 자살까지 생각하다 마침내 슈퍼마켓을 결근하고 가석방된 죄수에게 허용된 거주지역 제한을 벗어나 먼 여행을 떠난다. 한 번 더 자기 인생의 주인이 되기로 결심하고 이를 실행에 옮긴 것이다. 영화는 레드와 앤디가 만나는 감동적인 장면으로 끝난다.

5

영화는 이렇게 감동적이지만 현실은 그렇지 않다. 주위를 둘러보면 대부분의 사람들이 자기 기준에 따라 살아가지 못한다. 남들이 설정한 기준에 맞춰 혹은 사회적으로 인정하는 잣대에 따라 자기 인생의 성공과 나의 행복 여부를 판단한다. 그러고는 자신이 남들보다 뒤졌다고 억울해하고, 앞서가는 사람들을 향해 괜한 신경질을 부리기도 한다. 내 인생의 주인은 다른 누구도 아닌 나인데, 자꾸만 내가 아닌 남들의 기준에 따라 살아가는 것이다.

삶의 철학은 크게 두 가지로 나눌 수 있다. 하나는 바깥의 물질적이고 화려한 것을 좇는 것이고, 또 하나는 자기 내면의 깊이와 품위에 집중하는 것이다. 이 두 가지 중 어떤 생각을 갖느냐에 따라 우리가 살아가는 자세와 태도는 완전히 달라진다. 외적인 것을 추구하고 여기서 행복을 구하려 할수록 우리는 더 흔들리고 불안해진다. 왜냐하면 바깥의 것은 언제든 사라질 수 있을 뿐만 아니라 그 기준 자체도 다른 사람들이 만든 것이기 때문이다. 억대 연봉과 멋진 테라스가 딸린 저택, 최고급 컨버터블 스포츠카, 여기에 두 면이 전면 유리창으로 된 최상층 코너의 전망 좋은 사무실, 언뜻 보면 이런 것들이 성공과 행복, 성취감을 가져다 주는 것 같지만 이건 신기루에 불과하다.

성공의 기준은 남이 아니라 내가 정하는 것이다. 남들이 아무리 부러워해도 내가 성공한 느낌이 들지 않으면 그저 내면의 공허만 쌓여갈 뿐이다. 당연한 이야기임에도 불구하고 많은 사람이 자꾸 혼동하고 착각한다. 행복도 마찬가지다. 누가 뭐라 해도 행복은 내가 진정으로 느껴야 하는 것이다. 갖고 싶었던 대저택과 명품을 소유했다고 해서 행복해지는 것은 절대 아니다. 성취감은 엄청난 부와 번쩍이는 명예, 높은 지위가 가져다 주는 게 아니다. 지금 누리고 있는 부와 명예, 지위가 언제 사라질지 모른다는 불안과 두려움 속에서 무슨 성취감을 느끼겠는가? 성취감은 내 삶에서 진정한 의미를 찾았을 때만 느낄 수 있는 것이다.

돈이 주는 즐거움과 쾌락을 추구하며 살아왔던 사람은 그것이 주는 자극이 사라져버리면 그와 동시에 자신이 살아있다는 존재감마저 잃어버린다. 권력과 지위도 똑같다. 높은 자리에 있다가 그만둔 정치인이나 고위 관료들을 보면 금방 알 수 있다. 퇴직한 다음에도 얼마든지 평화롭고 여유롭게 살아갈 수 있는데 자꾸만 예전의 자극을 잊지 못해 발버둥친다. 이런 사람들은 자신이 평생 좇아왔던 부와 명예, 지위가 사라지자 자기 인생마저 끝나버렸다고 생각하고 자신의 존재 의미조차 찾지 못하는 것이다.

이번 장의 주제인 "그대의 눈을 안으로 돌려보라"는 말은 우리가 살아가는 태도와 행동의 기준을 바깥이 아닌 내부에 두라는 것이다. 그러니까 성공과 행복, 성취감의 기준은 내가 정하는 것이고, 나아가서는 사회적 규범을 지킬 것인지 여부도 내가 정한 기준에 따라야 한다는 것이다. 소로는 이렇게 단언한다. "자기 내부의 법칙을 따르는 과정에서 자신이 취하게 되는 태도를, 그것이 어떤 것이든 간에 견지하는 것이 그의 의무다." 심지어 우리가 상식이라고 부르는 것들이야말로 우리 스스로 자신의 수준을 가장 둔한 통찰력에 맞춘 것이라고 질책한다. "인간은 결국 자신이 목표로 한 것만을 달성한다. 그러니 비록 당장은 실패하더라도 더 고귀한 목표를 가져야 하는 것이다."

노예로 살아가는 사람은 자신이 생활하는 태도와 행동의 기준을 바깥에서 찾는다. 그러다 보니 외부적인 조건이 변할 때마다 끊임없이 그 기준이 흔들린다. 외부 조건이란 무엇 하나 영원하지 않으니 말이다. 반면 내 인생의 주인으로 살아간다는 것은 자기 내면의 기준을 따르는 것이다. 부와 권력, 명예와 지위 같은 외적인 대상이 아니라 스스로 설정한 더 높은 목표를 추구하는 것이다. 소로는 이렇게 설명한다.

나는 경험을 통해 적어도 이것 한 가지는 배웠다. 누구든 확신을 갖고 자기 꿈의 방향으로 나아가고, 자기가 꿈꿔왔던 인생을 살고자 노력한다면 보통 때는 생각지도 못했던 성공을 이루게 되리라는 것을 말이다. 그러면 그는 과거를 뒤로 하고 눈에 보이지 않는 한계를 넘어설 것이다. 새롭고 보편적이며 보다 자유로운 법칙이 그의 주변과 내부에 확립되기 시작할 것이다. 그렇지 않더라도 해묵은 법칙이 더 확대되고 보다 자유로운 의미에서 그에게 유리하도록 해석

됨으로써 그는 보다 높은 차원에서 인생을 살아가게 될 것이다. 그가 자신의 삶을 간소하게 만들면 만들수록 우주의 법칙은 더욱더 명료해질 것이다. 이제 고독은 고독이 아니고 빈곤도 빈곤이 아니며 연약함도 연약함이 아닐 것이다. 만약 그대가 허공에다 성을 쌓았더라도 그것은 헛된 일이 아니다. 그 성은 있어야 할 곳에 세워진 것이다. 이제 그 성의 밑에 토대만 쌓으면 된다.

소로가 이야기하는 성공론은 이처럼 명확하다. 확신을 갖고 자기 꿈의 방향으로 나아가라, 자기가 꿈꿔왔던 인생을 살고자 노력하라, 그러면 생각지도 못했던 성공을 이루게 될 것이다. 이것이 바로 내 인생의 주인으로 살아가야 하는 이유일 것이다.

6

얼마 전 한 국내 기업의 사보에 '삶은 고전에서'라는 제목의 칼럼을 연재한 적이 있다. 직장인들이 일상에서 부딪치는 고민을 듣고, 고전 소설을 소재로 그 해답을 제시해주는 일종의 인생 상담 칼럼이었는데, 한번은 이런 고민이 들어왔다. 직장 동료가 자기보다 앞서가고 선후배가 아주 뛰어난 실적을 내면 축하해주기 보다는 오히려 질투하게 되고, 자꾸만 자신이 실패한 낙오자로 보이고, 그래서 무의식적으로라도 동료와 선후배를 깎아 내리게 된다는 것이다. 그러면서 어떻게 하면 좀더 마음 편하게 회사 생활을 할 수 있겠느냐는 하소연을 전해왔다.

사실 질투가 됐든 시기가 됐든 경쟁 의식이 됐든, 그것이 자신을 불편하게 만드는 이유는 나의 행복과 성공의 잣대를 내 안에서 찾지 않고 '타인의 거울'에서 찾으려 하기 때문이다. 다른 사람이 봤을 때 내가 행복하다고 할 수 있을까? 세상사람들이 나를 성공했다고 봐줄까? 이런 식으로 타인이라는 거울에 반사된 내 모습을 의식하다 보니 괜히 남의 일에 참견하게 되고 상대를 깎아 내리게 되는 것이다.

무엇보다 중요한 것은 다름아닌 내 인생이고 굳이 다른 사람과 비교할 필요가 없다. 개인의 진정한 자유라고 할 수 있는, 아무도 빼앗아갈 수 없는 '선택의 자유'는 여기서 출발한다. 그 무엇에도 구애 받지 않고 아무것도 두려워하지 않는 내면의 자유 말이다. 진정한 행복과 성공을 찾아가는 자유로운 삶이 어떤 것인지 확실히 보여주는 소설이 서머싯 몸*W. Somerset Maugham*의 《달과 6펜스*The Moon and Sixpence*》다. 나는 이 작품을 토대로 인생 상담을 해주기로 했다.

알다시피 《달과 6펜스》는 프랑스의 인상파 화가 폴 고갱*Paul Gauguin*의 삶을 바탕으로 한 소설로 알려져 있다. 제목으로 쓰인 달과 6펜스는 둘 다 둥글고 은빛으로 빛나지만 상반된 두 세계를 암시한다. 달이 영혼과 꿈의 세계, 원시적 삶에 대한 지향을 의미한다면, 6펜스는 돈과 물질의 세계, 세속적 가치에 대한 욕망이라고 할 수 있다. 몸은 이 작품에서 6펜스로 상징되는 세속적인 세계를 거부하고 달을 향해 떠난 한 자유인의 인생 행로를 추적한다.

그러면 내가 이 소설에서 제일 인상적이라고 생각하는 장면을 보자. 화자의 두 의대 동창생에 관한 이야기인데, 작품 줄거리와는 별 연관성 없는 에피소드지만 작가가 무엇을 말하고자 하는지 압축해서 보여주는 대목이다.(몸 자신이 영국의 성 토머스 병원 부속의대를 졸업한 산부인과 의사로, 이 일화는 의사라는 직업을 버리고 문학의 길로 들어선 자신의 얘기를 우회적으로 풀어낸 것일지도 모른다.)

화자는 우연히 런던 거리에서 의대 동문 카마이클을 만나 저녁식사에 초대받는다. 카마이클은 기사 작위까지 받은 유명 의사로 연봉 1만 파운드(당시 환율이 1파운드에 4.89달러였고, 물가는 지금의 10분의 1쯤 됐으니 현재 우리화폐 가치로 환산하면 5억원 정도 된다)에 예쁜 아내와 멋진 저택에서 살고 있다. 가난한 의대생 시절에 비하면 처지가 참 좋아졌다는 화자의 말에 카마이클은 이게 다 아브라함이라는 의대 동창생 덕분이라고 말한다.

카마이클은 학창 시절 늘 아브라함에게 뒤졌다. 아브라함은 워낙 뛰어난 친구라 경쟁이 붙은 상이나 장학금은 모조리 가져갔고 대학병원의 정식 의사 자리도 차지했다. 카마이클은 결국 개업의를 해야 할 상황이었는데, 그때 갑자기 아브라함이 사직서를 내고 홀연히 사라진 것이다. 그 바람에 아브라함의 자리를 꿰찬 카마이클은 승승장구하게 된 것이다. 그렇다면 아브라함은 왜 부와 명예가 보장된, 모두가 탐내던 그 지위를 버렸던 것일까?

화자는 우연히 아브라함을 만난 적이 있는데 그때 그로부터 직접 들은 사연이 있다. 아브라함은 대학병원의 정식 의사 발령을 받자 잠시 휴가를 내 여행을 떠났다고 한다. 넉넉지 못한 주머니 사정으로 화물선의 선의船醫가 되어 여행을 한 것이다. 그런데 그가 탄 화물선이 지중해 연안의 알렉산드리아에 정박한 순간 돌연 환희와 벅찬 자유의 느낌이 그의 가슴을 뒤흔든 것이다. 그는 단 한 순간만에 나머지 인생을 그곳에서 보내기로 결심하고 현지 보건소에서 일하게 된다.

"남이야 어떻게 생각하든 신경 쓰지 않았네." 아브라함은 타인의 거울을 없애버린 것이다. 후회해본 적은 없었느냐는 화자의 물음에 이렇게 답한다. "아니, 단 한 번도 없었네. 먹고 살 만큼은 버니까. 난 만족일세. 죽을 때까지 지금처럼만 살 수 있다면 더 이상 바라지 않겠어."

그런데 카마이클은 이런 그를 어떻게 생각할까? "아브라함, 그 가여운 친구. 들리는 말로는 지지리도 못난 그리스 여자하고 살면서 병치레하는 애들을 대여섯이나 거느리고 있다더군. 사람이 그렇게 인생을 망쳐버린다면 어처구니없는 일 아닌가."

많은 사람들이 이렇게 카마이클처럼 이야기한다. 그러나 몸은 화자의 입을 빌어 이렇게 묻는다. "과연 아브라함이 인생

116

을 망쳐놓고 말았을까? 자기가 바라는 일을 한다는 것, 자기가 좋아하는 조건에서 마음 편히 산다는 것, 그것이 인생을 망치는 일일까? 그리고 연봉 1만 파운드에 예쁜 아내를 얻은 저명한 외과의사가 되는 것이 성공인 것일까?"

다들 타인의 거울로 자기 인생을 비춰보고, 심지어는 다른 이의 삶까지 그런 잣대로 재단하고 판단한다. 시기와 질투로 괜히 마음이 불편해지는 것도 실은 자기 내면에 분명한 기준이 없기 때문이다. 외부의 기준, 그러니까 타인의 거울만 보고 있는 것이다. 아브라함처럼 과감히 타인의 거울을 박살내야 하는데 그게 안 되는 것이다.

그럴 때는 소로를 떠올려보고 "그대의 눈을 안으로 돌려보라"는 시 구절을 조용히 읊어보기 바란다. 자기 인생에 대한 진지한 반성이나 내면 성찰을 해볼 겨를도 없이 그저 세상 사람들이 살아가는 방식대로 따라가면서 귀중한 삶의 시간들을 헛되이 보낸다면 그건 죽은 인생이나 다름없다.

《달과 6펜스》의 실제 주인공인 폴 고갱도 그랬고, 앞서 소개한 아브라함도 그렇게 자신이 설정한 기준에 따라 살았다. 그 기준에 따라 판단해보니 "내 삶이 잘 되었다"고 말할 수 있다면 그 사람의 인생은 성공한 것이다. 굳이 다른 사람들이 설정한, 사회적으로 널리 인정받는 그런 기준에 따라 내 인생의 성공 여부를 판단할 필요는 없다.

소로는 묻는다. 그대 안에서 잠자고 있는 무한한 가능성과 잠재력을 깨워내지 않을 것이냐고 말이다. 나의 내면에는 무엇이든 할 수 있고 무엇이든 될 수 있는 진정한 내가 들어있는데 언제까지 머뭇거리며 현실에 안주하고 있을 거냐고 말이다. 소로는 말한다. 자기 자신에 대한 확신을 갖고 자기 꿈의 방향으로 나아가라고 말이다. 서두르지도 말고 주저하지도 말고 자신이 꿈꿔왔던 인생을 살고자 꾸준히 노력하라고 말이다. 그러면 자기도 모르는 순간 반드시 성공을 이루게 될 것이라고 말이다.

5
동의하지 않을 자유

사람이 어떤 일을 하는 목적은
더 많은 돈을 벌기 위해서가 아니라
좋은 직업을 유지하기 위해서가 아니라
일 그 자체를
제대로 해나가기 위한 것이어야 한다
돈을 벌기 위해 당신의 일을 하려는 사람을
고용하지 말라
그 일을 사랑하기 때문에
그 일을 하려는 사람을 고용하라.

원칙 없는 삶

1

헨리 데이비드 소로가 들려주는 인디언 행상의 이야기는 주목해서 읽을 필요가 있다. 한 인디언이 콩코드 마을에 사는 유명한 변호사 집에 바구니를 팔러 갔다. 이 인디언은 자기 주위의 백인들이 부지런히 일해서 다들 잘사는 것을 보고는 자기도 사업을 시작해서 변호사처럼 잘 살아보겠다고 생각한 것이다. 그는 자기가 가진 재주가 바구니를 짜는 것이므로 이 일을 열심히 하기만 하면 모든 게 다 해결될 것이라고 믿었다. 그런데 변호사 집을 찾아가 바구니를 사지 않겠느냐고 하자 싫다고 대답한다. 그러자 인디언은 소리친다. "뭐라고요? 지금 우리를 굶어 죽이겠다는 거요?"

인디언 행상의 반응은 물론 어처구니없는 것이다. 텔레비전 프로그램 같은 데 나와 경제적으로 성공하는 방법에 대해 얘기해주는 기업인이나 유명 강연자의 말을 들어보면 반드시 들어있는 세 가지 '단골 메뉴'가 있다.

첫째, 고객의 니즈*needs*를 생각하라는 것이다. 그러니까 내가 필요로 하는 게 아니라 남들이 필요로 하는 것을 만들라

는 얘기다. 그래야 팔리고, 또 많이 팔 수 있다고 강조한다. 두
번째는 내용만큼 혹은 내용보다 중요한 게 포장이라는 것이
다. 한마디로 마케팅이 중요하다는 얘기인데, 그럴싸하게 광고
를 하든 과대 포장을 하든 아무튼 입 소문이 나도록 하라는
것이다. 그래야 사람들이 돈을 내고 사고 싶은 마음이 들 것이
라고 덧붙인다. 마지막으로 트렌드를 잘 파악하라는 것이다.
사람들이 좋아하고 너도나도 좇으려 하는 유행은 시시각각 변
하니 이를 따라가라는 말인데, 이렇게 시류에 편승하지 않으
면 돈을 벌 수 없다고 강변한다.

꼭 이렇게까지 해야 하나, 하면서도 대부분 고개를 끄덕인
다. 주위를 둘러보면 장사 해서 돈 번 사람들이 죄다 이렇게
해서, 아니 이건 기본이고 여기에다 몇 배 더 노력해서 성공한
건 틀림없는 것 같다. 그런데 100% 맞는 말이기는 한 것 같은
데 뭔가 빠진 것처럼 보이고 영 허전한 느낌이 든다.

그렇다고 이름난 정치인들이 의례적으로 하는 말을 떠올려
보면 더 한가해 보인다. "자기가 하고 싶은 일을 하세요. 정직
하게 열심히 일하면 꼭 성공할 겁니다." 참으로 멋진 말이기는
한데, 세상에 요즘처럼 취직하기 힘들고 구조조정이니 명예퇴
직이니 하는 단어가 일상어가 된 시대에 이건 차라리 꿈같은
얘기로만 들린다.

앞서도 지적했듯이 사업에 성공하려면 내가 필요로 하는 것
보다 고객의 니즈를 먼저 파악해야 한다. 그러지 않으면 인디

언 행상처럼 애써 바구니를 만들어봐야 하나도 팔지 못한다. 더구나 변하지 않는 가치보다는 그때그때의 트렌드를 좇는 게 중요하고, 실제 내용보다는 일단 더 비싸게 팔릴 수 있도록 겉모습을 잘 꾸며야 한다. 사업에도 성공하고 자신이 하고 싶은 일을 하면서 살아가기란 불가능에 가깝다. 세상이 이런 식인데 정직하게 그저 열심히 하라니, 얼마나 한가한 소리인가?

그러나 소로는 그렇지 않다고 말한다. 소로는 월든 호숫가로 들어오기 전부터 "어떻게 하면 정직한 방법으로 생활비를 벌면서 동시에 내가 진정으로 하고 싶은 일을 추구하며 자유롭게 살아갈 수 있을까" 하는 문제로 많은 고민을 해왔다. 소로는 그래서 무조건 인디언의 잘못을 탓하지 않는다. 오히려 인디언이 바구니를 팔지 못한 이유를 하나씩 차근차근 풀어나간다. "그는 처음부터 사람들이 사줄 만한 바구니를 만들든가, 아니면 사는 사람으로 하여금 적어도 그런 마음이 들도록 만들든가, 혹은 차라리 사람들이 사줄 만한 가치가 있는 다른 물건을 만들어야 한다는 생각을 하지 못했던 것이다."

소로가 분석한 대로 인디언 행상은 순전히 자기 생각대로 '사용가치'가 있는 상품을 만들었지만 여기서 그쳐버린 것이다. 자본주의 시장경제에서는 사용가치뿐만 아니라 교환가치도 있어야 한다. 남들이 필요로 해야 하는 것이다. 소로의 첫 번째 지적이 바로 이것이다. 소로가 살았던 19세기나 지금 21세기나, 또 미국에서나 한국에서나, 대기업을 하든 작은 가게를 하든, 자본주의 사회에서 사업으로 혹은 장사를 해서 돈을 벌려면 먼저 남이 살 만한 것이 무엇인지부터 생각해야 한다. 그런데 인디언은 이것을 놓쳤다는 지적이다.

소로의 두 번째 지적은 광고와 PR 같은 마케팅과 관련된 것이다. 알다시피 자본주의 경제에서 사업을 하는 사람은 기본적으로 비즈니스 마인드를 가져야 하고, 사업의 성패는 오로지 자신이 만든 상품이 얼마나 잘 팔리는가에 따라 결정된다. 그러다 보니 치열한 경쟁에서 살아남아야 한다는 명분 아래, 또 고객은 무조건 옳다는 구호까지 더해져 소위 마케팅에 초점을 맞춘 사고만이 존재하는 것이다. 유명 연예인을 내세워 광고를 하든 길거리에서 판촉행사를 벌이든 어떤 식으로든 그 상품을 사고 싶도록 만들어야 한다. 인디언이 놓친 세 번째는 시장조사나 연구를 통해 남들이 무엇을 살 것인지 파악했어야 하는데 그러지 못했다는 것이다.

그런데 소로는 이 같은 분석에 이어 자신의 경험담을 들려준다. 《월든》의 주제를 잘 요약한 핵심적인 부분이자 소로가 어떤 삶을 지향하고 있는지 이해할 수 있는 대목이기도 하다.

나 역시 올이 촘촘한 바구니 하나를 엮어보았으나 다른 사람이 그것을 살 만한 것으로 만들지는 못하였다. 하지만 내 경우에는 그 바구니를 엮는 게 그래도 가치 있는 일이었다고 생각한다. 나는 어떻게 하면 사람들이 내가 만드는 바구

니를 사도록 할 것인가를 연구하는 대신 어떻게 하면 굳이

팔지 않아도 될 것인가를 연구했다.

소로가 살아가는 방법은 이처럼 역설적이다. 세상의 통념에 자신의 인생을 억지로 끼워 맞추려 하지 않는다. 이미 있는 틀에 맞춰 살아가는 게 당연히 더 쉽고 편하겠지만 이를 거부한 것이다. 그렇기에 소로의 이야기가 더욱 통쾌하고 시원하게 느껴진다. 소로는 솔직하게 털어놓는다. 자신도 바구니를 엮어봤지만 남이 살 만한 것으로는 만들지 못했다고 말이다. 그럼에도 불구하고 소로는 바구니를 엮을 가치가 충분히 있었다고 생각한다. 그에게는 수고 자체가 보상이었으니 말이다. 소로는 또한 남들처럼 돈 버는 방법을 다시 찾아나서는 대신 어떻게 하면 돈을 벌지 않으면서 살아갈 수 있을지를 연구했다. "사람들이 성공한 삶이라고 여기고 높이 평가하는 인생은 단지 한 종류의 삶에 지나지 않는다. 다른 방식의 많은 삶을 무시하면서 굳이 한 종류의 삶을 과대평가하는 까닭은 무엇인가?"

2

소로는 세상사람들이 성공한 삶이라고 여기는 인생을 과감히 거부한다. 대신 자신만의 시각과 기준으로 세상을 바라보고

자기만의 방식으로 살아가겠다고 다짐한다. 소로가 월든 호숫가에 오두막을 짓고 살게 된 것은 이런 결심에서 출발한 것이다. 《월든》의 첫 장 〈경제〉에서 소로가 처음으로 밝히는 월든 호숫가로 들어간 목적은 개인적인 용무를 보겠다는 것이었다.

> 나의 동료 시민들이 내게 법원의 일자리나 부목사직 혹은 다른 일자리를 줄 생각이 없으며 결국 나 스스로 생계를 책임져야 한다는 것을 깨닫자 내 시선은 더욱더 숲으로 향하게 되었다. 그곳에서 나는 잘 알려진 편이었다. 나는 기본적인 자본금이 모일 때까지 기다리지 않고 보잘것없지만 당장의 내 능력만 갖고 곧바로 사업에 뛰어들기로 했다. 내가 월든 호숫가로 간 목적은 그곳에서 적은 생활비로 살아가거나 혹은 여유롭게 살아보자는 것이 아니라 누구의 방해도 받지 않고 내 개인적인 용무를 보자는 것이었다. 몇 가지 상식과 약간의 사업적 재능만 있으면 충분히 해낼 수 있는 일을 제대로 하지 못한다는 것은 슬프기보다는 차라리 바보 같은 것이니 말이다.

소로가 여기서 말하는 개인적인 용무 가운데 하나는 다름 아닌 글을 쓰는 일이었다. 1837년부터 매일같이 해온 일기 쓰는 일은 물론 1839년 형 존과 함께 했던 2주일간의 여행을 소재로 책을 써보고자 했던 것이다. 소로는 실제로 월든 호숫가에서 나온 지 2년만인 1849년에 《콩코드 강과 메리맥 강에서 보낸 일주일 *A Week on the Concord and Merrimack Rivers*》을 출간한다. 소로가 《월든》에 앞서 낸 처녀작인 셈이다. 그런데 이 책은 제목만 보면 여행기 같지만 막상 읽어 보면 문장들이 상당히 추상적이고 사변적이라는 느낌이 든다. 그러다 보니 웬만한 독자들은 소로가 이야기하고자 하는 주제 의식을 파악하기가 어렵다. 또 중간중간에 자신이 쓴 시를 꽤 많이 삽입해 흐름을 따라가려면 상당한 인내와 끈기가 필요하다.

그래서였는지 《콩코드 강과 메리맥 강에서 보낸 일주일》은 소로가 출판사에다 출판 비용을 대기로 해서, 그러니까 사실상 자비 출판을 했음에도 불구하고 판매 부수가 기대에 훨씬 못 미쳤다. 초판으로 찍은 1000권 가운데 독자에게 실제로 판매된 것은 219권에 불과했다. 결국 기증본으로 무료 배포한 75권을 제외하고 700권이 넘는 책이 저자에게 반송돼 돌아왔다. 소로가 훗날 해리슨 블레이크에게 쓴 편지에서 고백했듯이, 그는 이 책의 출판 대금을 갚기 위해 어쩔 수 없이 토지 측량 일을 했을 정도로 출판하느라 진 빚은 그에게 큰 부담이 되었다. 이 빚은 그 후 7년 만에야 다 갚을 수 있었다.

아무튼 소로가 인디언 행상 이야기를 하면서 말했던, "나역시 올이 촘촘한 바구니 하나를 엮어보았으나 다른 사람이 그것을 살 만한 것으로 만들지는 못하였다"고 한 바구니는 다름아닌 《콩코드 강과 메리맥 강에서 보낸 일주일》이다. 그러나 소로는 전혀 기죽지 않고 오히려 어떻게 하면 팔지 않아도 될 것인가를 연구했다고 말한다. 출판사에서 한꺼번에 반송한 700여 권의 책이 그의 집으로 돌아온 날(1853년 10월 28일) 소로는 아주 당당하게 그 일을 일기에 적었다.

> 마침내 물건들이 도착했다. 운 좋게도 나는 상품의 질을 직접 시험해볼 기회를 가질 수 있었다. 그 책들은 소문보다는 더 충실하게 만들어진 것 같았다. 내 등이 그것을 증명했다. 그 책들을 등에 지고 두 층계참 사이를 오르내리며 날랐지만 제품에 아무런 이상도 발생하지 않았다. 나에게 배달되지 않은 나머지 290여 권 중 75권은 기증본으로 나갔고 나머지는 팔렸다. 나는 지금 900여 권의 책을 소장하고 있다. 그 중에서 내가 쓴 책이 700권도 넘는다. 저자가 자신의 노고의 열매를 보는 것은 좋은 일이 아니겠는가? 지금 나의 작품이 방 한구석에 내 키의 반 정도 되는 높이로 쌓여 있다. 나의 전집이다. 이런 것이 저술업이다. 이것들이 내 두뇌의 작품이다.

소로에게 중요한 것은 책이 많이 팔리는 것이 아니라 계속해서 글을 쓰는 것이었다. 남들이 뭐라고 하건 그런 것에 신경 쓰지 않고 자기가 좋아하는 일을 할 수만 있으면 그 자체로 보상을 받은 셈이고 가치 있는 것이었다. 그날 일기는 이렇게 이어진다.

> 나는 지금 내가 무엇을 위해 글을 쓰고 있는지, 즉 내 노동
> 의 결과가 어떤지 알 수 있다. 나는 그 결과에 상관없이 오
> 늘도 나의 전집 옆에 앉아 펜을 든다. 실제로 나는 1000권
> 이 다 상품으로 팔려나간 것보다 이 결과가 더 좋고 더 마
> 음에 든다. 결과적으로 나의 고독한 생활은 방해 받지 않았
> 고, 나는 더욱 자유로워질 수 있게 되었다.

이 얼마나 대담하고 자신감 있는 기록인가. 소로의 솔직한
문장들을 읽어가다 보면 나도 모르게 감탄하게 된다. 아, 이
렇게도 살아갈 수 있구나! 그래, 이렇게 살아가는 방법도 있
네! 소로 특유의 위트와 풍자가 넘치는 표현 속에서 세속적인
성공은 더 이상 그의 관심거리가 아니라는 사실을 새삼 확인
할 수 있다.

요즘 우리 사회는 온통 돈벌이에 정신이 쏠려 있다. 젊은이
건 나이 든 사람이건 오로지 돈을 벌어야 한다는 강박관념
에 사로잡혀 있는 것 같다. 취업도 창업도 다 돈 때문이고, 엄
청난 부의 획득은 곧 성공과 동의어가 됐다. 자녀 키우는 데
도, 안락한 노후를 갖기 위해서도 우선 돈이 있어야 한다고
주장한다. 정치인들 역시 여야 가릴 것 없이 일자리 확대와
소득 증대를 외쳐댄다. 더 많은 돈을 벌어야만 더 나은 사회

가 될 수 있고, 더 많은 돈을 벌어야만 더 행복해지는 양 떠들어댄다.

모두들 어떻게 돈을 벌 것인가에 대해서는 중요하게 생각하지 않는다. 그러나 소로는 이것이야말로 인간에게 주어진 가장 중요하고 실질적인 문제며, 결코 회피해서는 안 되는 문제라고 강조한다. 소로는 해리슨 블레이크에게 보낸 편지(1848년 5월 2일)에서 이렇게 썼다. "열과 성을 다해 자신의 빵을 구하는 이만큼 즐거운 사람은 없을 것입니다. 정직하고 진실되게 자신의 마음과 활력, 정력을 다 바쳐 빵을 구하는 이는 반드시 빵을 얻을 것이며, 그렇게 구한 빵은 아주 맛있을 것입니다."

소로의 말처럼 정직하고 진실되게 빵을 구해야만 즐겁고 행복할 수 있다. 어떤 식으로든 돈만 벌면 된다는 생각만큼 어리석은 것도 없다. 더구나 그런다고 해서 처음에 의도했던 목적을 달성할 수 있느냐 하면 전혀 아니다. 더 많은 돈을 벌지도 못하고 세속적인 성공도 이루지 못한다. 오히려 그 반대의 사례를 종종 발견한다. 열과 성을 다했는데도 실패할 수는 있지만 그런 실패야말로 진정한 성공의 밑거름이 되어준다. 소로의 경우에도 《콩코드 강과 메리맥 강에서 보낸 일주일》이 실패한 덕분에 자신이 상상하지도 못했던 성공을 거둘 수 있었다. 다름아닌 《월든》이라는 작품을 보다 완벽한 작품으로 완전히 새롭게 써낼 수 있었기 때문이다.

소로는 당초 《콩코드 강과 메리맥 강에서 보낸 일주일》에 이어 곧바로 《월든》을 출간할 계획이었다. 월든 호숫가의 오두막에서 나올 즈음에는 《콩코드 강과 메리맥 강에서 보낸 일주일》의 완성된 원고와 함께 《월든》의 초고도 어느 정도 써놓은 상태였다. 만일 《콩코드 강과 메리맥 강에서 보낸 일주일》이 많이 팔렸다면 《월든》은 틀림없이 서둘러 출간됐을 것이다. 당연히 지금 우리가 읽고 있는 《월든》과는 전혀 다른 내용이 되었을 것이다. 그런데 다행히도 출간 일정이 늦춰졌다. 《콩코드 강과 메리맥 강에서 보낸 일주일》이 잘 팔리지 않자 출판사를 구하기가 어려워졌고 더 이상 자비 출판할 돈도 없었기 때문이다. 앞서 언급했듯이 소로는 이미 《콩코드 강과 메리맥 강에서 보낸 일주일》을 출판하느라 지게 된 빚을 갚느라 상당히 고생하고 있었다. 비록 마음에 들지 않는 측량 일이라 하더라도 주문이 들어오면 일을 해야 했고, 또 그의 표현대로 "어중이떠중이 앞에서" 강연을 해야 하는 경우도 있었다.

그러다 보니 자연스럽게 두 번째 책의 출간을 늦추게 된 것이다. 덕분에 소로는 《월든》의 초고를 전면적으로 뜯어고쳐 다시 쓰기 시작했고, 형식은 물론 내용도 새롭게 고쳐나갔다. 특히 그의 보물창고라고 할 수 있는 일기에서 필요한 것들을 발췌해 포함시켰는데 1854년 4월에 쓴 일기의 내용까지 넣었을 정도로 소로는 출간 직전까지 고치고 또 고쳤다. 그렇게 해서 7년 동안 무려 7번의 전면적인 수정 작업을 거쳐 1854년 8월 9일 《월든》을 출간하게 된 것이다.

3

소로가 월든 호숫가에 들어간 목적이라고 밝힌 개인적인 용무 가운데 하나는 글을 쓰는 것이었고, 또 하나는 자기만의 방식으로 살아가는 방법을 실험해보는 것이었다. 당시 대부분의 사람들이 일주일에 엿새를 일하고 하루 쉬었는데, 소로는 이것을 거꾸로 해 일주일에 하루만 일하고도, 그러니까 1년 52주 가운데 6주 정도만 일하고도 충분히 살아갈 수 있음을 스스로 입증해 보고자 했던 것이다. 그의 실험은 성공했다.

> 나는 5년 이상을 이렇게 오로지 육체 노동만으로 생계를 유지해 왔는데, 그 결과 한 해에 대략 여섯 주만 일해도 살아가는 데 필요한 모든 비용을 댈 수 있다는 것을 알게 됐다. 나는 여름의 대부분과 겨울의 전부를 마음 놓고 공부하는 데 쓸 수 있었다.

소로가 한 해에 대략 6주의 노동만으로도 충분히 살아갈 수 있다고 이야기한 것은 단순히 노동시간을 줄일 수 있다는 것 말고도 다른 의미가 담겨 있다. 소로가 보기에 사람들은 도시에 살든 시골에 살든, 부자든 가난하든 너나할것없이 다들 일에 쫓겨 바쁘게 살아가고 있다. 그래서 이렇게 묻는 것이다. 왜 이리도 사람들은 쫓기듯이 새벽부터 늦은 밤까지 일을 해야 하는 것일까?

자본주의 사회에서 노동자로 불리는 대부분의 사람들은 자신의 노동력을 팔아야 임금을 받고, 그 돈으로 먹고 살아간다. 많은 시간의 노동력을 팔면 당연히 많은 돈을 벌 수 있다. 또한 자본가로 불리는 사람들은 임금이 아니라 이윤을 얻지만, 이들의 이윤 역시 노동자의 노동력에서 나온다. 그러니까 노동자가 더 많은 노동을 해야 자본가는 더 많은 이윤을 얻을 수 있는 셈이다.

자본가가 늘 하는 말이 있다. "이윤이 없으면 기업이 망하고 그러면 노동자들의 일자리도 없어진다." 그렇게 노동자를 압박할수록 노동자는 '자발적으로' 더 많은 시간 동안 노동을 하게 된다. 굳이 강제하지 않아도 더 많은 노동력을 팔게 되는 것이다. 이게 자본주의 경제가 돌아가는 구조다. 이런 시스템에 편입되면 노동자들은 의도하지 않아도 어쩔 수 없이 긴 시간 동안 일하게 된다. 그것도 자발적으로 말이다.

소로는 이런 식의 경제 시스템에 동의하지 않은 것이다. 소로는 우선 자신의 노동력을 자본가에게 팔지 않았다. 가업인 아버지의 연필공장에서 일한 적은 있지만 기업체나 농장 같은 데는 아예 발조차 들여놓지 않았다. 일감이 있으면 측량사로 일하기도 했으나 이건 그의 표현대로 어디까지나 날품팔이였다. 소로는 철저히 자신의 원칙에 따라 자기가 주인이 되어 일했고, 노동시간도 필요에 따라 자신이 정했다. 과도한 노동은 처음부터 할 생각이 없었을 뿐더러 할 필요도 없었다.

자본주의 경제에서 임금은 노동력의 재생산에 필요한 것인데, 소로는 임금 또한 자신이 정했다. 생활을 간소하게 꾸려 갈수록 생활비는 적게 들어가고, 자신의 노동력을 재생산하는 데 들어가는 비용도 최소화할 수 있다. 한마디로 소로는 간소한 삶을 살아가는 데 필요한 최소한의 금액만 벌고자 한 것이다.

사실 자본주의 사회에서 아무런 자본도 갖고 있지 않은 사람이 자신의 노동력을 팔지 않는다는 것은 결코 쉬운 일이 아니다. 그런데 소로는 그게 가능하다고 말한다. 그리고 평생을 자기가 말한 방식대로 살았다. 물론 소로도 대학교를 졸업하고 고향 콩코드로 돌아온 직후 2주간 교사로 일한 적이 있다. 또 형과 함께 3년 가까이 사설학교를 운영하기도 했고, 장사를 해볼 생각도 가졌었지만, 세상에 "사업에 성공하게 될까 봐 두려웠다"고 털어놓는다.

예전에 학교를 운영하는 데 전념해 본 적도 있었는데, 내가 지출한 비용이 수입과 비슷하거나 오히려 초과하는 것을 발견했다. 교육자로서 그에 상응하는 어법과 믿음을 지켜야 한 것은 물론이고 복장과 수업에도 신경을 많이 써야 했으며 그러다 보니 이래저래 시간을 많이 빼앗겼던 것이다. 더구나 같은 인간을 더 나은 사람으로 만들기 위해서가 아니라 단지 나 자신의 생활비를 벌기 위한 목적으로 아이들을 가르쳤으니 이미 그것부터 실패였다. 나는 또 장사도 생각해보았지만 사업이란 게 제대로 굴러가려면 10년은 걸리는 데다 그때쯤이면 내가 도덕적으로 막다른 길을 걷고 있을지 모른다는 점을 알게 됐다. 그러자 사람들이 말하듯이 사업에 성공하게 될까 봐 차라리 두렵게 느껴졌다.

소로는 철저하게 자본의 논리를 거부했다. 이윤을 최우선 목표로 추구하는 사람들에게 그게 아니라고 외쳤고, 자신의 삶을 통해 그것을 입증한 것이다. 소로는 자본의 논리에 따라 굴러가는 시스템의 바깥으로 걸어나갔다. 자발적 의지로 말이다. 그럼으로써 사회가 제공하는 안락함과 높은 생산성 같은 것은 누리지 못하더라도 진짜 인생을 살고 싶었던 것이다. 자신이 보기에 올바르고 정직한 생활을 하면서 소로는 스스로 충만감을 느꼈다. 일이 즐겁고 떳떳하면 그것으로 충분하다. 자연을 호흡하며 생명을 느낄 수 있다면 무엇을 더 바라겠는가. 소로는 그렇게 한가로이 자기 인생을 관조하면서 자기만의 방식으로 생계를 유지해 나갔던 것이다.

그러나 바쁘게 돌아가는 시스템의 바깥으로 걸어나가기란 결코 쉬운 일이 아니다. 그래서 대부분의 사람들이 출구조차 찾지 못하고 주저앉아 버리는 것이다. 그러다 시간이 흘러가면 어느새 적응하게 되고 타협도 하고 무신경해진다. 시간이 더 지나면 자신이 밖으로 나가려 했다는 사실마저 망각해버린다. 다들 자신이 가야 할 방향을 알고 있으면서도, 다시 말해 지금 가고 있는 쪽이 올바른 길이 아니라는 사실을 절실히 느끼면서도 스스로 눈을 감아버리는 것이다. 그러면서 길이 안 보인다고, 어쩔 수 없었다고 변명하며 살아가는 것이다. 결심하는 것은 간단하다. 그 다음에 마음먹은 대로 실행에 옮기면 된다. 틀림없이 어려움이 닥칠 것이다. 그러나 가만히 있는다고 해서 절대 편한 게 아니다. 어떤 길을 택하든 어차피 매일 고민하면서 살아가게 돼 있다.

소로에게는 어떤 직업을 갖느냐는 것보다 더 중요한 물음이 있었다. 그는 일기(1851년 2월 28일)에 이렇게 적었다. "가장 중요한 물음은 우리가 어떻게 생계를 꾸려가야 올바른 인생을 살아가는 것인가에 대한 물음이라고 생각한다." 소로는 그래서 단순히 돈벌이가 되는 직업이 아니라 올바른 인생을 살아갈 수 있는 방법을 찾은 것이다.

오랫동안 나는 발행부수가 그다지 많지 않은 한 저널의 필자로 있었는데 그 저널의 편집자는 내가 기고한 글 대부분을 출판하기에 적당치 않다고 생각했다. 결국 작가들이 대개 그렇듯 나 역시 헛고생만 한 셈이 됐다. 하지만 이런 경우에는 수고 그 자체가 내게 보상이 되어주었다. 여러 해 동안 나는 눈보라와 폭풍우의 관찰자로 스스로를 임명하고 충실히 내 직무를 수행했다. 또 측량기사로서 큰길은 아니더라도 숲길이나 지름길들을 전부 답사해 그것들이 막히는 일이 없도록 했으며, 사람들이 다닌 흔적이 있어 그 쓸모가 입증된 곳은 계곡에 다리를 놓아 사계절 내내 사람이 다닐 수 있도록 했다.

소로는 비록 직업도 없이 고독과 가난 속에서 살았지만 그것의 이점을 충분히 누리며 살았다고 말한다. 이름이 알려지지 않은 덕분에 외부 강연에 시간을 빼앗기지 않았고, 소득이 많지 않은 덕분에 여행자처럼 간소하게 살 수 있었다. 자신이 직접 지어 올린 오두막에서 자신이 직접 주워 모은 땔감으로 불을 지폈고 샘에서 손수 뜬 물을 마셨다. 직접 구운 빵을 먹었고 직접 지은 옷을 입었다. 그러면서도 누구보다 여유롭고 넉넉한 생활을 즐겼다. 소로는 일기(1853년 9월 19일)에 이렇게 적었다.

나는 지금까지 어떤 직업도 없이 걱정도 없이 어떤 군주보다 더 여유 있는 시인의 여유를 지니고 오랜 세월을 자유롭게 살아왔다. 나는 나 자신을 자연에 맡겼다. 수없이 많은 봄, 여름, 가을, 겨울을 살면서 마치 그 계절을 사는 것 외에는 다른 할 일이 없는 사람처럼 살았다. 꽃과 함께 두세 해를 보내기도 했다. 꽃들이 피어나는 모습을 보기 위해 나는 나를 속박할 어떤 직업도 갖지 않았다. 나는 잎들의 색조가 변하는 모습을 관찰하기 위해 가을 한철을 보낼 여유를 가질 수 있었다. 아, 나는 고독과 가난으로 얼마나 풍성해질 수 있었던가!

소로는 자신이 누리는 풍성함을 더 이상 과장할 수 없다고 말한다. 비록 강연 요청이 없어 겨울 한철을 집에서 지내고 있지만 그건 오롯이 휴가며, 자신이 성장하고 확장하는 계절이라고 덧붙인다. 소로의 말처럼 우리 삶은 물질적 재산이나 사회적 지위가 아니라 고독과 가난으로 더 풍요로워질 수 있는 것이다.

소로가 월든 호숫가에서 살던 1847년 봄 하버드 대학교 동문회에서는 1837년도 졸업생들의 신상명세를 작성하기 위한 회람을 돌렸다. 소로가 동문회에 보낸 답장에는 그의 직업관이 고스란히 드러나 있는데, 이 내용을 읽어보면 당시 그가 어떤 방식으로 살아가고 있었으며, 어떤 삶을 살고자 했는지 알 수 있다.

나는 아직 미혼입니다. 나는 내가 하는 일이 직업이라고 해야 할지, 그냥 일거리라고 해야 할지, 아니면 이도 저도 아닌지 잘 모르겠습니다. 내가 하는 일은 딱히 배워서 하는 일이 아니고, 매번 기술을 익혀서 하는 일이라기보다는 그냥 습관적으로 해온 일입니다. 그 중에서 금전적인 수입이 있는 일들은 나 혼자서 시작한 것들입니다. 그 일들은 하나가 아니고 여럿입니다. 아홉 개나 달린 히드라 괴물의 머리처럼 말입니다. 나는 학교선생, 가정교사, 측량사, 정원사, 농부, 페인트공, 목수, 석수, 날품팔이 일꾼, 연필 제조업자, 유리사포 제조업자, 작가, 그리고 때로는 삼류시인입니다. (…) 실제로 나의 가장 변함없는 확고한 직업은 나 자신을 최상의 상태로 유지시키면서 그것이 무엇이든 저 세상에서나 이 세상에서나 앞으로 나타나게 될 일들에 대비하는 것입니다.

그런데 이 답신의 끝에 붙인 추신이 재미있다. 혹시라도 동기생들이 자신에게 자선을 베풀겠다는 생각은 하지 말아달라고 부탁하면서, 만일 금전적인 도움을 필요로 하는 동기생이 있다면 자신이 책임지고 돈보다 더 가치 있는 충고를 몇 마디 해주겠다고 약속한다. 다분히 냉소적이고 풍자적인 표현이지만 아무튼 소로다운 여유와 기백을 읽을 수 있는 대목이다.

4

늘 바쁘게 살아가는 한 친구가 있다. 기본적으로 성실한 데다 주위에 인심도 쌓았고 인맥도 꽤 넓은 편이다. 매우 정력적으로 활동한 덕분에 회사에서는 동기들보다 먼저 임원을 달았고 계열사 사장도 가장 빨리 했다. 다들 이 친구의 빠른 출세 가도를 시샘 어린 눈빛으로 바라보며 대단하다고 평가한다. 가정은 원만한 편이고 아이들도 다 잘 커주었다. 본인 역시 자기 관리에 철저해 건강에도 큰 문제가 없다. 그러니 누가 봐도 이 친구는 성공한 축에 속하고 행복한 삶을 살고 있다고 여겨질 것이다. 그런데 정작 본인은 그렇게 느끼지 않는 것 같다. 이 친구는 겉으로 보기에는 자신만만해 보이지만 실은 늘 불안해한다. 자기가 언제 추락할지 모른다는 불안감에 시달리는 것이다. 그런데 겉으로는 이런 불안을 드러내놓고 표현할 수조차 없다. 그러다 보니 대신 남들 걱정을 입에 달고 산다. 누구는 이래서 걱정, 누구는 저래서 걱정이라는 식이다. 이렇게 해서라도 자신의 두려움을 남들 걱정을 하며 풀어내려는 것이다.

이 친구가 늘 입버릇처럼 하는 말이 있다. "아, 하루만 마음 놓고 쉴 수 있다면!" 이 친구 말고도 이렇게 말하는 사람들이 참 많다. 대개는 소위 잘 나가는 부류들이다. 아마도 대다수 정치인, 기업인, 고위 관료, 그리고 대중 스타들이 다 이런 넋두리를 하루에도 몇 번씩 늘어놓을 것이다. 이들은 더 큰 권력을 위해, 더 높은 명예를 위해, 더 많은 돈과 인기를 위해 앞만 보고 전속력으로 질주한다. 언젠가는 자기들도 여유롭게 한가한 생활을 할 것이라는 기대를 품고서 말이다. 하지만 대개는 죽을 때까지 멈추지 못한다. 조금만 속도를 늦춰도 더 불안해지기 때문이다. 그래서 쉬지 못하는 것이다. 자신을 위해 사는 방법을 모르면 이렇게 된다.

노를 지어 강을 거슬러 올라갈 때는 오로지 노 젓는 것밖에는 생각할 수 없다. 악착같이 온 힘을 다해 노를 저어야 배가 앞으로 나아갈 수 있기 때문이다. 그러나 뱃머리를 돌려 강의 흐름에 몸을 맡기면 나무와 돌이 보이고 물소리가 들리고 바람이 느껴진다. 비로소 마음이 편안해지고 모든 게 새롭게 다가온다.

우리 인생도 이와 똑같다. 승승장구하며 출세하고 잘나갈 때는 잘 안 보인다. 누가 뭐라고 해도 잘 안 들린다. 내려올 때가 되어야 비로소 조금씩 보이기 시작한다. 악착스레 잡으려 했던 것들을 손에서 놓는 순간 모든 게 환히 보인다. 자신이 얼마나 어리석었는지 그제서야 겨우 깨닫는다. 아, 내가 그동안 뭘 해왔던 건가? 어처구니가 없기도 하고 실망스럽기조차 하다. 정말 너무 바쁘게 노만 저으며 살아왔구나, 거슬러 올라갈 줄만 알았지 물의 흐름에 몸을 맡길 줄은 몰랐구나, 새삼스럽게 나를 돌아보게 된다. 싸우고 이기고 남들보다 앞서가는 게 인생의 전부는 아닌데, 뱃머리를 돌리기만 하면 시원한 바람을 맞으면서 새소리, 물소리 들으며 멀리 나무와 바위들도 바라보며 갈 수 있는 것을, 왜 그렇게 살지 못했는지 뒤늦게 깨닫는 것이다.

다들 인생이 짧다고 말한다. 하지만 그들 스스로 자기 인생이 짧다고 말하는 이유는 따로 있다. 자기 인생의 소중한 시간들을 허투루 쓰고 있기 때문이다. 어떤 친구는 이미 많은 재산을 모아놓았으면서도 자기 사업에 매달려 숨돌릴 새도 없이 그야말로 정신 없이 바쁘게 돌아다닌다. 중요한 일정과 개인 약속까지 챙겨주는 비서가 있는데도 스마트폰을 두 대씩 갖고 다니며 쉴 새 없이 화면을 들여다 본다. 또 한 친구는 이미 상당한 명예와 지위를 쌓아놓았으면서도 더 높은 자리로 가기 위해 여기저기 줄을 대고 그 결과에 따라 일희일비해가며 살아간다. 그런가 하면 "가족들 먹여 살려야 한다"는 구실로 높은 자리에 있는 사람을 섬기면서 스스로 그 사람의 종이 되어 살아가는 친구도 있다. 소로는 이런 식으로는 살고 싶지 않은 것이다.

내가 그 무엇보다 얽매임 없는 자유를 소중히 여기듯 나에게는 특별히 선호하는 것들이 있다. 나는 가난하게 살더라도 얼마든지 성공적인 삶을 꾸려갈 수 있으므로 값비싼 카펫이나 호화로운 가구, 맛있는 요리, 그리스나 고딕 양식의 저택을 살 돈을 마련하는 데 내 시간을 허비하고 싶지 않다. 만일 이런 것들을 얻는 데 아무런 어려움도 없고, 또 얻은 다음에 그것들을 사용하는 방법까지 아는 사람들이 있다면 그런 사람들이나 실컷 그런 것들을 좇으라고 하고 싶다. 어떤 사람들은 "부지런하고" 일하는 것 자체가 좋아서, 혹은 일을 하지 않으면 나쁜 길로 빠져들까 봐 일을 열심히 하는 것처럼 보인다. 지금 당장은 그런 사람들에게 해줄 말이 없다.

온전히 자기 자신을 위해 시간을 보내며 살아가는 사람은 그리 많지 않다. 다른 사람들한테는 왜 자기에게 관심을 갖지 않느냐고 불평하고, 왜 자신을 신경 써주지 않느냐고 비난하면서도 막상 자신은 본인을 위해 한 시간도 쓰려고 하지 않는 것이다. 그러다 나이 들어 삶을 마감할 때가 되면 인생을 헛되이 보냈다며 뒤늦게 후회한다. 그러나 죽을 때가 되어서야 깨달아본들 아무 소용도 없다. 인생은 딱 한 번뿐, 다시 주어지지 않는다.

소로는 묻는다. 자기 인생을 살고 있느냐고 말이다. 수고 그 자체가 보상인 일을 하고 있느냐고 말이다. 부와 명예, 지위와 명성이 다 무엇이냐고 말이다. 맑은 날 하늘을 올려다보면 태양과 푸른 창공 말고 무엇이 있느냐고 말이다. 돈을 버는 데 혹은 출세하기 위해 자기 시간의 대부분을 바치며 살아가는 것만큼 치명적인 실수는 없다. 시간을 금과 바꾸려는 어리석음을 범해서는 안 된다.

소로는 말한다. 딱 하루만 한가하고 느긋하게 자신을 위해 시간을 보내보라고 말이다. 그것은 시간을 허송하거나 인생을 낭비하는 것이 아니라 진짜로 금싸라기 같은 시간을, 단 한 번

뿐인 소중한 인생을 충만하고 여유롭게 쓰는 것이다. 그것이
야말로 최고의 사치고 진정한 부유함이다.

6
밥벌이의 즐거움

나의 정원은
사람이 가꾼 어떤 정원보다도 더 크고 매력적이다
매일 오후 나는 나의 정원으로 산책을 나간다
나의 정원은
어떤 귀족도 가져보지 못한 넓은 정원이다
나의 정원에는
수목에 둘러싸인 산책로가 끝없이 이어져 있다
야생동물이 자유롭게 뛰어 논다
한없이 다채로운 풍경이 펼쳐진다

일기 1850년 6월 20일

1

어느 여름날 오후 헨리 데이비드 소로는 월든 호수 근처에 있는 페어헤이번으로 낚시를 간다. 채식만 하던 소로가 영양 보충을 할 겸 물고기를 잡으러 나선 것이다. 소로가 베이커 농장에 속해있는 플레전트 들판을 지나는데 갑자기 소나기가 내린다. 천둥소리까지 무섭게 울리며 비가 억수같이 쏟아지자 소로는 급히 길에서 반 마일이나 떨어져 있는 오두막집으로 피한다. 원래 이곳은 오랫동안 아무도 살지 않던 곳이라 소로가 그 전에도 여러 번 이렇게 비를 피한 곳이었다.

그런데 오랜만에 후다닥 들어와 보니 아일랜드에서 이주해 온 존 필드 일가족이 살고 있었다. 알다시피 아일랜드는 1840년대 중반 수 년간 이어진 소위 '감자 기근'으로 엄청난 인구가 아메리카 대륙으로 이민을 떠나왔다. 당시 미국은 마침 철도 건설 붐이 불고 있을 때라 노동력 유입이 필요했고, 존 필드 일가족도 그렇게 미국으로 이민 온 경우였다. 아무튼 존 필드가 사는 집은 워낙 오래 전에 지어진 집이라 지붕에서는 비가 새고 집안에는 닭들까지 들어와 있고, 존 필드의 네 가족이 사는 형편은 아주 열악해 보였다. 소로는 이들과 함께 비가 제일 적게 새는 쪽에 앉아 집주인이 털어놓는 신세 타령을 들어준다.

존 필드는 어린 아들과 함께 늪을 개간하는 일을 하며 살아가고 있다. 삽과 늪지대용 곡괭이를 써서 힘들게 1에이커, 우리 식으로 환산하면 1200평 정도의 늪지대를 개간하면 땅 주인한테서 10달러를 받고 또 1년간 그 땅을 경작할 수 있는 권리를 얻는다. 소로가 보기에는 매우 불리한 계약이었지만 이들은 잘 모르는 눈치다. 소로는 존 필드로부터 그들 가족이 어떻게 살아가고 있는지 그 전말을 다 듣고는, 자신의 경험을 토대로 그를 돕고자 말문을 연다.

뭐, 이런 얘기다. 내가 하릴없이 어슬렁거리며 낚시나 다니는 것 같지만, 실은 나도 일을 해서 먹고 살고 있으며, 밝고 깨끗하고 아담한 집에서 살고 있는 사람이다. 당신도 원하기만 하면 한두 달 안에 궁전 같은 집을 지을 수 있다. 언뜻 듣기에도 참으로 대단한 자기 자랑으로 들리는데, 이어서 소로 특유의 '현명하고 소박하게 살아가는 기술'을 설파한다.

나는 나름대로의 경험을 토대로 그를 돕고자 했다. 나는 그에게 내가 아주 가까이 사는 이웃이며, 이렇게 낚시나 다니며 빈둥거리는 것으로 보이겠지만 실은 나도 그와 마찬가지로 일을 해서 먹고 산다고 이야기했다. 그리고 내가 아담

하면서도 밝고 깨끗한 집에 살고 있으며, 그의 집처럼 낡은 집의 1년치 임대료만을 갖고 내 집을 지었으며, 그도 원하기만 하면 한두 달 안에 궁전 같은 자기 집을 지을 수 있을 것이라고 말했다. 또 나는 차나 커피, 버터나 우유, 육류를 먹지 않기 때문에 그런 것들을 얻기 위한 힘든 노동을 할 필요가 없으며, 중노동을 하지 않으니 많이 먹을 필요가 없고, 먹는 데 들어가는 돈도 아주 적다고 이야기했다. 하지만 그는 기본적으로 차와 커피, 버터와 밀크, 소고기를 먹어야 하므로 그것들을 얻기 위해 힘들게 일해야 하며, 중노동을 하니 육체적으로 소모된 부분을 보충하기 위해 다시 많이 먹어야 한다는 점을 얘기했다.

《월든》의 열 번째 장인 〈베이커 농장〉에 나오는 이 대목을 읽어보면 소로가 살아가는 방식이 얼마나 구체적이고 현실적인지 확 전해져 온다. 그것도 순전히 자신의 직접 경험을 토대로 이야기하는 것이니만큼 전혀 거부감이 들지 않는다. 여기에다 소로는 마지막 한 방을 날려준다. "그러니 결국은 그게 그것인 것 같지만 그가 만족하지 못하고 있는 데다 인생을 허비하고 있으니 실제로는 상당한 손해라고 말해주었다."

그런데도 존 필드는 오히려 자기가 미국으로 건너온 것을 잘한 일로 생각한다. 매일같이 차와 커피와 고기를 먹을 수 있다는 것이다. 하지만 소로는 참다운 미국이라면 그런 것들 없이도 살아갈 수 있는 나라여야 한다고 말한다. 그러면서 다시 한번 '정신적인 늪지대용 곡괭이'를 써서 설명해준다. 소로 자신은 힘든 개간 작업을 하지 않으니 두꺼운 장화나 작업복도 필요 없고 옷가지에 들어가는 비용이 절반밖에 들지 않는다고 말이다. 소로는 또 자신이 원하기만 하면 한두 시간의 수고로 이틀간 먹을 물고기를 잡거나, 일주일 치 양식을 살 수 있는 돈을 벌 수 있는데, 그것도 힘겨운 노동이 아니라 즐거운 오락을 하는 기분으로 그렇게 할 수 있다고 얘기한다. 소로는 덧붙이기를, 만일 존 필드와 그의 가족도 소박하게 살려고만 한다면 여름에는 모두 허클베리를 따러 놀러 갈 수도 있는 여유를 갖게 될 것이라고 말해준다.

2

잘 들어보면 소로의 말이 무슨 의미인지 금방 이해가 갈 것이다. 노예처럼 사는 삶과 주인으로 사는 삶은 사실 종이 한 장 차이다. 아주 얇은 그 차이란 다름아닌 소박하게 살고자 하는 의지다. 의지는 자발적인 선택이다. 누가 강요하는 게 아니다. 내가 스스로 옳다는 판단을 내리고, 그 다음에 행동으로 옮기는 것이다. 소로는 나름대로 이해하기 쉽게 반복해가며 설명했지만 핵심은 간단하다. 그대 인생의 주인으로 살아라, 이 말이다.

아무튼 소로가 이처럼 진지하게 설득하는데도 불구하고 존 필드는 한숨만 내쉰다. 그의 아내 역시 양손을 허리에 대고 소로를 뚫어지게 쳐다볼 뿐이다. 그러면서 다른 일을 시작할 만한 넉넉한 밑천이 있는지, 또 그런 일을 시작하면 계속해나 갈 수 있는지 걱정부터 한다. 사실 대부분의 사람들이 이렇 다. 소시민 소리를 듣기도 하지만 먹고 사는 일이 급하다 보니 다른 방법을 찾으려 하지 않고, 그렇게 하루하루 "평온한 절 망" 속에서 살아가는 것이다. 소로는 이렇게 살아가는 존 필 드가 안타깝게도 계산 없이 살기 때문에 실패하고 있는 것이 라고 짚어낸다.

소로가 존 필드에게 낚시질 가서 미끼로 뭘 쓰느냐고 묻자 "지렁이로 먼저 피라미를 잡고, 피라미를 미끼로 퍼치를 잡는 다"고 대답한다. 아주 계산을 잘한다. 그러니까 존 필드도 이 런 사소한 것에는 정확하고 현명하지만 막상 인생을 살아가는 데는 때로는 부모하게 또 때로는 대충대충 계산 없이 살아가 고 있는 것이다. 어느새 비는 그치고 소로는 존 필드의 집을 떠나 다시 낚시를 나가려 한다. 그러자 아내가 존 필드에게도 낚시를 가는 게 어떠냐고 말한다. 존 필드는 여전히 망설인다. 소로는 무지개를 뒤로 하고 붉어지는 저녁놀을 바라보며 혼 자서 언덕을 내려가는데, 자신의 천재성이 얘기하는 것만 같 다며 매혹적인 구절을 노래하듯 읊조린다.

낚시와 사냥을 가라. 날마다 멀리, 더 멀리, 어디로든. 그리고 시냇가가 됐든 난롯가가 됐든 앞날을 걱정하지 말고 쉬어라. 그대 젊은 날에 창조자를 기억하라. 새벽이 오기 전에 근심을 떨쳐버리고 모험을 찾아 떠나라. 낮이면 다른 호수를 찾아 떠나고 밤이면 뭇 장소를 그대 집으로 삼으라. 이곳보다 너른 들판은 없으며, 여기서 하는 놀이보다 더 가치 있는 것은 없다. 그대 본성에 따라 야성적으로 성장하라. 여기 있는 골풀이나 고사리처럼 말이다. 그것들은 결코 영국 건초처럼 길들여지지 않을 것이다. 천둥이 울리면 울리도록 내버려두라. 그것이 농부의 수확을 망친다 한들 어쩌겠는가? 그것은 그대가 상관할 일이 아니다. 농부들이 수레와 헛간으로 피할 때 그대는 구름 아래로 피하라.

소로가 알려주는 훌륭한 삶의 비밀은 아주 간단하다. 이 비밀만 알면 존 필드의 가족도 여름이면 허클베리를 따러 놀러 갈 수 있는 여유를 갖게 될 텐데, 안타깝게도 그것을 몰라 그토록 힘겹게 살아가고 있는 것이다. 소로의 천재성이 들려주는 비밀은 밥벌이의 즐거움이다.

밥벌이를 지겨운 직업으로 삼지 말고 즐거운 도락으로 삼으라. 대지를 즐기되 소유하려 들지 말라. 진취성과 신념이 없어 사람들은 지금 있는 곳을 벗어나지 못한 채 사고 팔고 농노처럼 인생을 헛되이 보내는 것이다.

소로는 존 필드의 처지를 이 한마디로 요약한다. "지평선을 송두리째 차지하고도 그는 가난을 면치 못하고 있다." 촌철살인寸鐵殺人이란 바로 이런 문장을 두고 하는 말이다. 존 필드뿐만이 아니다. 얼마나 많은 사람들이 이렇게 살아가고 있는가? 현명하고 소박하게만 살고자 하면 얼마든지 넉넉하게 인생을 즐기면서 보낼 수 있는데, 계산 없이 살다 보니 아일랜드에서든 미국에서든, 또 몇 세대가 지나서든 진흙수렁 같은 힘든 생활을 이어가는 것이다. 매일 저녁 근처의 밭이나 일터에서, 아니면 술집이나 길거리에서 무기력하게 집으로 돌아오는 사람들을 바라보며 소로는 외친다.

밤이 되면 사람들은 길들여진 듯 집으로 향한다. 기껏해야 집에서 나는 소리가 다 들릴 정도로 가까운 근처 밭이나 길거리에서 돌아오는 것인데, 이들의 인생은 이처럼 그날이 그날처럼 단조롭게 이어지는 가운데 점점 시들어간다. 아침저녁으로 따라다니는 그림자가 오히려 이들이 날마다 걸어다니는 곳보다 훨씬 더 먼 곳까지 닿을 정도다. 우리는 매일같이 아주 멀리 나갔다가 집으로 돌아와야 한다. 먼 곳에서 모험도 하고 위험도 겪고 발견도 한 끝에 새로운 경험과 인격을 얻어 갖고 말이다.

소로는 말한다. 세상에 널린 존 필드 같은 사람이 되지 말라고 말이다. 판에 박힌 듯 따분한 삶에 감금되어 살아가서는 안 된다고 말이다. 그것은 노예의 삶이다. 우리 인생은 모험이 돼야 한다. 비록 위험해 보인다 하더라도 과감히 그 쪽 길을 선택해야 한다. 한번 제대로 된 인생을 살아보겠다면, 그래서 죽음에 이르렀을 때 후회하지 않으려면 그래야 한다. 그것이 주인의 삶이다.

3

요즘 모든 게 어렵다고 아우성이다. 대학 들어가기가 어렵고 취업하기가 어렵고 직장 생활도 어렵고 결혼하기도 어렵고 애들 키우기도 어렵고 주택 장만하기도 어렵고 노후 대비하기도 어렵다고 한다. 참, 불과 한 세대 전에 비해 대학이 얼마나 늘었고, 기업이 얼마나 성장했고, 근로조건은 얼마나 나아졌고, 주택보급률은 얼마나 높아졌고, 의료보험 혜택과 국민연금 보장은 얼마나 확대됐고, 육아지원과 의무교육은 얼마나 늘어났는데, 이런 말이 나오다니 무슨 까닭인가? 게다가 세상에 문명의 이기들이 얼마나 많이 나왔는데, 가령 세탁기 덕분에 여성들의 가사노동 시간이 얼마나 줄었고, 화학섬유 덕분에 얼마나 따뜻한 옷을 입을 수 있게 됐으며, 냉장고 덕분에 얼마나 다양한 먹거리들을 먹을 수 있게 됐는데, 오히려 옛날보다 더 힘들어졌다니?

　아마도 살아가는 것 자체가 힘들고 어렵다는 소리일 것이다. 어느 유명 작가가 쓴 에세이 집의 제목처럼 말이다. '밥벌이의 지겨움'이라는 제목의 그 책에서 작가는 근로를 신성하다고 우겨대며 사람들을 열심히 일하라고 몰아대는 이 세계를 증오한다. 그러면서도 밥벌이에는 밑도 끝도 없고 아무 대책도 없다고 이야기한다. 이게 무슨 의미인지 다들 십분 이해할 것이다. 그렇다, 밥벌이는 한없이 지겨운 우리 인간의 숙명과도 같은 것이다. 마치 신으로부터 노여움을 사 그 형벌로 무거운 바위 덩이를 산 정상으로 끝없이 밀고 올라가야 하는 시지프(시시포스)처럼 말이다.

　우리의 밥벌이는 시지프의 끝도 없이 계속되는 노역과도 같은 것이다. 그리스 신화 속의 시지프는 우리 인간 모두를 대변하는 존재다. 매일같이 치열하게 경쟁하면서 일하고 돈 벌고, 각박하게 아등바등 살아가면서 사랑도 하고 애도 키우고 가끔씩 스트레스도 풀고, 그러다 다시 또 쫓기듯 일터로 나가 어제와 마찬가지로 힘겹게 지겹도록 밥벌이를 해야 하는 많은 사람들의 아우성이 바로 시지프가 산꼭대기까지 바위더미를 밀고 올라가기를 반복하는 그런 모습일 것이다.

　그런데 알베르 카뮈*Albert Camus*가 그의 책 《시지프의 신화*Le Mythe de Sisyphe*》에서 지적했듯이, 시지프가 이런 끔찍한 형벌을 받게 된 것은 그의 삶에 대한 열정 때문이다. 이 땅에서 살아가기 위해 그가 지불해야 할 대가인 것이다. 신화에서 묘사하는 그의 노역은 참혹하다. 온통 흙투성이의 몸뚱어리로 집채만한 돌덩어리를 저 높은 산 정상을 향해 힘겹게 밀어 올리는 시지프의 팔뚝에는 핏줄이 서있고 얼굴에는 경련이 인다. 오랜 시간 땀 흘린 끝에 마침내 산 꼭대기에 바위덩이를 올려 놓는 순간 돌은 다시 저 아래 들판으로 굴러 떨어지고 시지프는 또다시 내려가야 한다.

그런데 산 정상에서 내려오는 시지프는 고통스러워하면서 내려올 수도 있지만 또한 기뻐하면서 내려올 수도 있다. 삶에 대한 열정을 한 번 더 보여줄 수 있는 것이다. 영문도 알 수 없는 운명에 복종해 끝나지 않는 노역을 계속 하고 있지만, 그렇게 힘들게 밀어 올린 돌덩어리가 산 꼭대기에서 다시 굴러 떨어져 내리지만, 산 정상에서 잠시 땀을 훔치고는 또다시 들판으로 내려가는 시지프의 얼굴에는 살짝 미소가 번질 수도 있는 것이다. 이것이 내 운명이라면, 그렇다면 내가 살아가는 하루하루의 주인은 바로 나라는 것을 알게 되는 것이다. 이제 거대한 돌덩어리를 산비탈로 밀어 올리는 그의 고역은 즐거운 투쟁이 된다. 산 꼭대기까지 올려 놓은 바위가 다시 또 저 아래로 굴러 떨어지겠지만, 그렇다 해도 이 바위의 육중한 무게를 느끼면서 한 걸음 한 걸음 산 정상을 향해 밀어 옮기는 것은 다름아닌 나라는 사실을 깨달을 때 비로소 시지프는 행복한 미소를 짓는 것이고, 우리 역시 행복한 미소를 지을 수 있는 것이다.

우리가 살아가는 태도와 행동이 외부의 조건이나 환경에 의해 결정된다면 우리는 조금만 일이 꼬이고 잘 안 풀릴 때마다 짜증을 부리고 좌절하고 분노하고 절망에 빠질 것이다. 그러나 우리가 삶에 대한 열정을 품고서 행동한다면 아무리 힘든 난관에 부딪치고 역경이 닥치고 시련을 겪더라도 결코 흔들리거나 두려워하지 않을 것이다. 시지프가 산비탈을 내려오며 미소를 짓듯이 말이다. 내 인생의 주인으로 살아간다는 것은 이렇게 자기 운명에 휘둘리지 않는 것이다. 외적인 상황이 아무리 끔찍하더라도, 변덕스러운 운명이 온 힘을 다해 치명타를 날린다 해도 당당하고 꿋꿋하게 살아가는 것이다. 아모르 파티*Amor Fati*, 네 운명을 사랑하라는 말은 바로 이런 것이다. 외적인 고난에 절망하지 않고, 그렇다고 바깥으로 드러난 부나 명예에 우쭐해 하지도 않고, 오로지 자기 자신을 신뢰하면서 내면의 가치에 따라 살아가는 자세가 주인의 삶이라고 할 수 있다.

4

누구나 일을 한다. 그런데 일하는 모습은 저마다 다르다. 목구멍이 포도청이라며 억지로 일하는 사람이 있는가 하면 마치 홀린 것처럼 정열적으로 일하는 사람도 있다. 어떤 모습이 보기 좋은가? 누가 더 행복해 보이는가? 자기가 하는 일에 마음껏 몰두할 수 있다면 그것만큼 행복하고 즐거운 일도 없을 것이다. 발명왕 에디슨*Thomas Edison*은 수시로 연구실에서 먹고 자며 하루에 18시간씩 일했지만 한 번도 불평하지 않았다. 오히려 이렇게 말했다. "내 평생 고된 일을 했던 적은 하루도 없다. 모든 일이 나에게는 재미였을 뿐이다."《예언자*The Prophet*》를 쓴 칼릴 지브란*Kahlil Gibran*은 이를 좀더 고상하게 표현했다. "일이란 사랑이 눈에 보이는 형태로 변화된 것이다."

앞서 인용했던 소로의 말을 다시 보자. "밥벌이를 당신의 직업으로 삼지 말고 도락으로 삼으라." 영어 원문으로는 이런 문장이다. "Let not to get a living be thy trade, but thy sport." 참으로 소로다운 멋진 표현이다. 마지막 단어로 쓰인 'sport'가 재미있는 단어다. 다들 알고 있는 스포츠가 원래 이 단어에서 나온 것인데, 이게 보통 재미, 오락, 도락 같은 뜻으로 많이 쓰인다. 셰익스피어*William Shakespeare*의 희곡《리어왕*King Lear*》1막 1장 맨 앞부분을 보면 글로스터 백작이 자기 둘째 아들, 그러니까 시녀와 바람을 펴서 낳은 서자 에드워드를 가리켜 이런 말을 한다. "그 녀석 만들 때는 아주 즐거웠었는데 말이야…"There was good sport at his making… 무슨 말인지 느낌이 올 것이다. 이럴 때 'sport'라는 단어를 쓴다면, 소로가 말하는 "밥벌이를 당신의 직업으로 삼지 말고 도락으로 삼으라"고 할 때의 도락이 얼마나 재미있고 즐거운 일인지 이해할 수 있을 것이다.

그렇지만 밥벌이를 즐거운 도락으로 삼는다는 게 아무래도 허황된 이야기로 들린다. 직장 생활 조금만 해본 사람이라면 참 웃기는 얘기라고 손사래를 칠 것이고, 한여름에 논밭에 나가 한나절만 땀 뻘뻘 흘리며 일해보면 밥벌이가 얼마나 힘든 노역인지 금방 알 것이다. 아주 힘든 노동이다. 아무리 간소하게 살아도, 노동시간을 아무리 줄여도 노동은 어렵고 지겨운 일이다. 그런데 소로는 아니라고 자신 있게 말한다. 그것도 그냥 말로 하는 게 아니라 자신이 직접 겪었던 사례를 들어 이야기한다. 소로의 이런 문장을 읽노라면 나도 모르게 유쾌해진다.

그 중에서도 백미는 《월든》의 일곱 번째 장 〈콩밭〉이다. 소로는 월든 호숫가 오두막 근처를 밭으로 일군 다음 첫 해 여름 밭두둑의 전체 길이가 무려 7마일, 그러니까 11킬로미터에 이를 정도로 많은 양의 콩을 심었다. 이처럼 많은 콩을 심은 것은 당연히 콩을 수확해서 자기가 먹기도 하고 시장에 내다 팔기도 하려는, 그런 목적이었을 것이다. 처음에는 이렇게 농사일이라고 하는 노동과 그 일을 하는 사람이 분리돼 있었다. 그런데 소로는 자신이 심고 가꾼 이 콩들을 사랑하게 되었으며, 콩이 자신을 대지에 연결시켜주었다고 말한다. 그러고는 왜 자신이 콩을 길러야 하는지를 묻는다. 소로는 그 정확한 이유야 하늘만이 알 것이라고 이야기하지만 어느새 일을 하는 사람과 대상이 모두 달라진 것이다. 소로는 이제 콩을 단순히 노동의 대상으로 바라보지 않을 뿐만 아니라 자신을 대지와 연결해주는 통로로 이해한다. 따라서 콩밭에서 일하는 것은 노동이 아니라 자연을 호흡하고 자연을 즐기는 것에 다름 아니다. 소로는 차근차근 그 의미를 짚어나간다.

> 그러나 내가 왜 콩을 길러야 하는가? 오직 하늘만이 알 것이다. 여름 내내 내가 몰두해 있던 이 신기롭기 짝이 없는 일은 그전엔 양지꽃과 검은딸기와 물레나물 같은 향기로운 야생 열매와 아름다운 꽃들만이 자라던 땅에서 이제는 대신 콩이 나오도록 하는 일이었다. 나는 콩들에게서 무엇을 배울 것이며, 콩들은 나에게서 무엇을 배울 것인가? 나는 콩들을 아껴주며 김을 매주고 아침저녁으로 살펴준다. 이것이 나의 하루 일과다. 넓적한 콩잎들은 보기만 해도 탐스럽다.

소로에게 농사 일은 더 이상 힘겨운 노동이 아니라 즐거운 여흥이고 오락이다. 일과 놀이가 서로 대립되는 것이 아니라 하나가 된 것이다. 앞서 보았던 시지프의 힘겨운 노역조차 소로에게는 즐거운 놀이가 될 수 있는 것이다. 심지어 콩밭에서 일을 하면서 무아지경에 빠져들기도 한다. "호미가 돌에 부딪치면서 내는 쨍 하는 소리는 아름다운 선율이 되어 숲과 하늘에 울려 퍼졌고, 순간순간 무한한 수확을 거둬들이는 나의 노동에 음악이 되어주었다. 내가 김매기를 하고 있는 곳은 이미 콩밭이 아니었고, 콩밭에서 김을 매고 있는 사람은 이미 내가 아니었다." 마치 《장자莊子》에 나오는 호접몽胡蝶夢 이야기를 연상시키는 구절인데, 그야말로 농사일을 노동이 아니라 도락으로 즐기는 소로의 모습이 눈앞에 보이는 것 같다.

레프 톨스토이가 쓴 소설 《안나 카레니나Anna Karenina》에도 이와 비슷한 장면이 나온다. 그 유명한 레빈의 풀베기 장면이다. 지체 높은 '지주 나리'인 레빈이 과거 농노 신분이었던 농부들과 호흡을 맞춰 풀베기를 하면서 무아지경의 순간을 느끼고 행복을 실감하는 대목이다. "그의 온몸을 적신 땀은 시원함을 선사해주었고 등과 머리와 팔꿈치까지 소매를 걷어 올린 팔에 내리쬐는 태양은 강인함과 인내심을 노동에 가져다 주었다. 그리고 자신이 하고 있는 일을 전혀 생각하지 않게 하는 무의식 상태의 순간이 한층 빈번히 계속됐다. 낫이 저절로 풀을 베었다. 그것은 행복한 순간이었다."

행복의 비밀이 여기에 있다. 행복은 엄청난 부와 명성을 쌓고 남들이 부러워하는 값비싼 저택이나 명품을 소유한다고 해서 얻어지는 게 아니다. 그날그날 살아가는 과정에서 거치는 단계마다 가능한 한 즐거움을 느끼는 데서 오는 것이다. 레빈의 이야기를 좀더 들어보자. 레빈은 마술에 걸린 것처럼 아무 생각도 하지 않는데 일이 저절로 척척 돼가는 걸 느낀다. 그러고는 일이 끝나자 영혼의 각성까지 체험한다. "하느님은 하루를 주셨고 또한 힘을 주셨다. 그리고 그 하루도 힘도 노동에 바쳐지고 보수는 노동 그 자체에 있었다. 누구를 위한 노동인가? 노동의 결과는 어떤 것인가? 이 모든 것은 아무 관계도 없는 쓸데없는 생각에 불과했다."

아무리 힘겨운 일이라도 그것을 도전이고 기회라고 생각하면 얼마든지 즐길 수 있는 재료를 발견하게 된다. 노예와 주인은 일을 대하는 기본 자세부터 다르다. 자신이 사랑하는 일을 하면 자연히 삶이 즐거워진다.

소로는 신선한 흙 자체의 생명력을 믿었고, 그래서 콩밭에 퇴비나 거름을 전혀 주지 않았다. 대신 나름대로 상당히 공을 들여 김매기를 해주었는데, 잡초를 뽑아내는 자신을 호머 *Homeros*의 《일리아스*Ilias*》에 나오는 최고의 전사戰士 아킬레우스에 비유하기도 한다. 소로 특유의 해학과 유머 감각을 읽을 수 있는 대목이다. "이 기나긴 싸움은 학들과의 싸움이 아니라 잡초들, 즉 태양과 비와 이슬을 자기 편으로 둔 트로이 사람들과의 싸움이었다. 날마다 콩들은 괭이로 무장한 밭주인이 그들을 구하기 위해 와서는 자신들의 적들을 무찔러 잡초의 시체로 밭고랑을 가득 채워놓는 광경을 지켜보았다. 주위에 운집한 전우들보다 최소한 1피트는 더 높이 솟아 투구의 앞 술을 흔들면서 용감하게 싸우던 수많은 헥토르 장군들이 내 무기 앞에 쓰러져 먼지 속에 나뒹굴었다."

소로는 이렇게 노동을 한 결과 첫 해에 모두 12부셸의 강낭콩을 수확했다. 또 농사일을 통해 많은 것들을 배웠다. 소로가 털어놓는 자신의 속내는 순수하기만 하다. "나는 혼자서 이렇게 다짐한 적이 있다. 내년 여름에는 콩과 옥수수를 이처럼 열심히 심지 말고, 아직 잃어버리지 않은 씨앗이 남아있다면 성실, 진리, 소박, 믿음, 순수 같은 것들의 씨앗을 심어보자고 말이다. 그리하여 밭을 경작하는 데는 땀을 좀 적게 흘리고 거름을 조금만 주더라도 이들 미덕의 씨앗들이 내 땅에서 자라나 내게 힘을 불어넣어줄 수 있는지 지켜보자고 생각했던 것이다. 왜냐하면 이 땅은 그런 씨앗들을 키우지 못할 만큼 메마르지는 않았을 테니까." 소로가 진정으로 하고 싶은 말이 무엇인지 잘 드러나있는 대목인데, 실제로 소로는 두 번째 해에 농사 규모를 첫 해의 6분의 1로 줄였다.

5

밥벌이는 우리의 숙명이자 생명줄이다. 밥벌이를 하시 않으면 죽는다. 그런데 이런 밥벌이가 지겨운 일이라면 너무나도 비참하지 않은가? 텔레비전에서 방영하는 '동물의 왕국'을 보면 사자나 호랑이, 늑대 할 것 없이 야생동물들은 전부 생명력 넘치게 살아간다. 이들의 표정이나 몸짓 어느 한 구석에서도 밥벌이를 힘들어하거나 고생스러워하는 기색을 찾아볼 수 없다. 단지 최선을 다해 먹이를 사냥할 뿐이다. 그것이 이들의 살아가는 방식이다. 사냥에 성공하면 배를 채우고, 다시 배가 고

파지면 또 사냥에 나간다. 사냥에 실패한다고 해서 슬퍼하지도 않고 누구에게 하소연하지도 않는다. 한 번 더 시도해야 하는 것이다. 무슨 위안이니 힐링이니 하는 게 끼어들 여지가 없다. 이들이야말로 태어나서 죽을 때까지 자기 삶의 주인으로 살아가는 것이다. 그러니 이들이 다시 사냥을 나갈 때 그 표정을 살짝 들여다 보면 아마도 미소를 짓고 있을지도 모른다.

이렇게 야생동물처럼 밥벌이를 하며 살아가는 인물이 소로의 이웃에 살던 미노라는 농부다. 소로가 보기에 그는 인생을 즐기고 있다. 그에게는 노동이 힘든 사역이 아니라 기쁨의 원천이자 사냥보다도 즐거운 오락이기 때문이다. 소로는 일기(1851년 10월 4일)에 이렇게 적었다.

미노는 내가 아는 농부 가운데 가장 시적인 사람이다. 나는 그에게서 농부 인생의 시정을 가장 잘 느낀다. 그는 일을 좋아하지만 서두르거나 고되게 일하지는 않는다. 자신의 힘을 최대한 발휘하고 노동 자체에서 무한한 만족을 얻는다. 농작물을 팔아서 금전적으로 이익을 챙기려 하지 않고 이익을 얻은 적도 없다. 노동이 그에게 주는 만족이 충분한 노동의 대가다. 그는 자신을 괴롭힐 만큼 많은 땅도 가지지 않았고 억지로 해야 할 정도로 일이 많지도 않으며 사람을 고용하지도 않았다. 단지 스스로 즐기며 살고 있는 것이다. 그는 소출을 많이 내는 것보다 일을 잘하는 데 더 많은 주의를 기울인다. 자기 집 헛간의 핀과 못의 내력도 낱낱이 다 알고 있다. 판자 지붕을 다시 이어야 할 때도 사람을 고용해서 노동의 기쁨을 빼앗기거나 하지 않는다. 반대로 농사일 도중 쉬는 짬짬이 숲으로 가서 좋은 리기다소나무 한 그루를 골라 베어낸 뒤 손수 혹은 소나 수레로 끌어서 제재소로 가지고 간다. 그래서 그는 자신의 헛간 지붕의 판자들의 이력도 낱낱이 다 알고 있다. 그에게 농사일은 수렵이나 천렵보다 더 오래 즐길 수 있는 오락이다.

미노야말로 소로가 말하는 소박하고 현명하게 생활하는 사람이다. 앞서 나왔던 존 필드와 얼마나 대조적인가! 농사 일을 좋아하되 서두르거나 고되게 일하지 않고, 소출을 많이 내는 것보다 일을 잘하는 데 더 주의를 기울이고, 자기 집 헛간의 핀과 못, 지붕 판자의 이력까지 낱낱이 알고 있다. 이 사람처럼만 산다면 생계를 유지하는 것은 괴롭고 고달픈 일이 아니라 충분히 만족스러운 오락이 될 것이다.

소로는 "생계를 꾸려나가는 일만큼 모든 면에서 유익하고 이로운 또 다른 오락거리를 알지 못한다"고 단언한다. 하루에 몇 시간씩 장작을 팬다든지 콩밭에서 일하는 것이 연극이나 오페라를 관람하는 재미보다 훨씬 낫다는 것이다. 그런데 그것을 알면서도 많은 농부와 기술자들이 너무 과도하게 일하는 바람에 기쁨이어야 할 노동이 힘들고 고된 노동으로 변했다고 지적한다. 그는 일기(1857년 10월 29일)에 이렇게 썼다.

> 나는 울타리를 세우고 농장을 측량하고 약초를 모으는 일
> 을 할 때 진정한 지각과 기쁨을 향해 나아간다는 것을 발
> 견한다. 나의 존재가 새로운 뿌리를 더 단단하게 내리 뻗은
> 것 같다. 이것이 행복의 견과를 깨는 진실한 방법이다. (…)
> 농사일보다 더 오래 즐길 수 있는 오락은 없다. 나는 인생
> 의 모든 열매를 얻기 위해 가장 정직한 삶의 기술들을 차
> 례차례 실행해 보고 싶었고 또 그 일들을 실행했다. 그러나
> 정직한 삶의 기술이라 하더라도 절제하지 못한다면, 그러
> 니까 필요한 양 이상의 곡식을 거두어들이기 위해 과도하
> 게 땀을 흘린다면 아주 많은 양의 밀을 추수하더라도 적은
> 양의 왕겨를 추수한 것이나 다름없다.

밥벌이의 즐거움, 그 비밀은 필요와 행복이 일체를 이룬다
는 데 있다. 소로가 날품팔이로, 그것도 1년에 30일에서 40일
만 일하고도 먹고 사는 데 충분할 수 있었던 것은 소박하고
현명하게 생활했기 때문이다. 소로는 이 세상에서 생계를 유
지하는 것이 힘든 일이 아니라 오히려 즐거운 일이라고 역설
한다.

나는 체험을 통해 날품팔이야말로 어떤 직업보다 자유로

운 직업임을 알게 됐는데, 1년에 30일에서 40일만 일하면 한 사람 먹고 사는 데 충분했다. 날품팔이 일이란 해가 지는 시점에 끝나기 때문에 나머지 시간은 일과 관계없이 자기 하고 싶은 일을 마음대로 할 수 있다. 그러나 매달 돈벌이 걱정을 해야 하는 그의 고용주는 1년 내내 숨돌릴 틈이 없다. 단언컨대 나는 신념과 경험에 의해 이렇게 확신하게 됐다. 우리가 소박하고 현명하게 생활한다면 이 세상에서 생계를 유지하는 것은 힘든 일이 아니라 오히려 즐거운 일이라고 말이다. 소박하게 살아가는 민족이 생계상 늘 하는 일을 인위적으로 살아가는 민족은 이제 오락거리로밖에는 할 수 없게 됐다. 땀을 쉽게 흘리는 사람이 아니라면 구태여 이마에 땀을 흘려가면서까지 밥벌이를 할 필요는 없는 것이다.

더 큰 집과 더 근사한 승용차, 더 멋진 옷과 더 예쁜 가방, 이런 것들을 다 가지려면 적지 않은 돈이 필요하다. 주택담보 대출 원리금과 자동차 할부금을 내고 카드청구서를 막으려면 당연히 많은 시간을 힘들게 일해야 한다. 필요가 아니라 끝없는 욕망을 충족시키기 위해 일한다면 그 일이 결코 즐거울 리없다. 그리고 어쩔 수 없이 강요에 의해 일을 하는 것처럼 느껴진다면 절대로 자기 인생을 사랑할 수 없다. 소로는 일기(1851년 1월 10일)에서 이렇게 말한다. "나의 필요가 지금보다 더 커지게 되면 나는 그것을 충족시키기 위해 고된 노동을 해야 하리라는 예감이 든다. 만일 나에게 주어진 소명을 무시한 채 나의 오전과 오후를 모두 사회에 바쳐야 한다면 도대체 나의 삶이 무슨 가치가 있겠는가?"

소로는 "마치 개가 자기 주인을 따르듯 자신이 사랑하는 일을 하라"고 얘기한다. 자신이 진정으로 원하는 것이 무엇인지 정확히 알아낸 다음 꾸준히 그것을 추구해야 삶이 즐거워질 수 있다. 소박하고 현명하게 산다는 것은 쓸데없는 데 시간과 돈을 쓰지 않는 것이다. 물론 살아가는 데 꼭 필요한 생활필수품을 사려면 돈이 들 것이고, 이를 위해서는 무슨 일이든 해야 한다. 소로처럼 날품팔이를 할 수도 있을 것이고 때로는 일이 힘겨울 때도 있을 것이다. 하지만 자신이 하는 일을 사랑하고 늘 최선을 다하고자 한다면, 또 내 인생의 주인으로서 그 일을 한다면 일하는 시간시간이 훨씬 더 즐겁고 행복할 것이다.

소로는 묻는다. 밥벌이를 지겨운 노역으로 여기면서 하루하루 억지로 살아가고 있지 않느냐고 말이다. 그렇다면 그건 노예의 삶이다. 왜 아까운 인생을 그렇게 낭비해가면서 살아가는가? 밥벌이는 얼마든지 즐거운 일이 될 수 있다. 밥벌이를 내가 주도하면 된다. 절대로 자신이 하는 일에 끌려 다녀서는 안 된다. 자신이 할 일을 스스로 결정하고 조정하겠다는 자세가 무엇보다 중요하다. 그게 바로 내 인생의 주인으로 살아가는 것이다.

소로는 말한다. 자신이 하는 일에서 기쁨과 보람을 얻는 사람이야말로 진짜 성공한 것이라고 말이다. 자기 일에서 즐거움을 얻고 성취감을 느끼고 있다면 굳이 다른 데서 행복을 구할 필요가 없다. 행복은 먼 데 있지 않다. 자신이 하는 일을 사랑하는 것, 일을 하면서 미소를 지을 수 있는 것, 거기에 행복의 비밀이 있다.

6

무슨 일이든 의미가 없으면 하고 싶은 의욕조차 생기지 않고, 억지로 해봐야 재미는커녕 짜증만 난다. 우리 인생도 우리 스스로 그 의미를 찾지 못하면 살아갈 의지도 없어지고, 그러다 보면 그저 대충대충 살아가거나 목표도 없이 표류하게 될 것이다.

도쿠가와 이에야스德川家康는 말하기를 "인생은 무거운 짐을 지고 여행하는 것"이라고 했다. 100년 이상 이어진 일본의 전국시대를 끝내고 천하통일을 이룬 인물이지만 그 역시 얼마나 많은 시련과 좌절을 겪었겠는가. 삶의 의미란 책임을 지는 것이다. 그리고 거기서 삶의 교훈을 배우는 것이다.

사실 요즘 유행하는 힐링이니 위안이니 하는 것들도 따지고 보면 삶의 의미를 못 찾는 사람들에게 억지로라도 알려주고자 하는 것이라고 할 수 있다. 그런데 중요한 것은 삶의 의미는 결코 누가 손에 쥐어주는 게 아니라 스스로 찾아야 한다는 것이다. 내 인생은 다름아니라 내가 살아가는 것이기 때문이다. 그리고 나의 삶은 무엇보다 구체적이고 현실적이라야 한다. 오늘을 살아가는 나의 태도를 나 스스로 결정하고 그렇게 내가 살아가야 한다는 말이다.

삶의 의미는 추상적이거나 사념적인 말이 아니다. 그것은 내가 삶을 대하는 자세고 태도다. 나 스스로 선택한 내가 살아가는 방식이다. 어떻게 이 세상을 살아갈 것인가, 하루하루 내가 살아가는 방식이 곧 삶의 의미다. 오늘 하루를 당당하고 훌륭하게 자기 의지대로 살아갈 수도 있고, 혹은 비굴하게 남의 지시에 따라 살아갈 수도 있다.

어쨌든 살아가는 방식은 내가 선택하는 것이다. 우리는 늘 선택을 하면서 살아간다. 매일 매시간 결정을 내려야 하는 일들이 있는 것이다. 결정이란 다름아닌 나의 자유를 나에게서 빼앗아가겠다고 위협하고 회유하는 것들을 향해 복종할 것인지 아니면 거부할 것인지를 결심하고 행동에 옮기는 것이다. 이것은 또한 우리가 아침부터 저녁까지 그저 체념한 듯 전형적인 소시민의 모습으로 살아가면서 자유로운 삶을 포기할 것인지, 아니면 당당하게 의도적으로 자신의 길을 걸어갈 것인지를 결정하는 것이기도 하다.

우리가 어떤 삶을 살아가느냐는 전적으로 우리 스스로 어떤 결정을 내리느냐에 달려있는 것이지 주변 환경이나 물질적

조건 혹은 다른 사람의 영향 따위에 의해 만들어지는 것이 아니다. 아무리 어렵고 힘든 상황에서도 얼마든지 자기 자신의 결정에 따라 스스로 어떤 삶을 살아갈지 결정할 수 있는 것이다. 그것이 바로 아모르 파티, 즉 네 삶을 사랑하라는 말의 진정한 의미일 것이다. 우리 삶을 의미 있고 가치 있게 만드는 것은 아무에게도 빼앗길 수 없는 이런 자유, 소로식으로 표현하자면 의도적으로 살고자 하는 의지다.

시지프의 신화의 비밀이 여기에 숨어있다. 삶의 의미를 바깥이 아니라 내부에서 찾는다는 것은 곧 자신의 고유함과 유일함을 이해하는 것이다. 삶이란 추상적인 그 무엇이 아니라 매일 매 순간 부딪치는 구체적인 현실이다. 시지프가 무거운 바위더미를 끊임없이 산꼭대기로 밀어 올려야 하는 것은 막중한 과업이다. 하지만 산정상에서 내려오는 시지프는 땀을 닦으며 슬며시 미소 지을 수 있다. 그러려면 무엇보다 자신에게 주어진 과업에 대해 분명히 이해해야 한다. 그것이 아무리 끔찍하고 고통스럽고 힘든 것이라 할지라도 그 과업은 오로지 자신에게만 주어진 단 하나뿐인 운명이라는 사실을 말이다. 누구도 그 운명을 대신해줄 수 없다. 그것이 고통스럽다면 그건 자신이 받아들이는 수밖에 없다.

어차피 모든 인간은 외롭고 유일한 존재다. 지금 내가 할 수 있는 일은 무거운 짐을 지고 가는 것뿐이다. 아무도 이 과업을 면제해주지 못한다. 하지만 그래도 내가 선택할 수 있는 것은 한 가지 남아 있다. 미소 지을 수 있는 것이다. 왜냐하면 이 운명은 나에게만 주어진 것이며, 이 과업은 이 지구상에서 나만이 짊어질 수 있는 것이기 때문이다.

자기가 짊어진 책임과 자신의 과업이 다름아닌 자기 자신에게만 주어진 고유하고도 유일한 운명이라는 사실을 깨닫게 되면 삶의 의미가 달라진다. 이제 더 이상 고통이 고통으로 느껴지지 않을 것이다. 그것은 나에게 주어진 도전이고 기회기 때문이다.

니체의 말 그대로다. "살아가야 할 이유가 있는 사람은 어떠한 방식에도 견딜 수 있다." 정말로 그렇지 않은가? 우리가 자신의 삶에서 어떠한 의미도 찾을 수 없다면 더 이상 다가가야 할 목표도 없어지고 기대할 목적도 사라질 것이다. 계속 살아가 봐야 아무 소용도 없는 것이다.

소로는 말한다. 밥벌이를 지겨운 직업으로 삼지 말고 즐거운 도락으로 삼으라고 말이다. 대지를 즐기되 소유하려 들지 말라고 말이다. 현명하고 소박하게 살고자 하면 얼마든지 넉넉하게 인생을 즐기면서 보낼 수 있다. 소로가 살아가는 방식은 사실 단순하다. 우리 인생을 모험으로 생각하고 과감히 어려운 길을 택하는 것이다. 삶의 의미란 그렇게 해서만 찾을 수 있다.

7
부와 풍요의 노예에서 벗어나기

내가 숨쉬며 들이마시는 대기는 감미롭습니다
내가 가진 재산은 무한합니다
그것만 생각하면 자꾸 미소가 지어집니다
내 은행잔고는 아무리 꺼내 써도 다 쓸 수가 없습니다
나의 재산은 소유가 아니라 향유이기 때문입니다

편지 1856년 12월 6일

1

《논어》의 첫 장인 〈학이學而〉편을 보면 공자의 제자인 자공子貢이 스승님께 훌륭한 삶의 자세에 대해 여쭙는 장면이 나온다. 알다시피 자공은 공자가 특히 아꼈던 초기부터의 제자 넷 가운데 한 명이다. 훗날 공자가 세상을 뜨자 다른 제자들은 3년상을 치르고 다 돌아갔지만 자공만은 6년 시묘를 치렀을 정도로 충직한 제자였다. 이름이 사賜로 위나라 출신인 자공은 원래 집안이 부유한 상인 가문인 데다 본인도 이재에 밝았다고 한다.

이런 자공이 부유함과 가난함에 대해 물어본 것이다. "가난하되 아첨하지 않고 부유하되 교만하지 않으면 어떻겠습니까?"貧而無諂 富而無驕 아마도 자공은 이렇게 물으면서 나름 괜찮은 의견이라고 생각했을 것이다. 그러니 감히 여쭤본 것일 게다. 속으로는 틀림없이 스승님이 "그래, 맞는 말이다" 혹은 "옳다, 너 참 똑똑하구나" 하면서 칭찬해줄 것이라고 기대했을 게 틀림없다. 그런데 공자는 단지 "맞다"可也고만 하고는 한 말씀 덧붙인다. 부와 가난에 관한 공자의 유명한 말씀인데, 잘

새겨들을 필요가 있다. "그러나 가난하면서도 즐길 줄 알고貧而樂부유하면서도 예를 좋아하는富而好禮 것만 같지는 못하다."

공자의 말씀이 앞서 자공의 물음과 다른 점은 무엇인가? 자공의 말도 전혀 틀리지 않는다. 가난하되 아첨하지 않는다는 것은 물질적으로 아무리 곤궁해도 비굴하게 행동하지 않는다는 것이다. 돈이 없더라도 남들 비위 맞추거나 굽실거리지 않고 당당하고 씩씩하게 살아간다는 말이다. 당연히 그래야 하지만 막상 그렇게 행동하기는 참 어렵다.

헨리 데이비드 소로도 비슷한 말을 했다. 《콩코드 강과 메리맥 강에서 보낸 일주일》을 보면 다섯 번째 장인 〈수요일〉에 이런 문장이 나온다. "나는 금전상으로는 결코 부자가 아니지만 단 한 번도 비굴하게 가난해 본 적은 없다."I am never rich in money, and I am never meanly poor. 앞서도 말했듯이 《콩코드 강과 메리맥 강에서 보낸 일주일》은 소로가 숲 속 오두막에서 2년간 생활하면서 쓴 책이다. 그가 월든 호숫가를 떠난 지 2년 만인 1849년에 출간된 책이니만큼 이 글에서는 아직 한창 나이의 소로다운 호기와 기백이 느껴진다.

아무튼 자공은 가난하되 비굴하지 않으면 되는 것 아니냐고 물은 것인데, 공자는 여기서 한 걸음 더 나아가라고 한다. 가난을 즐기라는 것이다. 세상에 가난은 다들 피하고 벗어나려 하는 것인데, 그것을 즐기라니 참으로 공자가 아니면 할 수 없는 깊이 있는 말씀이다. 이와 비슷한 구절은 《중용中庸》에도 나온다. "부자면 부자답게 살아가고 가난하면 가난한 데서 즐거움을 찾으며 살아간다." 素富貴 行乎富貴 素貧賤 行乎貧賤

소로가 월든 호숫가에 들어가 달랑 한 칸짜리 오두막을 짓고 이스트도 넣지 않은 딱딱한 빵을 먹으며 간소하게, 간소하게 살았던 게 바로 가난을 즐긴 생활이다. 소로는 《월든》의 첫 장 〈경제〉에서 "가장 현명한 사람들은 항상 가장 가난한 사람들보다도 더 간소하고 결핍된 생활을 해왔다"며 "자발적 가난voluntary poverty이라는 이름의 유리한 고지에 오르지 않고서는 인간 생활의 공정하고도 현명한 관찰자가 될 수 없다"고 선언한다. 소로의 인생 실험은 바로 이 같은 자발적 가난에서 출발한 것이다. 그의 실험은 무엇보다 가난하게 간소한 생활을 꾸려나가면서도 얼마든지 여유롭게 살아갈 수 있음을 자신의 직접 경험을 통해 확실히 증명하기 위한 것이었다고 할 수 있다.

그러나 명심해야 할 점은 가난을 즐기되 절대 가난에 안주해서는 안 된다는 것이다. 소로는 말하기를 "우리의 가난함이 방석이 아니라 발판이 되게 하라"고 했다. 빈궁한 생활에 안주하지 말고 가난의 이로움을 발판 삼아 의도적인 삶을 살아가야 한다는 말일 것이다. 소로는 마을의 가난한 사람들이 가장 독립적인 생활을 하는 것으로 생각한다면서 "세이지 잎을 가꾸듯, 정원의 풀을 가꾸듯 가난을 가꾸라"고 말한다. 앞서 인용했던 일기의 한 구절은 참으로 매혹적이다. "아, 나는 고독과 가난으로 얼마나 풍요로울 수 있었던가!"Ah, how I have thriven on solitude and poverty! 가난 덕분에 그의 삶이 어떻게 더 풍요로워질 수 있었는지 소로의 일기(1857년 2월 8일)를 더 읽어보자.

처음 보는 여러 왕에게서 무수한 훈장을 받기 보다는 차라리 겨울 숲의 오솔길 끝자락을 걸어갈 때 바스락거리는 소리를 내는 참나무 이파리를 갖겠다. 증기나 물이 추위에 얼듯이 인생을 단순하게 살고 번잡을 피하는 것이 단단해지는 비결이다. 가난은 힘과 에너지와 멋을 집중할 수 있게 해준다. (…) 보통 가난이라고 부르는 단순함에 의해 나의 삶은 단단해지고 조직화되었다.

소로가 가난을 즐긴 것은 이 같은 단순함 때문이다. 소로는 단순함의 가치를 믿었다. 단순한 생활 속에서만 비로소 여유를 가질 수 있다. 소로는 일기(1851년 8월 17일)에서 자신은 가난하지 않다고 말한다. "나는 가난하지 않다. 사과 익는 냄새를 맡을 수 있으니까."I am not poor; I can smell the ripening apples. 《월든》에서는 더 소리 높여 외친다. "진정한 부를 즐길 수 있는 가난, 나는 그것을 원한다."Give me the poverty that enjoys true wealth. 사실 이 말은 플린트 호수 인근의 숲을 다 없애고 그것을 자신의 농장으로 만든 것도 모자라 호수에다 자신의 이름까지 붙인 플린트라는 대농장주에 대해 설명하면서 자신의 참담한 심정을 토로한 것이다. 당시 콩코드의 대표적인 부자라고 할 수 있는 플린트라는 인물을 소로가 어떻게 생각하고 있는지 들어보자.

나는 그의 노동을 경멸하며 모든 것에 가격표가 매겨져 있는 그의 농장도 경멸한다. 그는 단 몇 푼이라도 받을 수만 있으면 경치라도, 아니 그가 믿는 하느님이라도 시장에 가지고 나가 팔려고 할 것이다. 사실 그의 진짜 하느님은 시장에 있다. 그의 농장에서는 아무것도 공짜로는 자라지 않는다. 그의 밭에서는 곡식 대신 돈이 자라며, 그의 꽃밭에서는 꽃 대신 돈이 피어나며, 그의 과일나무에는 과일 대신 돈이 열리는 것이다. 그는 과일의 아름다움을 사랑하는 것이 아니며, 과일이 돈으로 환금되기 전에는 완전히 익은 것으로 보지 않는다.

소로는 플린트 같은 부자를 아주 경멸했다. 그가 이런 사람을 경멸하는 제일 큰 이유는 위의 글에 잘 나타나있듯이 모든 것을 장삿속으로 보기 때문이다. 그리고 재산이 많다는 이유 하나만으로 그들의 행동에는 부자 특유의 교만함이 묻어있고 어쩔 수 없는 천박함이 드러나기도 한다. 소로는 그래서 〈시민불복종〉에서 돈이 많은 부자일수록 덕은 적다고 단언하는 것이다.

아무튼 자공이 말한 대로 부유하되 교만하지 않는 것은 무척 어렵고 칭찬받을 만한 자세다. 그런데 공자는 여기에 덧붙여 예를 좋아하라고 주문하는 것이다. 여기서 예란 단순히 예의를 지키는 게 아니라 문화와 예술, 학문을 아우르는 보다 높은 차원의 지적 활동을 가리키는 것이다. 그러니까 돈 있는 사람들이 해야 할 일은 더 많은 돈을 벌려고 애쓸 게 아니라 문화와 예술을 즐겨야 한다는 것이다.

그러자 똑똑한 자공이 《시경詩經》에서 읽은 글귀를 인용한다. "시경에서 노래한 자른 듯 다듬은 듯 쪼갠 듯 간 듯如切如磋 如琢如磨이 이를 두고 한 말이군요." 비로소 공자는 자공에게 최고의 극찬을 해준다. "사야, 이제야 너와 시를 말할 수 있겠구나. 지난 것을 알려주니 올 것을 알아차리는구나." 마침내 너도 깨달았다는 말씀일 것이다.

2

소로는 《월든》에서 자발적 가난을 실험하고 실천했을 뿐만 아니라 그러한 삶이 충분히 가능함을 입증했다. 일체의 안락과 편의를 배제한 채 최소한의 소비로 살아갈 수 있다는 점을 자신의 간소한 생활을 통해 확실하게 보여준 것이다. 소로는 자신의 이 같은 경험을 세상에 알림으로써 무조건 편리와 사치를 추구하는 맹목적인 물질주의에 경종을 울리고

자 한 것이다.

소로는 여기서 그치지 않고 한 발 더 나아간다. 과연 부자가 어떤 사람인지, 완전히 다시 정의하는 것이다. 소로다운 발상이라고 할 수 있다. 그러면 소로의 새로운 정의를 들어보자. "그대로 내버려둘 수 있는 것이 많으면 많을수록 그 사람은 부유하다."A man is rich in proportion to the number of things which he can afford to let alone. 소로다운 개성이 물씬 풍겨나는 아주 멋지고 역설적인 표현이라고 할 수 있는데, 이렇게 기막힌 문장은 〈고독〉 장에서도 나온다. 소로는 홀로 시간을 보내는 것이 몸과 마음에 좋다고 하면서 한마디 덧붙인다. "나는 아직 고독만큼 친해지기 쉬운 벗을 찾지 못하고 있다."I never found the companion that was so companionable as solitude.

아무튼 부자라고 하면 다들 돈이 엄청나게 많고 대단한 재산을 소유한 사람이라고 생각하는데, 소로는 전혀 다르게 정의한다. 가신 것이 아니라 욕심내지 않고 그냥 내버려둘 수 있는 게 많으면 많을수록 부자라는 것이다. 이 문장은 내가 《월든》을 다른 사람들한테 소개하면서, 소로를 괜히 어렵게 생각하고 부담스럽게 느끼는 친구들한테 전혀 그렇지 않다면서 자주 인용하는 문장이기도 하다. 진정한 부자가 되려면 한 가지 빠트리지 말아야 할 게 있다. "나의 가장 뛰어난 재주는 욕심을 부리지 않는 것이다."My greatest skill has been to want but little. 그런 점에서 소로야말로 정말 부자인 셈이다.

소로가 내린 부자에 대한 새로운 정의와 부자에 대한 전통적인 정의를 비교해볼 필요가 있다. 소로가 살았던 시대나 지금이나 부자가 어떤 사람이냐를 판가름하는 기준은 소유물의 많고 적음이라고 할 수 있는데, 경제학의 태두라고 할 수 있는 애덤 스미스는 《국부론》 제5장에서 이렇게 밝혀두었다. "누가 부자인가 가난뱅이인가는 생활에 필요한 재화와 편리함을 주는 것들, 그리고 즐거움을 주는 것들을 얼마나 많이 누릴 수 있느냐에 달려있다."Every man is rich or poor according to the degree in which he can afford to enjoy the necessaries, conveniences, and amusements of human life.

소로는 이 같은 전통적인 정의를 완전히 뒤집어 놓은 것이다. 세상에, 당대 제일의 경제학 서적이라고 할 수 있는 애덤 스미스의 《국부론》에 나온 내용을 정면으로 반박하다니, 참 대단하다고 밖에는 말할 수 없다. 그리고 나서 소로는 기존의 정의에 바탕을 둔 생각들을 하나씩 박살내버린다. 생활에 편리함을 주는 물건들이나 즐거움을 주는 것들, 그러니까 편의품과 사치품, 오락거리들은 대부분 살아가는 데 필요한 것들이 아닐 뿐만 아니라 인류 향상에도 도움이 되지 않는다고 말이다. 한마디로 편의품, 사치품 같은 건 가질 필요도 없는 쓸데없는 것들이고, 게다가 그런 것을 많이 갖고 있는 사람들은 잘났다고 거들먹거릴 게 아니라 인류 향상에 도움이 되지 않는 형편없는 사람임을 알아야 한다고 꼬집는 것이다. 소로는 《월든》의 마지막 장인 〈결론〉에서 쾌도난마처럼 정리해버린다. "남아돌아가는 부는 쓸모 없는 것들밖에 살 수 없다. 영혼에 꼭 필요한 것, 그 하나를 사는 데 돈은 필요하지 않다."Superfluous wealth can buy superfluities only. Money is not required to buy one necessary of the soul.

정말로 명쾌하기 이를 데 없다. 《월든》이라고 하면 좀 따분하고 지루한 책이라는 느낌이 들고, 이런 책을 쓴 소로 역시 그저 자기 하고 싶은 대로 평생을 살다간 괴짜 같은 인물이라고들 생각한다. 그런데 지금까지 설명한 부자에 대한 새로운 정의를 다시 잘 읽어보라. 그러면 전혀 다른 인상을 받을 것이다. 내가 《월든》을 소개하면서 농담 삼아 하는 말이 있다. 《월든》은 이 세상 최고의 재테크 서적이라고 말이다. 그리고는 한 마디 한다. "지금 당장 여러분들을 부자로 만들어줄 책입니다." 그 이유는 부연 설명할 필요가 없을 것이다. 그냥 내버려둘 수 있는 것이 많으면 많을수록 부자라니, 부자가 된다는 게 그리 어려워 보이지 않는다. 이제 욕심을 줄이고 하나씩 버려가면 된다. 그러면 부자가 되는 것이다.

3

그런데 소로가 진짜로 뒤집어 엎고자 한 것은 부자에 대한 정의가 아니라 맹목적인 물질만능주의였다. 오로지 부만 좇으며 사치와 방탕을 일삼는, 그러면서도 부자가 되기만 하면 승자가 된 양 뽐내고 으스대는 그런 천박한 세태를 향해 일갈한 것이다. 소로는 더 큰 저택을 장만하고 더 값비싼 가구로 실내를 장식하기 전에 우선 벽을 깨끗하게 치우라고 말한다. 사치스러운 겉치레와 편의가 아니라 내면의 고상함과 소박한 풍요가 더 중요하다는 얘기다.

세상에서 가장 부유했던 크로이소스 왕의 재산을 물려받는다 해도 우리 삶의 목적은 전과 다름없을 것이고, 우리의 수단 역시 기본적으로 똑같을 것이다. 가난으로 인해 그대의 활동 범위가 제한되더라도, 가령 책이나 신문조차 살 수 없는 형편이 되더라도 그대는 가장 의미 있고 중요한 경험만을 갖도록 제한되는 것에 지나지 않는다. 그대는 가장 달고 가장 끈끈한 재료만을 다루도록 요구 받은 셈이다. 그것은 고기에서 제일 맛있는 부분인 뼈 가까이에 붙어있는 살코기와 같은 삶이다. 그대는 하찮은 사람이 되지 않도록 보호받게 된 것이다. 어떤 사람도 더 높은 수준의 정신 생활을 하는 것으로 인해 더 낮은 차원에서 손해를 보지 않는다.

소로에게 부와 재산이란 우리 삶의 수단이지 목적이 아니다. 그런데 소로는 이런 수단이 많아질수록 오히려 곤궁해지고 독립성을 잃게 된다고 말한다. 부자가 되면 될수록 돈이 더 많이 드는 생활습관을 들이게 되고, 그러다 보면 편의품과 사치품을 장만하는 데 더 많은 비용을 들여야 하고, 그래서 결국 부를 얻는 대신 독립성을 잃게 된다는 말이다. 소로는 일기(1856년 1월 20일)에서 "지난 5년간 책도 약간 팔리고 강연도 더러 한 덕분에" 돈을 좀더 많이 갖게 됐지만 "오히려 나의 인생이 진지함을 얼마쯤 잃은 것 같다"고 고백한다.

소로는 그래서 역설적으로 이렇게 강조하는 것이다. "당신이 가장 부유할 때 당신의 인생은 가장 빈곤하게 보인다."It looks poorest when you are richest. 소로가 여기서 말한 부유하다는 것은 문자 그대로 물질적인 재산을 많이 갖고 있다는 의미다. 소유물이 아주 많다는 것이다. 가진 것이 없거나 아주 적은 가난함과는 반대의 뜻이다. 그러니까 사람들이 보기에는 전혀 가난하거나 빈곤하지 않을 텐데 소로는 빈곤해 보인다고 했다. 지금 소로가 말하는 빈곤은 물질적인 재산의 많고 적음을 잣대로 한 것이 아니라 우리 영혼의 풍요로움, 다시 말해 얽매임 없는 자유를 기준으로 한 것이기 때문이다.

〈시민불복종〉에서 소로는 보다 구체적으로 이야기한다. 부자는 결국 자신을 부자로 만들어준 제도, 요즘 식으로 말해 제도권에 영합하게 마련이며, 그래서 돈이 많을수록 인격은 떨어질 수밖에 없다는 것이다. 사실 부자가 된 게 무슨 인격이 훌륭해서 그리 된 것도 아니고, 오히려 부자가 아니었더라면 더 고민하고 깊이 생각해봤어야 할 많은 문제들을 돈은 미뤄버릴 수 있게 해준다. 그런 점에서 돈은 우리 삶을 풍요롭게 해주는 열쇠가 아니라 우리를 더 낮은 수준에 머물러 있게 하는 족쇄 같은 것이라는 게 소로의 주장이다.

> 부자는 언제나 그를 부자로 만들어준 제도권에 영합하게 마련이다. 분명히 말하지만 돈이 많으면 많을수록 덕은 적다. 왜냐하면 돈이 사람과 그의 목적물 사이에 끼어들어 그를 위해 그것들을 획득해 주기 때문이다. 또한 돈을 가지게 된 것도 무슨 큰 덕이 있어서가 아니기 때문이다. 돈이란 만일 그것이 없었더라면 어떤 식으로든 그 답을 구했어야 할 많은 문제들을 유보시켜준다. 또 돈을 가짐으로써 생겨나는 새로운 문제는 딱 하나뿐인데, 그 돈을 어떻게 써야 할 것인가 하는 어려우면서도 쓸데없는 문제다. 그렇게 해서 부자의 도덕적 기반은 발 밑부터 무너져 내리는 것이다. 소위 말하는 '재산means'이 늘어갈수록 그에 비례해 우리 인생의 기회는 사라져간다. 사람이 부자가 되었을 때 자신의 교양을 위해 할 수 있는 최선의 일은 그가 가난했을 때 품었던 계획을 실천에 옮기는 일이다.

누구도 부와 풍요를 잘못된 것이라고 비난하지 않는다. 부와 풍요를 그 자체로 목적으로 보는 게 문제다. 모든 비극은 여기서 비롯된다. 부와 풍요를 다른 것을 위한 수단으로 본다면 그렇게 나쁘거나 두려운 것이 아니다. 부를 단지 수단으로만 추구하되 일정 수준을 넘어서지 않으면 큰 문제가 안 되는 것이다. 돈을 위해 돈을 추구할 때는 악이 되지만, 돈이 다른 꿈을 실현하는 데 도움을 주는 수단이 된다면 긍정적일 수 있다. 소로가 말하는 것은 돈을 상전으로 모시면 절대 안 된다는 것이다. 돈의 노예가 되지 말고 돈을 종으로 부리는 주인이 돼라는 것이다.

소로가 특히 경계한 것은 부를 추구할수록 우리 인생은 자꾸만 무엇인가에 더 얽매이게 된다는 점이다. 돈을 위해 제도권에 영합해야 할 뿐만 아니라 더 많은 부를 얻기 위해서는 일에 더 많은 시간을 투자해야 하고 더 쫓기듯 살아야 하기 때문이다. 부와 풍요의 노예가 되는 것이다. 게다가 돈이 많아질수록 그것을 지키기도 어렵고 써야 할 데도 늘어나고 그럴수록 더 골치 아픈 선택을 해야 한다. 그리고 무엇보다 소득이 높아지고 재산이 많아질수록 그에 상응하는 장식과 겉치레도 불가피해진다. 부자일수록 다른 사람 눈치 안 보고 살아가기가 더 힘들어지는 것이다. 당연히 더 많이 가질수록 욕망도 더 커지게 된다. 욕심이 많아지게 되는 것이다. 과도함이야말로 그 욕망이 잘못된 것임을 보여주는 증거라고 할 수 있다.

소로는 말한다. 많은 사람들이 만족하지 못하고 욕심을 부리는 것은 가진 것이 모자라서가 아니라 가진 것이 너무 많기 때문이라고 말이다. 불행은 부족한 데서 오는 게 아니라 넘치는 데서 비롯된다. 가진 것이 적어서가 아니라 이미 갖고 있는 것조차 고마워하지 않는 데서 불행은 싹 튼다. 행복한 삶의 비밀은 자기가 갖고 싶은 것을 더 많이 갖는 데 있지 않다. 그런 욕망으로부터 얼마나 자유로울 수 있는가, 거기에 행복의 열쇠가 있다. 가진 것이 많을수록 우리 삶은 오히려 산만해진다. 적은 것에 만족하면 마음이 편안해진다.

4

알베르 카뮈는 그의 자전적 에세이 《안과 겉 L'envers et L'endroit》의 서문에서 이렇게 썼다. "나는 소유할 줄을 모른다. 내가 가진 것, 내가 애써 가지려고 하지 않았지만 나에게 주어진 것 중 어느 것도 나는 간직할 줄을 모른다. 그것은 낭비 때문이라기 보다는 다른 어떤 종류의 아까움 때문이라고 생각된다. 재물이 지나치게 많아지면 사라져버리고 마는 자유가 내게는 아까운 것이다. 가장 풍성한 호화로움이 나에게는 언제나 일종의 헐벗음과 일치하곤 했다." 시간과 공간은 다르지만 소로의 말과 무척 비슷하지 않은가? 카뮈가 덧붙인 문장에서도 소로의 느낌이 묻어난다. "지금까지도 나는 파리에서 엄청나게 부유한 사람들의 생활을 볼 때면, 그것이 흔히 나에게 불러일으키는 거리감과 더불어 일말의 동정심을 금치 못한다."

스코틀랜드 태생의 자연보호 활동가로 미국의 자연수호자로도 불렸던 존 뮤어*John Muir*는 늘 자신이 매우 풍요롭고 행복하게 살고 있다며 물질적인 재산은 자신이 인생에서 느끼는 만족과 충만함 가운데 아주 미미한 요소일 뿐이라고 말하곤 했다. 뮤어는 한 연설에서 당시 미국 최대의 철도 재벌 기업가였던 E. H. 해리먼보다 자신이 더 부자라며, 그 이유를 딱 한 줄로 설명했다. "나는 내가 원하는 만큼의 돈을 갖고 있지만, 그는 그렇지 못합니다." 뮤어 역시 소로처럼 아주 뛰어난 재주, 욕심을 부리지 않는 재능을 지녔던 것이다.

갈수록 사람들은 자신에게 '필요한 것'과 자신이 '원하는 것'을 잘 구분하지 못하는 것 같다. 사실 우리가 살아가는 데 꼭 필요한 것은 그렇게 많지도 않고 어느 정도의 노력만 기울이면 충분히 얻을 수 있다. 또 필요한 것들을 얻고 나면 일단 필요는 충족된다. 집과 먹을 것, 입을 것이 그렇고, 교육이나 의료, 공공서비스도 마찬가지다. 그런데 '원하는 것'은 한없이 많아질 수 있어서 '필요한 것'처럼 한정 지을 수도 없고, 애써 노력해서 '원하는 것'을 손에 넣었다 해도 금세 '원하는 것'이 더 늘어난다. '원하는 것'은 이처럼 절대로 충족시킬 수 없다. 오히려 많이 가지면 가질수록 더 많은 것을 원하게 되고, 그러다 보니 더 많은 것을 가졌는데도 더 불안해지게 되는 역설적인 상황이 벌어지는 것이다. 어느 사회학자의 말처럼 풍요의 딜레마에 빠지는 것이다.

'어플루엔자'*affluenza*라는 말이 있다. 가진 것이 많아질수록 더 많은 것을 갖고 싶어하는 미국인들의 소비심리와 소비지상주의로 인해 야기되는 갖가지 증상을 일컫는 용어인데, 부유한*affluent*과 유행성 열병*influenza*을 합쳐서 1990년대에 만들어진 신조어다. 우리말로 하면 '부자병' 혹은 '소비중독'이라고 할 수 있다. 그러니까 물질적으로 풍요로워지기 위해 끊임없이 더 많은 것을 추구하고, 그러다 보니 스스로 과중한 업무와 부채를 짊어지게 되고 또 온갖 스트레스에 시달리는 사람들이 느끼는 증상을 가리켜 어플루엔자라고 하는 것이다.

주위를 둘러보면 이렇게 어플루엔자에 감염돼 소비의 노예로 살아가는 사람들을 쉽게 발견할 수 있다. 이들은 더 많은 것을 가지면 더 행복해질 것이라고 생각한다. 그래서 더 높은 소득을 추구하고 더 많은 노동시간을 감수하는 것인데, 이들에게는 소비야말로 행복을 얻을 수 있는 가장 손쉬운 수단이고, 더 많은 재산과 더 높은 소득은 가장 확실한 성공의 지표다. 그래서 즉각적이고 값싼 만족감을 주는 물건들은 지나칠 정도로 많이 소유하지만 진정한 만족감을 주는 것들은 오히려 외면하게 되는 것이다.

그러나 소비를 통한 값싼 만족을 좇다 보면 결국 귀중한 삶의 시간만 탕진하고 영혼은 고갈돼 버리고 만다. 영원히 가질 수 없는 것을 가지려 하고, 끝내 찾을 수 없는 것을 찾는 것이다. 일단 어플루엔자에 감염되면 늘 분주하게 일하며 품위를 잃고 황금신을 좇게 된다. 그리고 돈으로 살 수 없는 것들은 잃어버리게 된다. 진정한 친구와 이웃, 도덕성과 공동체를 모두 외면해버린 채 오로지 돈만 바라보며 살아가는 것이다. 소로는 이를 가리켜 감자 썩는 병보다 무서운 머리 썩는 병이라고 했다.

> 지금 영국에서는 감자 썩는 병을 퇴치하기 위해 온갖 노력을 기울이고 있다고 하는데, 그보다 훨씬 더 치명적이고 널리 퍼져 있는 머리 썩는 병을 치료하려는 노력은 하지 않을 것인가?

남들보다 더 많이 가지려고 너도나도 눈에 불을 켠 채 열심히 일한다. 그렇게 부지런히 일해야 돈을 벌 수 있다. 그래야 남들이 갖고 있는 것을, 또 갖지 못한 것을 살 수 있다. 하지만 이런 식으로 더 많을 것을 가져야만 만족할 수 있다면 그것은 바닷가에서 목이 마른다고 해서 바닷물을 자꾸 들이키는 것과 다름없다. 더 많이 마실수록 갈증은 더 심해지고 끝내 그 갈증 때문에 죽게 되는 것이다. 더 많은 것을 가지려는 욕망에서 해방돼야 한다. 그러기 위해서는 무엇보다 먼저 더 적은 것으로 만족하는 법을 배워야 한다. 소로는 일기(1856년 3월 11일)에 이렇게 적었다. "가장 싼값에 즐거움을 얻는 사람이야말로 최고의 부자다."That man is the richest whose pleasures are the cheapest.
소로의 그날 일기는 이렇게 이어진다.

> 나는 매일매일의 평범한 사건과 현상에서 만족과 영감을
> 얻으며, 또 앞으로도 그런 삶을 살기를 원한다. 매시간 내
> 가 지각하는 감각, 내가 매일 하는 산책, 이웃과의 대화가
> 나에게 영감을 불어넣을 것이다. 나는 지금 내가 살고 있는
> 천국 이외에는 그 어떤 천국도 꿈꾸고 싶지 않다. 와인과
> 브랜디의 맛 때문에 물에 대한 사랑을 잃어버린다면 그 사
> 람은 얼마나 불행한가?

소로는 가난하면 가난할수록 오히려 부자라는 것이 불변의
진리라고 말한다. 더 많은 것을 가지려고 발버둥치는 대신 더
적은 것으로 만족할 수 있기 때문이다. 소로는 묻는다. 그대로
내버려둘 수 있는 것이 많으면 많을수록 더 부유하다는 사실
을 왜 깨닫지 못하느냐고 말이다. 부와 풍요는 바깥에서 얻어
지는 것이 아니다. 우리 내부에서 발견하는 것이다.

5

애덤 스미스가 《국부론》에 앞서 발표한 《도덕감정론The Theory
of Moral Sentiments》은 인간이 왜 돈을 벌려고 하는지, 왜 부자가

되려고 하는지, 그 출발점을 파헤치고 있는데, 스미스는 정곡을 찌른다. "이 세상의 모든 수고와 부산함은 무엇을 위한 것인가? 탐욕과 야심, 부와 권력을 추구하고, 남보다 뛰어나려고 하는 이유는 무엇인가? 생활필수품을 얻기 위해서인가? 하지만 그것은 가장 가난한 노동자의 임금으로도 얻을 수 있다."

스미스는 사람들의 씀씀이를 잘 살펴보면 사치품이나 편의품, 혹은 허영과 겉치레에 소득의 상당 부분을 쓴다고 지적하면서, 사람들이 부와 명성, 높은 지위를 원하는 것은 그것이 세상의 이목을 끌고 그것을 가진 사람은 관심의 대상이 되기 때문이라고 갈파한다. 그러면서 야망에 불타는 '가난한 자의 아들'이 겪는 인생 역정을 들려준다. 시작은 이렇다.

> 하느님이 화가 나서 야심野心을 보내 가난한 자의 아들을 징벌하였는데, 그 아들이 주위를 둘러보기 시작했을 때 그는 곧 부자들을 부러워하게 된다. 그는 아버지의 오두막집이 그의 거처로는 너무나 작다고 생각하고 대저택에서 더 편안하게 살아야겠다고 공상한다. 그는 발로 걸어 다녀야만 하고 말의 등에 타고 다녀야 한다는 사실에 불만을 느낀다. 그는 자신보다 신분이 높은 사람들이 마차를 타고 다니는 것을 보고는, 자기도 그 마차를 타고 여행한다면 덜 불편하게 여행할 수 있으리라고 상상한다. 그는 자신의 천성이 게으름을 느끼고는 가능한 한 자신의 손으로 자신을 돌

보는 일을 적게 하려고 생각한다. 그리고 하인들이 자신을
많은 수고로부터 해방시켜 주도록 해야겠다고 마음먹는다.

애덤 스미스가 활동하던 18세기에는 경제학이라는 학문 자체가 없었다. 스미스는 스코틀랜드의 글래스고 대학에서 도덕철학을 가르치면서 《도덕감정론》을 저술했다. 그러니까 이 책은 철학을 배우기 시작하는 젊은 학생들을 대상으로 쓰여진 것이다. 그런 점에서 '가난한 자의 아들' 이야기도 상당히 교육적인 내용이라고 할 수 있다. 아무튼 이 야망에 불타는 친구는 자신이 바라는 모든 것들을 얻으면 행복해질 것이라고 생각하고, 부와 권세를 추구하는 데 자신의 모든 것을 바친다. 육체적 피로와 정신적 불안을 감수하며 불굴의 근면함으로 경쟁자들을 이겨내기 위해 노력한다. 자신의 목적 달성을 위해 모든 이들의 비위를 맞추고 경멸하는 사람들에게까지 아부하고 스스로 마음의 평정을 희생한다. 그리고 뒤늦게 깨닫기 시작한다.

인생의 최후의 순간이 되어 그의 육체가 고통과 질병으로 쇠약해지고, 적들의 불의, 동지들의 배신과 망은 때문에 그가 받아온 침해와 실망의 기억에 의해 그의 마음이 쓰리고 괴로울 때가 되어서야 비로소 그는 부와 권세가 사소한 효용만을 지닌 허접한 것에 불과하고, 육체의 안락과 정신의

평정을 확보하는 데 장난감을 좋아하는 사람들의 족집게 상자 정도의 쓸모밖에 없다는 것을, 그리고 부와 권세는 족집게 상자와 마찬가지로 그것을 가지고 있는 사람에게 줄 수 있는 편리함 이상으로 번거로움을 더 많이 준다는 것을 깨닫기 시작한다.

스미스는 그 이유를 이렇게 설명한다. 사람들은 늙어서 몸이 병들고 쇠약해져서 무기력하고 매사에 권태를 느낄 때가 되어서야 비로소 부와 권세가 주는 모든 즐거움이 헛되고 공허했음을 알게 된다고 말이다. 더 이상 그런 즐거움은 마음을 끌지 못하고, 부와 권세는 육체에 약간의 편리함을 가져다주기 위해 고안된 거대하고 힘에 겨운 기구들로 보이게 된다는 것이다.

소로는 우리가 이제 자신이 쓰던 도구의 도구가 돼버렸다고 지적했는데, 부와 권세도 마찬가지다. 처음에는 수단으로 추구했던 부와 권세였는데 어느새 인간이 부와 권세의 수단이 돼버리는 것이다. 원래 "승자가 전리품을 차지한다"To the victor belongs the spoil라고 했던 것이 이제는 "전리품이 승자를 갖는다"The victor belongs in the spoils로 입장이 뒤바뀐 셈이다.

부와 권세는 거대한 건조물과 같다. 그것을 건축하려면 평생 동안의 노동이 필요하지만 그것은 매 순간 그 안에 살고

있는 사람들을 파묻어 버리겠다고 위협한다. 그것들이 무
너지지 않고 서 있는 동안에는 거주자들에게 몇몇 사소한
불편들을 덜어줄지도 모르지만 계절의 모진 혹독함으로부
터 그들을 보호해주지는 못한다. 그것들은 여름의 소나기
는 막아줄 수 있지만 겨울의 폭풍을 막아 주지는 못한다.
그러면서도 그들은 그 거주자를 항상 이전과 똑같이, 때론
이전보다 더욱 많은 불안과 두려움과 비애에 그리고 질병과
위험과 사망에 노출되도록 내버려둔다.

스미스는 이제 결말을 짓는다. 제아무리 부자라고 하루 다
섯 끼 먹느냐는 것이다. "토지의 생산물은 언제나 그것이 먹
여 살릴 수 있는 만큼의 주민을 유지할 뿐이다. 부자는 단지
큰 덩어리의 생산물 중에서 가장 값나가고 가장 기분 좋은 것
을 선택할 뿐이다. 그들은 가난한 사람보다 별로 많이 소비하
지도 못한다." 그러면 '가난한 자의 아들'이 겪은 인생 역정 이
야기를 통해 어떤 교훈을 얻을 수 있는지 스미스의 마지막 설
명을 들어보자.

신의 섭리는 대지를 소수의 귀족과 지주들에게 나누어 주
면서 이 분배에서 제외되었다고 생각되는 사람들을 망각하
지도 방기하지도 않았다. 후자의 사람들도 대지가 산출하
는 모든 것에 대한 그들의 몫을 향유한다. 인간 생활의 참

된 행복을 구성하는 것에 관한 한, 그들은 자신들보다 사회적으로 훨씬 높은 지위에 있다고 생각되는 사람들보다 결코 열등하지 않다. 육체의 안락과 마음의 평화에 있어서도 삶의 수준이 상이한 계층의 모든 사람들이 거의 동일한 수준에 있다. 그리고 큰 길가에서 햇볕을 쬐고 앉아 있는 거지도 국왕들이 전투를 통해 보위하려는 그러한 안전을 이미 향유하고 있다.

'경제학의 아버지'로 불리는 스미스가 부자에 대해 내린 결론은 아주 냉정하면서도 명료하다. 부자하고 해서 신으로부터 특혜를 받은 것도 아니고 가난한 사람이라고 해서 신이 외면한 것도 아니라는 것이다. 그러니 요즘 유행하는 금수저니 은수저니 흙수저니 하는 신분차별 논쟁은 그야말로 쓸데없는 신세 타령에 불과하다.

6

소로의 시각도 이와 똑같다. 부자든 가난한 사람이든 제대로 된 인생을 살아가는 데는 아무런 구별이 있을 수 없다. 중요한 것은 부와 가난이 아니라 인생을 얼마나 독립적으로 살아가고자 하는지, 또 인생을 얼마나 진지하게 살아가고자 하는지에 대한 자세와 태도기 때문이다.

그대의 삶이 아무리 고달프더라도 그것을 사랑하라. 그대가 비록 구빈원에 살더라도 그곳에서 즐겁고 감동적이고 아주 멋진 시간들을 보낼 수 있다. 지는 해는 부자의 저택과 마찬가지로 구빈원의 창에도 밝게 비친다. 봄이 되면 구빈원 문 앞에 쌓였던 눈도 녹는다. 그런 곳에 살더라도 자기 삶을 평온하게 받아들이면 마치 궁전에 사는 것처럼 만족스러워 할 것이며 늘 유쾌하게 생각할 것이다.

부자들은 부자들대로 더 갖지 못해 안달하고 가난한 사람들은 또 그들대로 가지지 못해 비참해하는 세상에서 소로는 그게 아니라고 외치는 것이다. 어떻게 하면 이 세상에서 살아남을까가 아니라, 또 어떻게 하면 남들보다 더 많이 가질까가 아니라, 제발 어떻게 하면 가난하면서도 자유롭고 넉넉하게 살아갈 수 있느냐를 고민하자는 것이다.

수주탄작隨珠彈雀이라는 말이 있다. 풀이하자면 "수후隨侯의 구슬로 참새를 잡으려 한다"는 뜻이다. 여기서 수후의 구슬은 수나라 제후가 큰 상처를 입은 뱀을 구해준 보답으로 받은 야광주夜光珠로 화씨지벽和氏之璧과 함께 천하제일의 보물이다. 그러니까 수주탄작이라고 하면 하찮은 것을 얻기 위해 귀중한 것을 버린다는 의미다. 이 말은《장자》의 〈양왕讓王〉 편에 나오는 고사에서 유래한 것인데, 이런 이야기다.

춘추시대 노나라 임금이 안합顔闔이라는 인물이 도를 터득

했다는 말을 듣고는 사람을 시켜 예물을 들고 가서 모셔오게 했다. 안합은 누추한 집에서 삼베옷을 입고 몸소 소에게 여물을 먹이며 살아가고 있었다. 노나라 임금의 사신이 찾아오자 안합은 직접 그를 맞이했다. 사신이 예물을 바치자 안합은 말한다. "아마도 잘못 듣고 사신을 보낸 듯합니다. 죄가 될지도 모르니 한번 확인하는 게 좋을 것 같습니다." 이 말을 들은 사신이 돌아가 확인을 한 다음 다시 와서 안합을 찾았으나 이미 그는 어디론가 사라진 뒤였다.

이어지는《장자》의 설명을 들어보자. "여러 세속의 군자들은 대부분 자신을 위험에 빠뜨리고 삶을 버리면서까지 사물을 추구하고 있으니 이 어찌 슬프지 않은가? 모든 성인의 행동이란 반드시 그것을 하는 까닭과 그것을 하는 방법을 먼저 살피는 것이다. 어느 사람이 수후의 구슬로 천길 높이의 참새를 쏘았다면 세상 사람들은 반드시 그를 비웃을 것이다. 그것은 그가 사용하는 것이 귀중한 것인데 반해 그것으로 구하려는 것은 가벼운 것이기 때문이다. 하물며 사람의 삶이 어찌 수후의 구슬보다 귀하지 않겠는가?"

소로는 묻는다. 금방 사라져버릴 유한한 가치를 지닌 것들을 손에 넣기 위해 절대적이고 무한한 가치를 지닌 것을 팔아버리려 하지 않느냐고 말이다. 번쩍거리는 황금을 구하느라 자신의 영혼을 잃어버리지는 않았느냐고 말이다. 부와 풍요의 노예가 되어 돈을 버는 데 귀중한 삶의 시간들을 다 써버린다면 참으로 어리석은 일이다. 인생은 그러기엔 너무나도 소중한 것이다. 죽음을 맞이했을 때 헛되이 살았구나 하고 후회하는 일이 있어서는 절대 안 된다.

소로는 말한다. 부귀와 권세가 아무리 대단해 보여도 우리 삶을 희생하면서까지 탐할 대상은 아니라고 말이다. 단 한 번밖에 주어지지 않는 소중한 삶을 덧없는 것을 추구하는 데 써 버린다면 그것만큼 바보 같은 일도 없을 것이다.

8
명사형 삶과 동사형 삶

우리 인생에는
많은 시간을 대가로 얻을 수 있는
어떤 순간이 있다
많은 시간이란
돈을 버는 데 쓴 시간이 아니라
준비하고 초대하는 데 들어간 시간이다.

일기 1852년 12월 28일

1

밥벌이의 즐거움을 얘기하면서 처음에 소개했던 존 필드 이야기를 기억할 것이다. 《월든》의 열 번째 장 〈베이커 농장〉에서 기둥 줄거리라고 하자면 헨리 데이비드 소로가 존 필드에게 해주는 조언이다. 그런데 소로가 이 이야기를 하기에 앞서, 그러니까 낚시를 하러 가면서 베이커 농장을 지날 때 무심코 툭 던지는 한마디가 참 가슴에 와 닿는다. "그날은 많은 사건이 발생할지 모르는 한없이 길게 느껴지는 그런 오후였다." 그러면서 소로는 "우리 인생은 상당 부분 그런 날들로 이루어져 있다"고 덧붙인다. 소로는 이날 낮까지도 존 필드라는 아일랜드 이민자를 만날 것인지 전혀 몰랐고, 존 필드 역시 소로를 만나 소박하고 현명하게 살아가는 방법에 대해 들으리라고는 상상하지 못했을 것이다.

이처럼 모든 순간은 기적을 품고 있다. 오늘의 풍요로움은 순간순간의 기적과 축복에서 비롯된다. 평온한 절망 속에서 체념한 듯 살아가는 사람은 이런 풍요로움을 맛볼 수 없다. 근심을 떨쳐버리고 매일같이 모험을 찾아 떠나면 언제든 기적이라는 축복을 만날 수 있다. 그 출발점은 바로 내면의 목소리에 귀 기울이는 것이다. 인생은 길어 보여도 흘러가는 시간은 너무나 짧게 느껴진다. 하지만 소로는 이 소중한 시간들을 넉넉하게 썼다. 그러고도 "내 인생에 넓은 여백이 있기를 바란다"고 말한다.

꽃처럼 활짝 핀 아름다운 순간을 육체적 노동이든 정신적인 노동이든 일을 하느라 희생할 수는 없는 때가 있었다. 나는 내 인생에 넓은 여백이 있기를 바란다. 여름날 아침이제는 습관이 된 멱을 감은 다음 나는 해가 잘 드는 문간에 앉아 새벽부터 한낮까지 한없이 공상에 잠기곤 했다. 주위에는 소나무와 히코리나무, 옻나무가 무성하게 자라고 있었고, 아무도 방해하지 않는 고독과 정적이 사방에 펼쳐져 있었으며, 오직 새들만이 곁에서 노래하거나 소리 없이 집안을 넘나들었다. 그러다가 서쪽 창문으로 해가 떨어지거나 멀리 한길을 달리는 어느 여행자의 마차 소리를 듣고서야 문득 시간이 흘러간 것을 깨닫곤 했는데, 이런 계절에 나는 밤 사이의 옥수수처럼 무럭무럭 자랐다. 그 시간들은 손으로 무엇을 만드는 것보다 훨씬 소중한 것이었다. 또한 이렇게 공상에 잠겨 보낸 시간들은 내 인생에서 헛되이 사라진 시간들이 아니라 오히려 나에게 허락된 생명의 시간에 더해 넉넉하게 추가로 주어진 시간들이었다.

한없는 공상에 잠겨 새벽부터 한낮까지 그냥 앉아 있었으면
서도 소로는 그 시간들을 헛되이 보낸 것이 아니라고 말한다.
오히려 동양사람들이 일을 포기하고 명상에 잠기는 이유를 이
해하게 되었다고 덧붙인다. 소로는 시간이 가는 것을 개의치
않았고, 하루 종일 특별히 해놓은 일이 없더라도 마냥 자신에
게 주어진 끝없는 행운에 조용히 미소 지었다.

나는 시간이 어떻게 흘러가든 개의치 않았다. 대개의 경우
하루는 마치 내가 해야 할 일을 덜어주려는 듯이 지나갔다.
아침이구나 했는데 어느새 저녁이 되었다. 그렇다고 딱히
무슨 특별한 일을 한 것도 아니었다. 새처럼 노래 부르는 대
신 나는 말없이 나의 끝없는 행운에 미소 지었다. 참새가
집 앞의 히코리나무에 앉아 지저귈 때 나는 혼자서 키득거
리며 웃거나 혹시라도 참새가 내 보금자리에서 나는 노랫소
리를 들을까 봐 노래 부르고 싶은 충동을 억눌렀다. 나의
하루하루는 이교도 신들의 이름을 붙인 그런 요일요일이
아니었고, 또 24시간으로 쪼개져 시계가 재깍거리는 소리
를 낼 때마다 안달하는 그런 하루도 아니었다.

소로는 월든 호숫가 오두막에서 이렇게 하루하루를 보냈다.
새벽 일찍 일어나 호수에서 멱을 감은 다음 콩밭에서 일을 하
거나 글을 쓰기도 했고, 어떤 날은 한없이 공상에 잠겨 있기

도 했다. 오후에는 호숫가 숲 속으로 또 강가로 발길이 닿는 대로 하루에 적어도 네 시간씩 산책을 했다. 이처럼 자유롭게 의도적으로 하루하루를 보내는 소로의 모습이 바쁘게 생활하는 마을 사람들에게는 아주 게으른 것으로 보였을 것이다. 하지만 소로에게는 마을 사람들의 곱지 않은 시선보다는 차라리 새와 꽃들이 자신을 판단하는 기준이 더 중요했다. 《달려라 토끼*Run Rabbit*》를 쓴 미국 작가 존 업다이크*John Updike*가 《월든》에서 "가장 씩씩한 장"이라고 평한 네 번째 장 〈소리들〉에서 소로는 아주 호기 있게 외쳐댄다.

나의 이런 일상이 마을 사람들에게는 너무나도 게으른 것으로 보였을 것이다. 그러나 새와 꽃들이 그들의 기준으로 나를 평가했다면 나는 전혀 모자람이 없었을 것이다. 인간은 행동의 동기를 자신의 내부에서 찾아내지 않으면 안 된다. 그렇지 않은가. 자연의 하루는 매우 평온해서 인간의 게으름을 꾸짖거나 탓하지 않는다. 나의 이런 살아가는 방식은 즐거움을 사교계나 극장에서밖에 찾을 수 없는 사람들에 비해 적어도 한 가지 이점을 갖고 있었으니 나의 삶은 그 자체가 오락이었으며 결코 끝나지 않는 신비로움의 연속이었던 것이다. 그것은 무수한 장면으로 이어진 끝없는 한 편의 드라마였다. 우리가 늘 최근에 배운 최선의 방법으로 생계를 유지하고 생활을 조절해나간다면 우리는 한 순

간도 지루해하지 않을 것이다. 당신의 천재성을 바짝 좇아
가라. 그러면 그것은 반드시 시간시간마다 새로운 가능성
을 보여줄 것이다.

소로에게 게으름은 나태함이 아니라 여유로움이었다. 소로
는 나태함을 경계했다. 《월든》의 열한 번째 장 〈보다 높은 법
칙들〉에서는 이렇게 말했을 정도다. "지혜와 순결은 성실함으
로부터 나온다. 나태로부터는 무지와 관능만 나올 뿐이다." 소
로는 철저히 자기 행동의 동기를 내부에서 찾았다. 삶의 기준
을 바깥이 아니라 안에서 발견하고 그 기준에 따라 살았던 것
이다. 이것이 바로 내 인생의 주인으로 살아가는 것이다. 이런
사람에게 삶이란 끝없는 신비로움의 연속이고 무수한 장면으
로 이어진 한 편의 드라마다. 소로는 생활 자체가 오락이었다
고 말한다. 그러니까 내 인생의 주인이 되어 자연처럼 여유롭
게 산다면 바깥의 요란스런 오락 따위는 필요 없는 셈이다. 그
리고 더욱 중요한 이야기를 한다. 우리가 배운 최선의 방법으
로 생계를 유지해나가고 생활을 조절해나간다면 우리의 삶은
지겹거나 괴롭지 않을 것이라고 말이다.

소로는 말한다. 우리 모두가 천재성을 지니고 있다고 말이
다. 나 자신은 천재고, 이 세상은 기적이다. 오늘 하루를 산다
는 것은 행운이다. 살아있다는 것 자체가 하늘이 주신 축복이
다. 우리 내부의 천재성을 발휘하기만 한다면 하루하루가 늘

새롭고 즐거울 것이다.

2

소로가 자신만의 고독한 숲으로 들어가겠다고 하자 친구들이 대체 거기서 뭘 할 거냐고 물었다고 한다. 소로는 그날 일기(1841년 12월 24일)에 이렇게 적었다. "그곳에서 나는 갈대 사이에서 속삭이는 바람소리만 들을 것이다. 내가 나 자신을 버리고 떠날 수만 있다면 그곳에서 아주 성공적인 생활을 할 수 있을 것이다. 내 친구들은 도대체 무엇을 할 속셈으로 거기 가려 하느냐고 묻는다. 계절이 변하는 것을 지켜보는 것만으로도 할 일은 충분하지 않겠는가?" 소로는 월든 호숫가 오두막에 살면서 실제로 그랬다. 《월든》의 열일곱 번째 장인 〈봄〉에서 소로는 계절이 변해가는 과정을 이렇게 묘사했다.

숲에 들어와 사는 삶의 한 가지 매력은 봄이 오는 것을 지켜볼 수 있는 여유와 기회를 가질 수 있다는 점이었다. 호수의 얼음은 마침내 벌집 모양으로 변하기 시작했고, 그 위를 걸으면 구두 자국이 남았다. 안개와 비와 따뜻해져 가는 태양이 서서히 눈을 녹였고, 낮이 눈에 띌 정도로 매일같이 길어져 갔다. 이제 난방을 세게 하지는 않아도 되니 나무를 해오지 않더라도 겨울을 날 수 있을 것 같다. 나는 봄이 오는 첫 신호를 주의 깊게 기다린다. 다시 돌아온 어느 새의 노랫소리라도 들려오지 않을까, 혹은 지금쯤 겨울식량이 다 떨어졌을 줄무늬다람쥐의 찍찍거리는 소리가 들려오지 않을까 해서 귀를 기울여보기도 하고, 우드척 녀석이 겨울 보금자리에서 나오지나 않았는지 살펴보기도 한다.

동양사상, 특히 《노자》에서는 자연의 생성 변화가 곧 도道다. 그러니까 자연이 최고의 질서라는 말인데, 소로가 월든 호숫가에서 계절의 변화를 지켜보는 것만으로도 충분하다고 말하는 것을 들어보면 어느 정도 도를 깨우친 게 아닌가 하는 느낌을 받게 된다. 계절이 바뀌는 것을 지켜볼 수 있는 여유가 있고, 이런 기회를 갖고 살아가는 것이 바로 자유로운 삶이다. 내 인생의 주인이 되어 의도적으로 살아가는 것이다. 소로는 봄을 알리는 참새의 첫 울음소리와 기쁨의 찬가를 부르며 흘러가는 봄 시냇물 소리에 비하면 역사와 연대기, 전통 따위가 무슨 의미가 있느냐고 묻는다. 얼어있던 월든 호수가 다시 소생하는 과정을 소로는 이렇게 적는다.

눈보라 치는 겨울날이 화창한 봄날로 바뀌고 어둡고 무기력했던 시간이 밝고 탄력 있는 시간들로 바뀌는 과정은 만물이 그 변화를 선언하는 중대한 전기다. 변화는 그야말로 일순간에 일어난다. 초저녁에 가까운 시간, 하늘에는 아직도 겨울 구름이 끼어 있고 처마에서는 진눈깨비가 섞인 빗물이 뚝뚝 떨어지고 있는데 갑자기 밖에서 들어온 빛이 집 안을 꽉 채운다. 나는 창문 밖을 내다본다. 세상에! 어제까지만 해도 차가운 회색 얼음이 있던 곳에 투명한 호수가 여름날 저녁처럼 평온하고 희망에 가득 찬 모습을 보여주고 있다.

마침내 봄이 온 것이다. 소로는 숲 속의 나뭇가지 하나를 보거나 오두막 옆에 쌓아둔 장작더미만 봐도 겨울이 지났는지 아닌지를 알 수 있었다. 차가운 회색으로 얼어붙어 있던 월든 호수가 녹아 투명한 빛깔로 바뀐 바로 그날 저녁 무렵 먼 남쪽 호수에서 날아온 기러기들이 숲 위를 날며 우는 소리가 들려온다. 문 앞에 서있던 소로는 기러기들의 날갯짓 소리까지 듣는다. 기러기들은 오두막 가까이로 날아오다가 방향을 바꿔 호수에 내려 앉는다. 소로는 이렇게 마무리한다. "나도 집 안으로 들어가 문을 닫는다. 그리고는 숲 속에서 올해의 첫 봄날 밤을 보냈다."

여유롭고 한가한 듯하지만 그렇다고 소로가 단순히 자연의 아름다움을 찬미하고 즐기기만 했던 것은 아니다. 소로가 말하는 자연은 우리가 통상적으로 떠올리는 아름다운 자연 풍광이 아니라 이 세상을 지배하는 원시적인 생명력이다. 소로는 단풍 구경하듯 겉으로 드러난 자연 풍광을 감상하는 것

이 아니라 자연의 생명력과 야성을 실감하고 자연의 넉넉함
과 균형을 체험하고자 하는 것이다. 다름아닌 자연의 무궁무
진한 변화를 눈으로 보고 귀로 듣고 오감을 통해 생생하게 느
껴보려는 것이다.

3

계절의 변화를 지켜보라는 것은 결과가 아니라 과정에 주목하
라는 말이다. 내가 자주 쓰는 표현이 있다. 명사형이 아닌 동
사형으로 살라는 것이다. 명사를 좇지 말고 동사를 실현하라
는 것이다. 행복하게 살면 되지 행복을 가지려 애쓸 필요는 없
다. 성공, 출세, 명예, 사랑, 건강도 그렇다. 마치 돈을 지갑 속
에 넣고 다니고 통장잔고로 재워놓듯이 성공과 사랑도 자꾸
만 소유하려고 하는 데서 갈등과 번민이 시작된다. 이런 것들
은 명사형이 아니다. 우리가 가질 수 없다는 얘기다. 그런데도
자꾸 명사형으로 생각하고 억지로 얻으려고 하면 늘 그것을
못 가진 자신이 부족해 보인다. 부를 가지려 하지 말고 넉넉하
게 살면 된다. 보트에 누워 공상에 잠겨 있는 소로처럼 물질
적으로가 아니라 마음이 부유하면 된다.
　물론 말처럼 쉽지 않다. 나도 가끔 명사형으로 살아가고 있
는 자신을 발견하곤 한다. 그럴 때는 반드시 내가 욕심을 부
리고 있는 것이다. 무리하고 억지를 부리고 무조건 부정하려

들고, 그러다 보면 더 힘들어지고 남들까지 피곤하게 만든다. 한데 잘 생각해 보면 결국 문제는 늘 나한테 있음을 새삼 발견한다. 따라서 그 해답도 나에게서 찾아야 한다는 당연한 귀결을 얻게 된다.

명사형은 보여주는 것이다. 명사란 원래 그런 것이다. 어떤 구체적인 형태를 갖고 있거나 적어도 말로 설명할 수 있는 그런 것이다. 반면 동사형은 말 그대로 자신이 직접 행동하고 자기 스스로 느끼는 것이다. 남들과 비교할 필요도 없고 세상 사람들의 평가를 의식할 필요도 없다. 명사형으로 사는 삶이 가지려는 것이라면 동사형으로 사는 삶은 실현하는 것이다. 명사형 삶이 소유라면 동사형 삶은 느낌이다. 명사형 삶이 소유하는 데서 즐거움을 얻는다면 동사형 삶은 존재하는 데서 즐거움을 찾는다.

우리가 무엇을 소유하려고 하는 까닭은 그것이 안정과 편안함을 주기 때문이다. 주택이라든가 자동차도 그렇지만 이런 것을 언제든 살 수 있는 돈을 더 많이 가지려고 애쓰는 이유다. 그런데 소유하는 것만큼 필연적으로 불안정하고 불확실한 것도 없다. 왜냐하면 지금 내가 갖고 있는 것은 언제든 잃어버릴 수 있기 때문이다. 그러다 보니 가진 게 많을수록 오히려 더 불안하고 더 욕심을 부리는 것인지도 모른다. 소로는 아주 간단히 이야기한다.

사람들은 흔히 필요성이라고 불리는 거짓 운명의 말을 듣고
는 성경 말씀처럼 좀이 파먹고 녹이 슬며 도둑이 몰래 훔쳐
갈 재물을 모으느라 정신이 없다. 그러나 인생이 끝날 무렵
에는 알게 되겠지만 이것은 어리석은 자의 인생이다.

다시 말하지만 소유는 경쟁을 낳고 두려움을 가져오고 더
많이 소유하려는 욕망과 탐욕을 불러일으킨다. 더 많이 소유
하려는 인간의 욕망은 스스로 제어하지 않는 한 끝이 없다.
포화점이 없으니 가질수록 더 많이 갖고자 하고 종국에는 공
허감과 권태를 느끼게 되는 것이다.

인간이 만든 것 치고 영원한 것은 없다. 그 중에서도 물질적
인 것, 돈이나 재산은 특히 그렇다. 높은 지위나 권력도 그렇
고, 인맥이니 명예니 하는 것도 마찬가지다. 내가 가진 것 같
지만 잠시 내 곁에 있다가 사라져 버린다. 없어지면 상실감에
사로잡히고 다시 얻으려 발버둥친다. 우리 외부에 있는 것, 바
깥에서 얻은 것은 언제든 잃고 마는 것이다.

《맹자》에 이런 말이 나온다. "조맹趙孟과 같은 높은 재상이
귀하게 만들어준 높은 지위는 하시고 조맹이 다시 천하게 만
들 수 있다."(《고자상告子上》편) 사람이 준 것은 언제든 사람이 빼
앗아갈 수 있다는 말이다. 그래서 맹자는 인작人爵을 얻는 데
힘쓰지 않았고 오로지 천작天爵을 닦는 데 자신의 전 생애를
바쳤다.

만일 '나'라는 존재가 지금 "내가 소유하고 있는 것"이라면 그것을 잃었을 때의 '나'는 누구이겠는가? 소유하고 있는 것은 언제든 잃을 수 있다. 그래서 불안해지는 것이다. 도둑이 들까, 지진이 일어날까, 병이 들지나 않을까, 사랑이 떠나가지 않을까, 갑자기 죽음이 찾아온다면…. 끊임없이 이런 걱정과 근심 속에서 살아가다 보면 남을 의심하게 되고 고집은 더 세지고 외로움은 깊어지고 심하면 우울증에 걸리게 되는 것이다. 더 많은 것을 얻기 위해 발버둥치다가, 그래서 엄청난 재산과 명예, 권력을 얻었지만 결국 죽음에 이르러 자신이 알맹이 없는 양파 껍질 같은 존재에 불과했음을 깨닫게 되는 것이다.

4

톨스토이의 소설 《이반 일리치의 죽음》에서 주인공 이반 일리치가 딱 이랬다. 이 소설은 나이 마흔다섯의 중견 판사 이반 일리치의 사망 소식을 전해주면서 시작한다. 그런데 이반 일리치와 친했던 동료 법조인들이 가장 먼저 떠올린 생각은 이 죽음이 자신의 승진이나 자리 이동에 어떤 영향을 미칠 것인가 하는 것이었다. 그리고는 자기가 아니라 그가 죽은 데 대해 안도한다. 냉정하지만 할 수 없다. 그의 아내마저도 똑같으니 말이다. 아내는 추도미사에 참석한 고인의 법학교 동창에게 연금을 비롯해 국가로부터 받아낼 수 있는 지원금을 꼬치 꼬치 캐묻는다. 그의 죽음을 애도하고 진심으로 슬퍼하는 사람은 아무도 없다.

이반 일리치는 명문가의 둘째 아들로 태어나 순조롭게 법조인이 되어 평생 안락하고 편안한 길을 추구해왔다. 그런데 새 집으로 이사해 벽을 꾸미던 중 옆구리를 다치고 자꾸만 이상한 통증을 느끼다 마침내 견딜 수 없는 통증이 찾아온다. 병세가 악화돼 직장도 나가지 못하고 집안에서 고통과 씨름하면서 그는 자신의 인생을 돌이켜본다. 그동안 기쁨이라고 여겼던 것들이 모두 부질없고 추한 것이었음을 알게 된다. 상류층에 진입하면 뭔가 좋은 게 있을 줄 알았지만 막상 들어가보니 즐거움은 오히려 줄어들었다. 결혼도 마찬가지였다.

죽음에 이르러서야 비로소 자신이 추구해왔던 쉽고 편안한 삶이 실은 위선으로 가득한 삶, 물질적인 행복을 정신적인 행복으로 착각한 삶이었음을 깨닫는다. "결혼, 뜻하지 않게 찾아왔고 이어진 실망, 아내의 입 냄새, 애욕, 위선! 그리고 이 생명 없는 직무, 돈 걱정, 그렇게 보낸 일 년, 이 년, 그리고 십 년, 이십 년, 항상 똑같았던 삶. 산에 오른다고 상상했었지. 그런데 사실은 일정한 속도로 산을 내려오고 있었어. 그래 그랬던 거야. 사회적인 관점에서 볼 때 나는 산에 오르고 있었어. 근데 사실은 정확히 내 발 아래서 삶은 멀어져 가고 있었던 거야."

그동안 이반 일리치는 철저히 명사형으로 살아왔던 것이다.

더 많은 것을 가지면 행복하고 더 높은 곳에 오르면 성공한다고 생각했던 것이다. 그렇게 오로지 성공과 행복을 좇아왔는데 막상 죽음을 맞게 되자 자신의 존재를 떠올리게 된 것이다. 자신은 산에 오른다고 생각했고, 또 세상사람들의 기준으로 보면 분명히 산에 오르고 있었는데, 실은 삶이 점점 더 멀어져 가고 있었다는 사실을 알게 된 것이다.

이반 일리치처럼 죽음에 이르러서야 자신이 평생 제대로 산 적이 없었다는 것을 깨닫는 사람들이 얼마나 많은가? 그래서는 안 되지 않겠는가? 많은 부모가 자녀들한테 하는 말이 있다. "공부 열심히 해라. 나중에 후회하지 말고!" 공부 안 해서 수능성적 안 좋으면 좋은 대학 못 가고, 그러면 좋은 기업에 못 들어가고, 또 그러면…. 이런저런 잔소리가 끝없이 이어진다. 그러나 차라리 이게 더 낫다. 수능성적 안 좋아도 얼마든지 만회할 수 있다. 아니, 수능성적과 관계없이 아주 멋진 인생을 살아갈 수 있다. 그런데 죽을 때가 되어서 "아, 제대로 산 적이 단 한 번도 없었어"하고 아쉬워한다면 그건 절대로 만회가 안 된다. 아무리 후회해봐야 소용 없다. 지나간 인생은 다시 돌아오지 않는다. 우스운 것 같지만 무서운 이야기다.

그런데 나라는 존재가 "내가 소유하고 있는 것"이 아니라 "살며 살아가는" 동사형으로서의 나라면 이제 누구도 나의 안정을 빼앗아 가지 못한다. 나의 중심이 바깥이 아니라 바로 내 안에 있으니 말이다. 명사형의 소유물은 아무리 많아도 시간이 지나면 줄어들고 사라져버리지만 동사형의 삶은 계속해서 커나간다. 삶을 경험하면 경험할수록 부쩍부쩍 성장해 나가는 것이다.

동사형으로 산다고해서 반드시 모든 욕심을 버리고 소유물에서 벗어나라는 얘기가 아니다. 오히려 자신이 하고 싶은 일을 기꺼이 하는 게 필요하다. 비록 그 일을 한다고 해서 어떤 물질적 보상이 주어지지 않는다 해도 적극적으로 즐거운 마음으로 해나가는 것이 동사형 삶이다. 어쩌면 그 일이 힘들고 어려울지도 모른다. 고생스러울 수도 있다. 하지만 그럴수록 더 기쁘게 그 일을 한다면 그게 진짜 행복한 삶이고 성공한 인생이다. 내 인생의 주인으로 산다는 건 바로 이런 삶이다. 높은 지위나 명예 따위는 어차피 남들 눈치 안 보면서 살기로 했으니 생각할 필요조차 없다. 잘 느끼지는 못하겠지만 이런 행복, 이런 성공이 진짜 오래간다.

행복이란 사람에 따라 여러 가지로 정의할 수 있을 것이다. 하지만 명사형으로서의 행복이 아니라 동사형으로서의 행복이라고 한다면 그건 순전히 우리의 느낌이고 자세다. 그 중에서도 제일은 아마도 자신이 누군가로부터 혹은 여러 사람들로부터 사랑 받고 있다는 느낌일 것이다. 또 하나는 자신이 사랑하는 존재나 대상이 늘 자기 곁에 있을 때 행복을 느낄 것이다. 그렇다면 자신을 사랑하는 사람들, 또 자신이 사랑하는 대상이 "잠시 있다가 사라지는 것"이 아니라 "영원히 이어지는 것"이라야 한다.

유명 연예인이나 스포츠 스타의 인기처럼 덧없는 명성은 눈 깜짝할 새 사라져 버린다. 유력 정치인의 권력과 엄청난 부자의 재력 따위도 얼마 가지 못해 없어져 버리고 만다. 이런 것들은 마치 자전거 페달과 같아서 일단 발을 올린 다음에는 멈추지 않고 계속 밟아야 하지만 그렇다고 영원히 그렇게 할 수는 없는 노릇이다. 헛된 명성과 권력, 부를 좇으면 결국 후회하게 되는 이유가 여기에 있다.

사실 누군가로부터 인정을 받는다는 것 자체가 어느 정도는 과대평가되었다는 것을 내포하고 있다. 가령 영화배우나 드라마 연기자를 보면, 보통사람들은 대부분 그 사람의 실제 모습이나 인격 때문이 아니라 극중에서의 역할 때문에 좋아하거나 환호하고 사랑한다. 그러나 그게 얼마나 가겠는가? 그 영화가 흥행에 성공하고 드라마의 시청률이 높으면 영화배우나 연기자의 인기도 조금 오래 가겠지만 결국은 잠깐의 거품으로 끝나고 만다. 그러고는 조용히 사라져 버린다. 물론 여기에 쉽게 적응하면 다행이고, 또 후속 작품이 대단한 인기를 끌어 새로운 이미지로 다시 주목 받을 수도 있지만 이런 경우는 매우 드물다. 그래서 대중의 시선에서 사라져버린 연예인이나 스포츠 스타들이 제대로 적응하지 못하고 인간적으로 추락해버리는 경우가 적지 않다. 극히 드물게 오랫동안 스타 자리를 지키는 유명인들도 "어디 멀리 무인도 같은 데 가서 몇 달쯤 조용히 혼자 있고 싶다"고 토로한다.

그런데도 명성을 얻고자 하고 유명인사가 되고자 하는가? 소로는 일찌감치 이런 유명세나 많은 사람들로부터 인정 받는 다는 것이 얼마나 헛된 것인지 알고 있었다. "거위는 아무리 멋있게 꾸민들 거위에 지나지 않는다." 처음에 소개했던 페르 시아 시인 사아디의 시 구절을 기억할 것이다. "그러니 그대들 도 덧없는 것들에 마음을 두지 말라."

5

《월든》의 열한 번째 장 〈보다 높은 법칙들〉 마지막 부분에는 존 파머라는 농부가 나오는데, 그는 어느 날 저녁 힘든 하루 일을 마치고 자기 집 문간에 앉아 있다가 피리소리와 함께 들 려오는 어떤 속삭임에 귀 기울인다. "그대는 어찌하여 이런 곳 에서 이렇게 천하고 고된 삶을 살고 있는가? 즐거움이 넘치는 삶을 살 수 있는데 말이다. 저 하늘에 있는 별들은 이곳 말고 다른 들판 위에서도 빛나고 있느니라."

깨달음의 순간은 이처럼 조용히 다가온다. 문득 시간이 정 지한 듯한 느낌, 그리고 하나의 통로가 열리면서 보이지 않던 것이 보이고 들리지 않던 것이 들리는 깨달음의 순간이 찾아 오는 것이다. 내 자리가 여기구나, 하고 진정한 나를 되찾는 것이다. 그렇게 나는 한 번 더 껍질을 벗어버리고 새로운 내

일을 향해, 깨어난 자만이 누릴 수 있는 삶을 살아갈 수 있는 것이다.

언제나 나를 지켜보는 누군가가 있음을 항상 지각해야 한다. 밤이건 낮이건 나를 지켜보는 존재가 있음을 느껴보라. 내면 성찰은 이런 존재를 의식하고 나를 돌아보는 것이다.

《월든》을 처음 읽는 많은 사람들이 소로에 대해 "너무 잘난 체하는 거 아닌가?"하고 말한다. 언뜻 보면 그런 인상을 받을 만하기도 하다. 출간 당시 저자의 나이가 아직 30대였다는 점을 감안하면 좀 건방지다고도 할 수 있고, 심하게 말하면 상당히 과시적인 문장들도 더러 눈에 띈다. 그런데 《월든》을 잘 읽어보면 전혀 그렇지 않다는 사실을 이해하게 된다. 오히려 소로가 느끼는 자연에 대한 경외감, 우리가 모르는 어떤 존재 내지는 거대한 힘에 대한 신비로움과 놀라움에 공감하게 된다. 소로는 자연이라는 무한한 존재 앞에서 한없이 겸손해질 수밖에 없다고 털어놓는다. 《월든》의 다섯 번째 장인 〈고독〉에는 이런 구절이 나온다.

> 만물의 옆에는 그것의 존재를 형성하는 어떤 힘이 있다. 지금 우리 바로 옆에서는 아주 심오한 자연의 법칙들이 끊임없이 실행되고 있다. 이렇게 지금 우리 바로 옆에서 일하고 있는 일꾼은 우리가 고용한, 그래서 우리가 항상 더불어 이야기하기를 좋아하는 그런 일꾼이 아니라 다름아

닌 우리 자신을 일감으로 삼아 끊임없이 일하고 있는 일꾼
인 것이다

　신이 우리 모두를 일감으로 삼아 일하고 있다니, 참 대단한
표현이 아닐 수 없다. 소로는 그러면서 공자의 말씀을 인용한
다. "천지의 오묘한 힘은 그 영향이 얼마나 넓고 깊은가! 보려
고 해도 보이지 않고 들으려 해도 들리지 않지만 천지의 힘은
모든 사물을 체현시키며 하나도 빠뜨리지 않는다. 이 오묘한
힘은 천하의 사람들로 하여금 마음을 순화하고 깨끗이 하도
록 하며 의복을 갖추어 제사를 받들게 한다. 보라, 천지의 오
묘한 힘은 바닷물처럼 사방에 넘실대지 않는가! 저 위에도 있
고 좌에도 있고 우에도 있는 것 같지 아니한가!"
　이건 《중용》에서도 잘 알려진 소위 〈귀신鬼神〉 장이다. 소로
가 영어로 옮겨놓은 '천지의 오묘한 힘'이 원문에서는 '귀신'이
다. 물론 공자가 얘기한 귀신은 현대인들이 생각하는 유령 같
은 의미가 아니라 천지의 조화를 뜻한다. 《논어집주論語集註》를
쓴 주자朱子는 이렇게 설명한다. "신神이라는 것은 펼친다는 뜻
이다. 귀鬼라는 것은 움츠린다는 뜻이다. 비와 바람, 천둥, 번
개가 처음 발동할 때는 신이고, 비와 바람이 지나가고 천둥이
멈추고 번개가 조용해지면 곧 귀다."
　소로는 이와 같은 천지의 오묘한 힘을 떠올리며 우리가 어
떤 실험의 피험자들이라고 이야기하는 것이다. 그런 점에서

소로가 잘난 체하고 건방져 보인다고 말한다면 그건 소로를 제대로 이해하지 못한 것이다. 오히려 많은 사람들이 자연을 우습게 알고 마치 이 세상을 다 아는 듯이 천박하게 행동하고 있다. 거기에 비하면 소로는 매우 겸손하다. 자연의 경이로움과 신비함을 정말 순수하게 바라보고 천진난만할 정도로 반응하고 또 있는 그대로 받아들인다.

소로 역시 때로는 절망하기도 하고 좌절하기도 했다. 소로는 일기에 이렇게 적기도 했다. "숲의 바람소리, 강의 물 흐르는 소리를 듣는 자는 무슨 일이 있어도 완전히 절망하지 않는다." 그가 절망을 떨쳐버릴 수 있었던 것은 자연에 눈떴기 때문이다. 매일 아침 눈을 뜨기만 하면 자연이라는 '이 화랑의 관리인'*the manager of this gallery*이 바꿔 다는 새로운 그림이 얼마나 아름다운지 소로는 이렇게 묘사한다. 《월든》의 열세 번째 장 〈굴뚝 올리기〉에 나오는 문장은 감탄할 만하다.

호수 건너편의 돌기처럼 튀어나온 곳에는 사시나무 세 그루의 하얀 밑동이 여러 갈래로 뻗어나가 있는데, 그 바로 밑 물가에 서있는 두세 그루의 작은 단풍나무는 9월의 첫날부터 벌써 주홍빛으로 물들기 시작한다. 아아, 그 빛깔은 얼마나 많은 이야기를 하고 있는가! 그로부터 한 주일 한 주일 지날 때마다 단풍나무들은 저마다의 특색을 드러내 보이며 거울 같은 호수에 비친 자신의 모습에 저도 모르게 감동하는 것 같다. 매일 아침 이 화랑의 관리인은 벽에 걸린 낡은 그림을 떼어버리고 더욱 눈부시고 조화로운 빛깔의 새로운 그림을 내거는 것이다.

그러나 아침마다 바뀌는 자연의 아름다운 그림이 아무에게나 다 보이는 것은 아니다. 소로는 "자연은 돼지 앞에 진주를 던져주지 않는다"고 말한다. 아무리 눈부신 자연 경관도 우리가 그것을 감상할 마음의 준비가 된 만큼만 우리 눈에 드러난다. 자연의 아름다움을 감상하려면 겸손해져야 한다. 그래야 천지의 오묘한 힘을 느낄 수 있다. 보이지도 들리지도 않는 계절의 변화가 그때 비로소 내 몸에 전해지는 것이다.

6

앙투안 드 생텍쥐페리*Antoine de Saint Exupéry*가 쓴《어린 왕자*The Little Prince*》는 누구나 한 번쯤 읽어봤을 것이다. 영원한 베스트셀러로 불리는 이 책의 헌사에서 작가는 "어른에게 바치는 동화"라고 썼다. 하지만 어른들 대부분은 어린아이가 그린 "코끼리를 삼킨 보아뱀" 그림을 이해하지 못한다. 그러고는 "그림은 집어치우고 지리학이나 수학, 역사, 문법이나 열심히 공부하라"고 이야기한다. 그런데 어린 왕자는 이 그림을 한 눈에 알아본다. 심지어 상자뿐인 그림 속에서 자신이 원했던 양을 발견한다. 마음의 눈으로 보았기 때문이다.

많은 독자들이 《어린 왕자》에서 가장 인상적이라고 꼽는 장면은 물이 떨어지자 샘을 찾아나서는 대목이다. 어린 왕자는 말한다. "사막이 아름다운 이유는 어딘가에 샘을 숨기고 있기 때문이야." 그러자 소설 속의 화자인 '나(조종사)는 불현듯 어릴 적 살았던 낡은 집을 떠올린다. 그곳에는 무슨 보물이 묻혀 있다는 소문이 퍼져 있었는데, 아무도 그 보물을 발견하지 못했다. 그걸 찾으려고 한 사람도 없었다. 집 전체가 야릇한 마술에 걸려 있는 것 같았는데, 이제야 비로소 모래가 신비스럽게 빛나는 까닭을 깨닫는다. "집이건 별이건 사막이건 그들을 아름답게 하는 것은 눈에 보이지 않는 거야."

《어린 왕자》에는 이처럼 교훈을 주는 이야기가 많다. 어린 왕자가 갈증을 없애주는 특효약을 파는 장사꾼을 만나는 장면도 그 중 하나다. 이 장사꾼은 일주일에 한 알만 먹으면 그 후로는 아무것도 마시고 싶지 않게 되는 약을 팔고 있다. 그는 이 약을 먹기만 하면 53분을 절약할 수 있다고 선전한다. "그럼 그 53분 동안 무얼 해요?" 어린 왕자의 물음에 장사꾼은 "자기가 하고 싶은 걸 하지"라고 대답한다. 하지만 어린 왕자는 차라리 그 시간에 신선한 물이 솟아오르는 샘으로 천천히 걸어가겠다고 생각한다.

어린 왕자의 말처럼 우리 인생의 비밀은 특효약 한 알로 얻어지는 게 아니다. 대단한 권력과 지위를 얻고 엄청난 부와 명성을 쌓은 것 같아도 막상 그 순간이 지나고 나면 늘 더 많은 것들을 바라게 된다. 우리 삶에서 진정한 성공과 행복은 특효약 한 알로 얻어지는 것도 아니고, 지름길로 가서 빨리 닿을 수 있는 곳도 아니다. 오히려 천천히 걸어가는 시간 속에 있다. 소로는 일기(1852년 12월 28일)에 이렇게 썼다.

> 시간을 지켜라. 열차시간이 아니라 우주의 시간을 준수하라. 70년을 살았다 할지라도 개인의 삶이 우주의 삶과 일치하는 신성한 여가의 순간들을 누리지 못하고 급하고 거칠게만 살았다면 도대체 인생에 무슨 의미가 있겠는가? 우리는 너무 급하고 거칠게 산다. 너무 빨리 음식을 먹기 때문에 음식의 참 맛을 모르는 것과 같다.

신은 우리에게 아주 많은 시간을 선물해주었다. 우리 일생은 살아가기에 정말 충분한 시간이다. 그런데도 다들 시간이 부족하다며 아우성친다. 시간에 지배당한 채 늘 쫓기듯 살아가고 있기 때문이다. 하지만 그리 서두를 필요가 있을까? 시간은 얼마든지 있다. 문제는 시간이 부족한 게 아니라 이 시간을 엉뚱한 데 써버린다는 것이다. 남들이 다 하는 일이니까 어쩔 수 없이 하면서 보내는 시간들, 과도한 욕망을 채우기 위해 허투루 써버리는 시간들, 이렇게 낭비한 시간들이 얼마나 많은가? 내가 정말로 하고 싶은 것들만 한다면 시간은 결코 부족하지 않다.

> 왜 우리는 이렇게 쫓기듯이 인생을 낭비해가며 살아야 하
> 는가? 우리는 배가 고프기도 전에 굶어 죽을 각오를 하고
> 있다. 사람들은 제때의 한 바늘이 나중에 아홉 바늘의 수
> 고를 막아준다고 하면서 내일 아홉 바늘을 덜기 위해 오늘
> 일천 바늘을 꿰매고 있다. '일'을 한다고 하지만 우리는 이
> 렇다 할 중요한 일 하나 하고 있지 않다. 모두들 무도병에
> 걸려 머리를 가만히 놔둘 수가 없는 것이다.

우리가 젊은 시절의 꿈을 그리워하며 뒤늦게 후회하는 이유
는 그 꿈처럼 살지 못했기 때문이다. 하루하루를 진정으로 살
아간다면 어쩌면 후회도 없을지 모른다. 우리에게 후회를 가
져다 주는 것은 제대로 살지 못한 삶이니 말이다. 그래서 엘리
자베스 퀴블러 로스*Elisabeth Kübler-Ross*는 《인생수업*Life Lessons*》
에서 이렇게 말했다. "멋지게 나이 들어간다는 것은 하루를,
그리고 하나의 계절을 온전히 경험하는 것이다."

정말로 중요한 것은 나이 들어가는 것이 아니다. 한 해가 지
나가고 한 살을 더 먹는다는 것은 단순한 시간의 경과일 뿐이
다. 아무리 시간이 흘러도 우리의 생명은 그대로 있다. 살아있
다는 것, 그 자체는 변함이 없다. 계절이 변한다고 해서, 봄에
서 가을로 바뀌었다고 해서 세상이 늙어버린 게 아니듯 우리

역시 나이 들어가면서 새로운 계절을 맞이하는 것이다. 그게 우리 인생이다. 내 인생의 주인으로 산다는 것은 인생을 길게 충분히 사는 것이다. .

사막에서 만난 여우가 어린 왕자와 헤어지면서 남긴 말은 다들 기억할 것이다. "마음으로 보지 않으면 잘 보이지 않아. 제일 중요한 건 눈에 보이지 않거든." 계절의 변화도 마음으로 보지 않으면 잘 보이지 않는다. 마음을 열어야 비로소 진실을 보는 눈이 뜨인다. 그래야 매일매일의 삶에서 자연의 빛깔 같은 참다운 수확을 거두어들일 수 있다. 소로는 성공한 인생, 축복받은 인생이 어떤 것인지 눈부시게 매혹적인 언어로 묘사한다.

그대의 낮과 밤이 기쁨으로 맞이할 수 있는 그런 것이라면, 그대의 인생이 꽃처럼 방향초처럼 향기가 나고 좀더 탄력적이고 좀더 별처럼 빛나고 좀더 불멸에 가까운 것이 된다면 그대는 성공한 것이다. 그때 자연 전체가 그대를 축하할 것이고, 그대는 순간순간마다 스스로를 축복할 이유를 갖게 될 것이다. 정말로 소중한 결실과 그것의 가치는 제대로 평가되는 일이 드물다. 우리는 그런 것들이 실제로 존재하는지 자주 의심한다. 우리는 그것들을 금세 잊어버린다. 그것들이야말로 제일 높은 곳에 있는데도 말이다. 아주 놀라우면서도 진실한 사실은 사람으로부터 사람에게는 결코 전달되지 않는 것 같다. 내가 매일매일의 삶에서 거두어들이는 참다운 수확은 아침이나 저녁의 빛깔처럼 만질 수도, 표현할 수도 없다. 그것은 내 손에 잡힌 작은 별 가루며 무지개의 한 조각이다.

소로는 묻는다. 우리 인생의 진짜 보물이 무엇이냐고 말이다. 우리가 살아있다는 사실이야말로 제일 소중한 보물이 아니냐고 말이다. 내 인생의 주인으로 산다는 것은 삶을 양이 아니라 질을 기준으로 살아간다는 것이다. 그래야 훌륭한 인생을 살아갈 수 있다.

소로는 말한다. 우리 삶의 모든 순간들은 신이 주신 축복이자 선물이라고 말이다. 이 축복받은 시간들을 한낱 좀이 파먹고 녹이 슬고 도둑이 들어와서 훔쳐갈 재물을 모으느라 써버리는 건 너무나도 슬픈 일이라고 말이다. 죽음에 이르렀을 때 자연히 알게 되겠지만 아무리 많은 부를 축적한다 해도 저세상으로는 단 한 푼도 가져가지 못한다. 수의壽衣에는 주머니가 없다. 더 많은 부와 더 높은 지위를 얻기 위해 귀중한 시간을 정신 없이 보낸다면 그야말로 어리석은 인생이다. 재산을 아무리 많이 모았어도, 지위와 명성을 아무리 높이 쌓았어도 그건 노예의 삶이기 때문이다. 신은 우리에게 이미 엄청난 보물을 주었다. 순간순간마다 그 기적과 축복을 느끼면 된다.

9
오늘은 신이 주신 선물이다

6월과 7월, 8월, 기나긴 여름은
거북이 알이 부화하기에 충분한
열기와 온기만을 제공하지 않았는가
서두르지 말고
맡은 바 임무에 전념하라
자연은
거북이 알이 부화하는 속도로
꾸준히 말없이 나아간다

일기 1856년 8월 28일

1

일본의 구로사와 아키라黑澤明 감독이 만든 1952년도 영화 「이키루生きる」는 허깨비처럼 하루하루를 대충 살아가는 인생과 자기 삶의 주인이 되어 의미 있게 살아가는 인생이 어떤 것인지 극명하게 보여주는 작품이다. 영화 속 주인공 와타나베 간지는 시청 시민과장으로 일하고 있는데, 공무원으로 30년이나 근무했지만 이렇다 하게 이뤄놓은 것은 아무것도 없는 인물이다. 책상 위에는 늘 서류더미들이 수북이 쌓여있고 부하직원들은 일하느라 분주한 척하지만 막상 실행되는 일은 하나도 없다. 그는 그저 민원서류에 결제도장만 찍을 뿐이다.

이런 와타나베가 어느 날 병원에서 암 진단을 받는다. 그는 비로소 지나온 인생을 되돌아본다. 그리고는 눈물을 흘린다. 죽는 게 슬퍼서가 아니라 그동안 자기 인생을 제대로 살지 못한 것이 억울한 것이다. "나는 죽을 수 없어. 지난 세월 동안 내가 어떻게 살아왔는지를 모르겠어." 평소 술을 입에도 대지 않던 와타나베는 이날 술집에 들어가 값비싼 술을 들이키며 말한다. "이 술은 지금까지 살아온 내 인생에 대한 항의 표시야." 그를 찾아온 여직원에게서 자신의 별명이 '미라'였다는 말을 듣고는 "자식놈을 위해 미라가 됐지만 아들녀석은 전혀 고마워하지 않는다"고 한숨쉬듯 얘기한다. 와타나베는 자신의 병에 대해 털어놓으려 아들을 찾아간다. 그러나 아들은 아버지의 말을 가로막고는, 괜히 재산을 젊은 여자한테 탕진하지 말고 하루빨리 자식에게 물려주라고 대들 듯 말한다. 그는 집으로 돌아와 이불을 덮어쓴 채 눈물을 터뜨린다. 이 장면에서 카메라는 멀찍이 방 한 켠에 놓여있는, 와타나베가 시청에서 받은 근속 25주년 기념 상패를 비춰준다.

절망에 빠져들던 와타나베는 마침내 생각을 바꿔먹는다. 죽기 전에 뭔가 가치 있는 일을 하나라도 하기로 결심한 것이다. 그 일은 빈민가 주택가의 한가운데 있는 위험한 물웅덩이를 없애고 그 자리에 아이들 놀이터를 짓는 것이다. 그동안 동네 아낙들이 민원서류를 들고 수도 없이 시청을 찾아왔지만 해결되지 않았던 숙원사항이었다. 그는 시청의 이 부서 저 부서로 열심히 뛰어다닌다. 덕분에 물웅덩이는 어린이공원으로 꾸며져 재탄생 하게 된다. 그리고 영화의 마지막은 와타나베의 장례식 장면이다. 그의 영정 앞에서 동료 공무원들은 와타나베가 마지막 순간 왜 그렇게 열정적으로 살았는지 떠올려보는데, 이들의 표정에는 의아해하는 인상이 역력하다. 수십 년 동안 '미라'처럼 살던 사람이 갑자기 '수퍼맨'같은 인물로 돌변해 빈민가의 숙원사항을 해결했다는 게 쉽게 이해가 되지 않는 것이다.

사실 이 사람들도 그렇고, 많은 사람들이 예전의 와타나베처럼 살아가고 있다. 영화에서 와타나베는 '미라'라는 별명으로 불렸지만, 헨리 데이비드 소로는 이런 사람들을 가리켜 '평온한 절망' 속에서 살아간다고 했다. 앞서 소개한 《월든》의 첫 장 〈경제〉에 나오는 유명한 문장을 기억할 것이다. "대부분의 사람들이 평온한 절망 속에서 살아가고 있다"

와타나베가 그랬던 것처럼 그날그날 시간 때우듯 그저 대충대충 살아가는 것이다. 참으로 불쌍한 노예 같은 삶이다. 어쩌면 와타나베는 계속해서 그런 식으로 살아갔을지 모른다. 병원에서 시한부 판정을 받고는 이불을 뒤집어 쓰고 울고 말지만, 그에게 암 선고는 죽을 병이 아니라 오히려 새로운 생명을 얻어 인생을 다시 시작하는 계기가 된다. 이제야 비로소 자기 인생의 주인이 돼 진짜 인생을 살아가기로 결심하니 말이다.

와타나베에게 죽음은 절망이 아니라 축복이었던 셈이다. 그는 자기 삶의 마지막 시간들을 진실하게 살았다. 하루하루가 기적과도 같은 날들이었다. 그것도 아주 아름다운 기적이었다. 하지만 잘 생각해보면 우리 모두가 시한부 인생을 살아가고 있다. 정확한 날짜야 모르지만 누구나 태어나는 순간부터 죽음의 선고를 받고 살아가는 것이다. 그런데 누군가는 남아 있는 나날들을 기적처럼 멋지고 진실되게 살아가고, 누군가는 허깨비처럼 흐리멍덩하게 살아간다. 지금 오늘을 어떻게 살아갈 것인지 자신이 결심하는 데 따라 인생은 얼마든지 아름다운 기적도 될 수 있고 축복처럼 느껴질 수도 있다.

영화 「이키루」를 보고 나면 이런 생각을 하게 된다. 아침에 눈을 떴을 때 내 인생이 단 하루밖에 남지 않았다면 나는 과연 오늘을 어떻게 보낼까? 당연히 지금까지와는 달라질 것이다. 와타나베처럼 나 자신이 완전히 변할 것이다. 그런 점에서 「이키루」는 주인공의 슬프고 안타까운 사연을 전해주는 신파조의 영화가 아니다. 제목에 분명히 드러나 있듯이 이 영화는 부활과 갱생, 새로운 삶의 가능성이라는 메시지를 전해주는 매우 긍정적이고 힘찬 영화다. 평온한 절망 속에서 노예로 살아가던 한 인간이 내 인생의 주인으로 새롭게 태어나니까 말이다.

2

그렇다고 해서 죽음을 앞둔 말기암 환자처럼 살라는 말은 아니다. 다만 오늘 지금 이 순간을 최선을 다해 살아가라는 것이다. 내 삶에 더 이상 내일이 없다고 해서 희망을 버리라는 말이 아니라 오늘 하루가 더 주어졌다는 사실에 감사하며 살아가라는 말이다. 내가 가진 것들에 집착할 필요도 없고, 갖지 못한 것들에 연연해할 필요도 없다. 굳이 아등바등 더 많은 것을 가지려 할 필요도 없고 괜히 욕심부려봐야 아무 소용도 없다. 오늘을 마음껏 누릴 수 있다는 것만으로도 충분하다. 신이 우리에게 주신 건 내일이 아닌 바로 오늘이기 때문이다.

일본 말 가운데 '모노노아와레'もののあわれ, 物の哀れ라는 게 있다. 직역하면 "어쩐지 슬프게 느껴지는 일"정도인데, 인생에서 가장 아름다운 순간은 그때가 끝나기 직전에 찾아온다는 의미를 담고 있다. 우리네 삶은 단지 일시적이고 잠시 거쳐갈 뿐이라고 믿는 일본사람들은 시들지 않고 오랫동안 피어있는 꽃을 그다지 좋아하지 않는다. 그들은 1년마다 피는 생명체가 갖는 절제와 소멸의 리듬 속에 더 큰 아름다움이 존재한다고 여긴다. 그래서 벚꽃이 만개했을 때 한시라도 빨리 그 나무 아래 가서 앉으라고 재촉한다. 봄이 가는 것을 슬퍼하지 말고 매혹적인 그 마지막 시간을 만끽하라고 말이다.

자연은 끊임없이 변한다. 한 순간도 멈추지 않는다. 소로가 말하듯이 자연은 살아있는 것이고 살아있는 것은 끊임없이 변화하기 때문이다. 나무에서 떨어진 낙엽조차도 흙으로 돌아가 다시 부활한다. 단단한 바위도 오랜 세월이 흐르면 마모되고 부서져 모래가 된다. 좀 길지만 소로의 에세이 가운데 제일 아름다운 글로 손꼽히는 〈가을의 빛깔Autumnal Tints〉에 나오는 한 구절을 읽어보자.

갓 떨어진 싱그러운 나뭇잎들로 덮인 푹신한 흙 위를 바스락거리며 걷는 것은 참으로 기분 좋은 일이다. 가을 잎들이 무덤으로 가는 길은 얼마나 아름다운가! 얼마나 부드럽게 자신을 눕혀 흙으로 돌아가는가! 온갖 색깔로 치장한 그 잎들은 살아 있는 우리를 위해 침대처럼 부드러운 땅을 만들어준다. 나뭇잎들은 이렇게 가볍고 쾌활하게 마지막 안식처로 떼를 지어 몰려간다. 그들은 어떤 수의도 입지 않고 땅 위를 이리저리 즐겁게 뛰어다니며 숲 전체에 자신의 이야기를 속삭이다 적당한 장소를 골라잡는데, 무덤 주위를 장식할 쇠 울타리를 주문하지도 않으면서 자기 이야기를 온 숲에다 소곤거린다. 어떤 나뭇잎은 사람의 육신이 땅 속에서 썩어가고 있는 무덤 위를 택해 그들과 중간에서 만나기도 한다. 나뭇잎들은 자신의 무덤에서 편히 쉬기 전까지 얼마나 높이 솟구쳤던가! 그들은 이제 얼마나 만족스러운 마음으로 다시 흙으로 돌아와 자신의 몸을 낮추고 나무 발치 아래서 썩어가며 제 동족의 새로운 세대를 위해 자양분을 제공하는가! 낙엽은 우리 인간에게 죽음을 맞이하는 방법을 가르쳐준다. 자신의 불멸에 대해 큰소리치는 인간들이 낙엽처럼 그렇게 우아하고 성숙한 마음으로 죽음을 맞이할 날이 과연 언제나 올 것인가. 머리카락과 손톱을 깎듯 늦가을에 갑자기 찾아오는 인디언 서머처럼 평온한 마음으로 자신의 육신을 벗어버릴 그런 날이 말이다.

소로는 이렇게 죽음조차도 긍정적으로 받아들인다. 우리 인간 역시 자연의 일부라면 낙엽처럼 마지막 변화를 만족스럽게 맞이해야 한다고 말한다. 소로는 〈가을의 빛깔〉을 끝맺으며 자신이 관찰한 풍경의 비밀을 한 가지 들려준다. 화사한 색조의 가을 잎들이 가장 선명하고 찬란한 빛깔을 띨 때가 있는데, 바로 떨어지기 직전이라고 말이다. 우리도 자연의 변화를 주의 깊게 들여다 본다면 모든 잎들, 심지어 풀과 이끼조차도 그것들이 스러지기 직전에 가장 화려한 빛깔을 띠게 된다는 것을 알 수 있을 것이라고 말이다. 이것이 바로 '모노노아와레'일 것이다.

우리 인생이란 하루하루 소진되는 것이 아니라, 그러니까 남아 있는 날들이 줄어드는 게 아니라, 소중하게 기억해야 할 보물 같은 나날들이 하루하루 쌓여가는 것이다. 이렇게 쌓인 보물 같은 기억들을 마치 저축통장에 적힌 내 인생의 잔고처럼 가끔씩 꺼내보며 미소 지을 수 있어야 진짜 부자다.

톨스토이의 러시아 민화집에 이런 구절이 있다. "가장 소중한 시간은 바로 지금이고, 가장 소중한 장소는 바로 여기며, 가장 소중한 사람은 바로 지금 내 눈앞에 있는 사람이다." 매일매일 새로운 경험을 하나라도 더 시도해보려고 노력하는 것도 내 인생의 주인으로 살아가는 한 방법이다.

오늘이 바로 신이 주신 선물이라고 생각하고, 아침에 일어나자마자 이렇게 주문을 외워보는 것이다. 오늘은 무슨 새로운 경험을 해볼까, 하고 말이다. 그동안 이런저런 이유로 하지 못했던 일들이 참 많을 것이다. 새벽 일찍 깨어난 날에는 조용히 해가 떠오르는 광경을 바라보며 커피를 한 잔 한다. 맑은 날 오후 늦게 좀 한가해지면 붉은 저녁노을이 질 무렵 평소보다 두 배쯤 되는 거리를 달려본다. 오랫동안 가보지 못했던 국립박물관에 들러 혼자서 천천히 이 방 저 방을 둘러본다. 1박2일 시간을 내서 천문대로 가 밤하늘의 별자리를 관찰해본다. 꼭 대담하게 할 수 있는 일이 아니어도 괜찮다. 하지만 평소에는 하지 않았을 모험적인 일일수록 더 좋을 것이다. 내 삶에 변화를 주고 그 변화를 온전히 느낄 수 있는 사람은 이 세상에 나밖에 없다는 사실을 명심하라.

3

오스트리아의 심리학자이자 신경정신과 의사인 빅터 프랭클 *Victor Frankl* 박사는 심각한 고통을 호소하는 환자들에게 이렇게 묻곤 했다고 한다. "왜 자살하지 않습니까?" 그러면 환자들은 이런저런 대답을 내놓는다. 자식들이 눈에 밟혀서, 아직도 못다 이룬 꿈이 너무 많아서, 아니면 마음속에 간직한 추억 때문에 자살할 수가 없다고 말이다.

그런데 환자들의 말에 이미 심각한 고통을 치유할 방안이 들어있다. 다들 삶이 힘들고 고달프기만 한 것 같아도 실은 그 안에 자신이 살아가야 할 어떤 이유를 갖고 있는 것이다. 그렇기 때문에 어떻게든 열심히 살아가고 의사한테 상담도 받고 하는 것이다. 이렇게 살아가야 할 이유why가 있는 사람은 어떠한 방식how에도 견딜 수 있다.

《죽음의 수용소에서Man's Search for Meaning》는 프랭클 박사가 아우슈비츠를 비롯한 네 곳의 유태인 강제수용소에서 겪은 일을 적어놓은 책이다. 그렇다고 제2차 세계대전을 배경으로 한 영화처럼 유태인 수용소의 끔찍한 참상을 고발하는 내용은 아니다. 오히려 굽힐 줄 모르는 낙관과 끊임없이 용솟음치는 삶의 의지를 읽을 수 있다. 그런 점에서 이 책의 주제는 절망이 아니라 희망이라고 할 수 있다.

강제노역을 하던 어느 날 한 수감자가 숨막힐 듯한 일몰을 목격한다. 그는 넋을 잃은 채 이 광경을 바라보며 말한다. "세상은 이 얼마나 아름다울 수 있는가!" 프랭클은 이렇게 덧붙인다. "모든 것을 빼앗겼음에도 불구하고, 아니 어쩌면 바로 그때문에 우리는 자연의 아름다움, 그토록 오랜 세월 깨닫지 못하고 지나쳤던 아름다움에 넋을 잃었던 것이다."

사랑하는 가족과 그동안 쌓아왔던 모든 것을 다 빼앗긴 채 벌거숭이 몸뚱이만 남았지만 그래도 우리 내면에는 이처럼 세상의 아름다움을 느낄 수 있는 고귀함이 존재하는 것이다. 프랭클은 인간이 고통과 불행을 겪으면 겪을수록 그것의 가치는 헛되지 않으며, 삶의 의미는 그만큼 더 깊어진다고 말한다.

살아가다 보면 우리는 헤쳐나가야 할 고난과 시련을 수없이 만난다. 그러나 고통에 등 돌리지 않고 그것을 나에게 주어진 과업과 책임으로 받아들인다면, 그 속에 성취할 기회가 숨겨져 있음을 발견할 것이다. 스피노자의 말처럼, 고통이라는 감정은 분명하고 정확하게 그 실체를 파악하고 나면 더 이상 고통을 주지 못한다.

누구나 실패하고 좌절한다. 이런 경험을 하고 나면 슬럼프가 찾아온다. 아무런 의욕도 생기지 않고 그냥 포기해버리고 싶은 그런 시기다. 밤늦게까지 술 마시며 신세한탄이나 하고 모든 잘못을 남들 탓으로 돌린다. 하지만 그럴수록 슬럼프는 더 길어지고 깊어진다. 그러다 슬럼프가 더 큰 위기로 발전할 수도 있다. 그러나 잘 극복하면 멋진 기회가 될 수 있다. 그러려면 무엇보다 삶에 대한 자신의 태도를 근본적으로 변화시켜야 한다.

한번은 대기업에 다니는 후배가 술자리에서 고민 어린 표정을 짓더니 한숨을 쉬며 푸념을 했다. 회사에서 어느새 동기는 물론 후배들한테까지 승진에 뒤졌다는 것이다. 직장인에게 이것처럼 참담한 경우도 드물 것이다. 후배는 매일같이 자기 자신이 한심스러워지고 주위 보기에도 부끄럽고, 사표를 내야 하는 것 아닌가 하는 생각을 하게 된다고 털어놓았다. 하지만 알다시피 승진에서 뒤졌다고 해서 세상이 끝나는 것은 아니다. 그렇다고 무조건 현실을 받아들이는 것도 좋은 자세는 아니다. 그건 긍정적인 자세가 아니라 수동적인 것이다.

나는 후배에게 여전히 가장 중요한 선택이 남아있다고 말해 주었다. "이번에 너보다 앞서 승진한 동료나 후배들은 과연 아무 걱정도 없을까? 그 친구들도 틀림없이 이런저런 고민과 어려움을 갖고 있을 거야. 지난해 성과가 좀 좋지 못했다든가, 인사고과에서 좀 뒤졌다는 건 사실 앞으로 살아가야 할 긴 인생에 비춰보면 아무것도 아니잖아." 그리고는 프랭클이 한 말을 들려주었다. "한 인간에게서 모든 것을 다 빼앗을 수는 있지만 단 한 가지 빼앗을 수 없는 것이 있으니, 그건 인간의 마지막 자유, 즉 어떠한 환경에 놓이더라도 자신의 태도를 선택하고 자기만의 방식을 선택할 수 있는 자유다."

무엇보다 중요한 것은 내가 내 인생의 주인이라는 점을 깨닫는 것이다. 누구도 내 인생을 멋대로 평가할 수 없다. 내가 살아가는 방식과 태도는 전적으로 내가 결정하는 것이다. 주어진 환경이 어떻든, 지금의 상황이 어떻든 그것을 어떻게 바라볼 것인지는 나의 눈과 마음에 달려 있다. 부정적으로 보든 긍정적으로 보든 그것은 내 선택이라는 말이다.

사실 《죽음의 수용소에서》가 처음 출판됐을 때 표지에는 프랭클 박사의 이름이 없었다고 한다. 그는 의사로서 수십 권의 책을 썼지만, 이 책은 저자로서의 명성과 관계없이 익명으로 출판하려고 했던 것이다. 그런데 가장 유명한 그의 저서가 된 것이다. 그는 거듭거듭 말한다. "성공을 목표로 삼지 말라. 성공을 목표로 삼고 표적으로 삼으면 삼을수록 점점 더 놓치게 될 것이다. 성공이란 행복과 마찬가지로 추구해서 얻어지는 것이 아니다. 그것은 훌륭하고 보람 있는 일에 헌신함으로써, 혹은 자기보다는 다른 사람에게 자신을 내어줌으로써 얻어지는 의도되지 않은 부산물일 뿐이다. 성공하지 못할까 봐 걱정하지 말고 성공에 대해 생각하기를 잊어버려라."

4

내 인생의 주인으로 산다고 해서 반드시 모든 상황을 자신이 통제하려 해서는 안 된다. 내게 벌어지는 많은 일들이 실은 우리가 전혀 통제할 수 없는 것들이다. 그런데도 마치 자신이 모든 것을 알고 있는 양 멋대로 행동한다면 그건 오만과 무지로 가득 찬 삶이지 주인으로 사는 삶이 아니다.

　내 인생의 주인으로 살아가려면 때로는 '당신 뜻대로'를 떠올려야 한다. 오늘 자신에게 무슨 일이 벌어질지 다 아는 사람은 없다. 지금 일이 어디까지 발전할지, 그래서 내 인생에 어떤 변화를 가져올지 아무도 모른다. 그렇다고 두려워할 필요는 없다. 삶에 대해 겸손해지면 된다. 나는 오늘 몇 건의 회의를 해야 하고, 퇴근 후에는 부서 사람들과 회식을 하고, 집에 와서는 아이들을 챙길 것이지만, 이건 어디까지나 나의 계획일 뿐 내가 전혀 예상하지 못한 일이 얼마든지 벌어질 수 있다. 그저 평범한 일상을 보낼 수도 있고, 아주 놀라운 사건이 벌어질 수도 있으며, 내 인생에 새로운 촉매제가 되어줄 어떤 변화의 계기를 만날 수도 있다. 삶이란 그래서 신비로운 것이고 우리 인생은 얼마든지 경이로울 수 있는 것이다.

무조건 '내 뜻대로'를 고집하는 것은 주먹 쥔 손을 펴지 않는 것과 같다. 하늘이 주신 축복을 받아들이려면 주먹을 펴야 한다. 꼭 이렇게 되어야 한다는 자기 주장은 내려놓고, 괜히 가슴 졸이지도 말고 긴장을 푼 다음 즐거운 마음으로, 오늘 또 어떤 기적이 일어나서 내 삶을 더 풍요롭게 해줄지 기다리면 된다. 오늘이야말로 하늘이 주신 최고의 선물이니 말이다.

행복한 사람은 무엇보다 마음이 평화로운 사람이다. 먼저 주먹을 펴야 한다. 그래야 마음이 차분해진다. 욕심을 버리고 분노를 지워버리라고 하는 것도 실은 주먹을 펴라는 얘기일 것이다.

소로는 많은 사람들이 교회에 들어설 때 느끼는 경외감을 산 정상에서 느낀다고 말한다. 산 꼭대기에서 저 아래를 바라보며 자신이 사는 집과 정원을 품고 있는 대지를 내려다 보고 있노라면 눈앞에서 여러 해가 한꺼번에 흘러가는 것 같다고 얘기한다. 겨울 산에 올라 밤하늘의 은하수를 바라볼 때 느껴지는 경건함과 비슷한 감정일 것이다. 소로는 혼자서 이런 노래도 흥얼거렸다. "The wind that blows / Is all that anybody knows." 우리말로 옮기면 "바람이 부는구나 / 우리가 아는 것은 단지 그것뿐"이라고 할 수 있는데, 밥 딜런의 노래 「바람만

이 아는 대답 *Blowin' in the wind*」이 연상된다. 자연 앞에서 소로
는 한없이 겸손했다. 그리고 자연처럼 살고 그렇게 사는 삶 자
체를 즐겼다. 변화의 체험을 즐긴 것이다.

숲에 서서 아래를 내려다 보면 땅 위에 깔린 솔잎들 사이로
벌레가 기어가면서 내 시야에서 벗어나려 한다. 나는 왜 이
벌레가 그처럼 알량한 생각을 갖고서 어쩌면 자기의 은인
이 될 수도 있고 자기 종족에게 아주 기쁜 소식을 알려줄지
도 모르는 나로부터 자기 머리를 감추려 드는가 하고 자문
해본다. 그러면서 한편으로는 인간이라는 벌레라고 할 수
있는 나를 저 위에서 지켜보고 있는 더 큰 은인, 더 큰 지
성을 가진 어떤 존재를 떠올리게 된다.

소로는 묻는다. 왜 신의 목소리를 듣지 않느냐고 말이다. 왜
신이 매일같이 새로 보내주시는 눈부신 광경을 보지 않고 어
째서 이렇게 천한 곳에 머물며 힘든 생활을 하느냐고 말이다.
"세상에는 신기한 일이 끊임없이 일어나고 있는데도 우리는 믿
을 수 없을 정도의 지루함을 견뎌내고 있다." 정말로 그렇지 않
은가? 우리가 눈을 뜨기만 하면, 깨어나기만 하면 그 순간 이
세상이 완전히 달라질 텐데 말이다.

10
살아간다는 것이 깨달음이다

지는 해가
마지막 남은 하루를 잘 마무리하라고
재촉하는 것처럼 여겨지면
귀뚜라미의 울음소리를 들어보라
항상 변함없는
고르디 고른 선율의 울음소리는
지금 시간을 영원으로 여기라는
충고가 아니겠는가!

일기 1839년 9월 17일

1

우리에게 필요한 것은 《월든》에 쓰여진 글자가 아니라 공부를 하겠다는 자세와 의지다. 헨리 데이비드 소로가 평생 지향한 목표는 배운다는 것이었다. 《논어》도 배운다는 말로 시작한다. 학이시습지 불역열호學而時習之 不亦說乎, 배우고 또 그것을 실천하면 참 기쁘지 아니한가, 이것이 공자의 첫 말씀이다. 모두 20개 장으로 돼 있는 《논어》의 첫 장이 〈학이學而〉편이라는 것, 그러니까 공자의 말씀으로 기록된 첫 문장의 첫 단어가 배운다는 말이라는 점은 우리가 살아가는 데 배움이 얼마나 소중하고 가치 있는 것인가를 알려준다. 소로 역시 《월든》의 세 번째 장 〈독서〉의 모두에서 이렇게 말한다.

조금만 더 어떤 의도를 갖고 자신의 진로를 선택한다면 아마도 누구나 기본적으로는 공부를 하거나 관찰을 하는 사람이 되려고 할 것이다. 왜냐하면 인간은 자신의 본성과 운명에 대해서는 너나할것없이 관심이 많기 때문이다. 우리가 우리 자신을 위해서든 후손을 위해서든 한껏 재산을 모으고 가문이나 국가를 세우고 높은 명성까지 얻는다 해도 결국 우리는 죽게 되어 있다. 그러나 진실을 다루게 되면 우리는 영원한 생명을 갖게 될 것이며 어떤 변화나 재난도 두려워하지 않을 것이다.

소로 자신도 여기서 말한 공부하는 사람*student*과 관찰자*ob-server*가 되어 평생을 보냈다. 그의 말처럼 진실을 공부하면 불멸의 생명을 얻을 수 있고, 어떤 변화든 어떤 재난이든 두려워할 필요가 없게 되기 때문이다. 소로가 평생에 걸쳐 진실을 배우고 또 자신이 배운 것을 실천하는 삶을 살고자 했던 이유는 바로 영원한 생명을 얻고 그 무엇도 두려워하지 않기 위해서였던 것이다. 우리가 《월든》을 읽는 것도 배움을 통해 진실을 다루기 위해서다.

진짜 중요한 것은 나의 내면에 있는 진실이다. 이 진실은 누가 알려주는 게 아니다. 나 자신만 알 수 있다. 오로지 자기 성찰을 통해 가만히 나의 내면을 들여다볼 때만 진실을 알 수 있다. 진실은 다름아닌 현재를 살아가는 나의 삶이기 때문이다. 소로가 《월든》에서 말하는 진실은 다름아닌 지금 여기를 살라는 것이다.

사람들은 진실이 아주 먼 곳에 있다고 생각한다. 그들은 진실이 우주 저 멀리 어느 구석에, 가장 멀리 있는 별 너머에,

아담 이전에 그리고 최후의 인간 다음에 있다고 생각한다. 물론 영원 속에는 진실하고 고귀한 무엇이 있다. 그러나 이 모든 시간과 장소와 사건들은 바로 지금 여기에 있는 것이다. 하느님도 지금 이 순간에 지고의 위치에 있으며, 그 어느 시대도 지금보다 더 거룩하지는 않은 것이다. 우리는 우리를 둘러싸고 있는 진실을 끊임없이 호흡하고 그 진실에 몸을 푹 담가봐야 비로소 그 숭고함과 고결함을 이해할 수 있다. 우주는 우리의 착상에 언제든 순순히 응답해준다. 우리가 빠르게 가든 느리게 가든 길은 늘 우리를 위해 마련돼 있다. 이제 이런 생각을 갖고 우리 삶의 나날들을 지내보자

앞서 소개했던 영화 「죽은 시인들의 사회」에서 키팅 선생님이 학생들의 귀에다 대고 속삭여주는 말이 있다. "카르페 디엠!"*Carpe Diem!* 지금 이 순간을 살라는 말이다. 그런데 막상 지금 이 순간을 살려면 어떻게 해야 하는지 잘 모른다. 다들 그 말이 무슨 뜻인지는 알면서도 실제로는 그렇게 살아가지 못하고 있다. 지금 소로가 그것을 알려주고 있는 것이다.

하루를 살아도 진실되게 살아야 한다. 몇 살까지 사느냐, 언제 죽느냐가 문제가 아니라 얼마나 많은 것을 배웠는지, 내 인생에 대해 얼마나 많은 것을 깨달았는지가 중요하다. 잘 들여다 보면 우리 인생에는 내가 행복해질 수 있는 모든 조건들, 내가 성공적인 삶을 살아갈 수 있는 모든 조건들이 다 들어

있다. 우리가 해야 할 일은 이미 갖고 있는 이런 조건들을 하나씩 알아가고 또 그것을 꺼내는 것이다.

2

우리 인생은 세상에 대해서, 나에 대해서, 그리고 살아가는 것에 대해서 배워나가는 과정이다. 배움이 곧 인생이다. 그리고 배움의 시작은 무지의 발견이다. 자신이 얼마나 무지한지 스스로 깨달아야 하는 것이다. 그래야 비로소 인생을 제대로 살아갈 수 있다. 잘 알지도 못하면서 다 아는 것처럼 행동하고, 실제로 확인해보지도 않고 그저 사람들이 다들 그렇다고 이야기하니까 그대로 믿는 경우가 얼마나 많은가? 그렇게 살아가는 건 인생을 헛되이 사는 것이다.

소로는 《월든》에서 자신이 직접 체험하고 목격한 일화들을 여럿 소개하는데, 월든 호수의 쌍둥이 동생이라고 할 정도로 물이 맑은 화이트 호수에 박혀 있던 나무 이야기도 그 중 하나다. 화이트 호수에는 예전에 미송美松이라고 하는 큰 소나무가 윗부분만 물 위에 나와 있는 채로 호수 한가운데 있었다. 사람들은 그 나무가 아주 오래 전부터 그곳에 있던 원시림 중 하나라고 여겼다. 심지어 매사추세츠 역사학회의 논문집에서도 그 나무의 뿌리가 호수 바닥에 박혀 있고 나무의 최상층인 우듬지 부분은 잘려 나갔다고 기록해두었을 정도다.

그런데 어느 겨울날 마을사람 한 명이 그 오래된 미송을 뽑아냈더니, 위에 있던 부분은 실은 밑동이었고 가지 부분이 아래로 향해 있어 그 가는 끝이 모래 바닥에 단단히 박혀 있었다는 것이다. 그러니까 아주 오래 전 원래 호숫가에 있던 이 나무가 강한 바람에 의해 호수 쪽으로 넘어졌다가 서서히 호수 가운데로 떠내려 가면서 물에 젖어 거꾸로 호수 바닥에 처박혔던 것이다. 사람들은 그런데도 다들 거꾸로 생각했던 것이다. 물위로 올라온 나무 밑동이 빤히 눈에 보이는 데도 다른 사람들이 생각하고 믿듯이 자기도 그렇게 생각하고 믿어버린 것이다. 용감한 마을사람 하나가 그 나무를 뽑아낼 때까지는 말이다. 소로는 이 사람의 헛간에 가서 남아있는 나무 밑동을 자기 눈으로 직접 확인한다.

소로는 또 월든 호수의 깊이를 직접 측정했다. 마을사람들은 월든 호수의 바닥이 있느니 없느니 이야기만 할 뿐 누구도 실제로 바닥을 재보려고 하지 않았다. 심지어 월든 호수가 지구 반대편으로 뚫려 있다고 믿는 사람도 많았는데, 소로는 이런 모습에 혀를 내두른다. "사람들이 바닥을 재는 수고를 해보지도 않고 어떤 호수가 바닥이 없다고 오랫동안 믿는 것을 보면 그저 놀라울 따름이다."

소로는 호숫가 오두막에서 살던 1846년 초 얼음이 녹기 전에 나침반과 쇠사슬, 측심줄을 가지고 월든 호수의 바닥을 재본다. 측정한 결과 가장 깊은 곳이 102피트, 그러니까 30미터

쯤 됐다. 소로는 호수의 바닥을 재보는 데서 그치지 않고 축척 1:2000정도의 호수 지도를 작성하고 자신이 측정한 100군데 이상의 깊이를 지도에 기입했다. 소로가 아주 기본적인 도구만 갖고 만든 이때의 호수 지도는 현재의 최첨단 기술로 작성한 지도와 거의 차이가 나지 않는다. 소로 나름대로는 틀림없이 상당한 노력과 정성을 기울여 호수를 측량했을 것이다. 비록 돈벌이가 되지 않더라도 말이다. 소로가 살아가는 방식은 이런 것이다.

소로는 호수의 깊이를 재는 데 그치지 않고 인간의 심성도 재보았으면 한다. 우리 내면의 깊이와 감추어진 바닥을 알기 위해 마음의 호수를 들여다보고자 한 것이다. 소로다운 참신한 발상이다. 다시 말하지만 우리 인생은 나 자신에 대해 배워나가는 학교라고 할 수 있다. 나의 재능과 강점들, 나의 잠재력과 가능성, 나의 훌륭한 점과 부족한 점들을 하나씩 배워나가면서 자신의 진정한 모습을 알게 되는 것이다. 당연히 쉬운 일이 아니다. 어렵고 힘든 과정을 거쳐야 한다. 소로가 월든 호수의 깊이를 쟀던 것처럼 직접 측정하고 지도도 만들어야 한다. 마치 의과대학에서 수업시간마다 혹은 매일, 매주 시험을 보듯이 처음부터 끝까지 어려운 도전과 과제를 치러야 한다. 제대로 하지 않으면 유급도 있고 학사경고도 있을 것이다. 골프장에 나가면 18개 홀 가운데 쉬운 홀 하나 없듯 우리 삶이 가르쳐주는 것들도 하나같이 힘들고 까다롭다. 때로는 무엇을 배워야 할지조차 모를 때도 있고, 배움의 기회를 그냥 흘려 보내는 경우도 허다하다.

그러나 이처럼 배워나가는 과정 자체가 우리 인생이다. 혹시 너무 어렵고 힘들다는 생각이 들 때, 왜 나한테만 이리도 벅찬 과제가 주어지는지 불평하는 대신 그것이 소중한 배움의 기회가 아닌지, 하늘이 보내준 내 인생의 교사가 아닌지 물어볼 필요가 있다. 폭풍우처럼 몰아쳤던 지난날의 고난이 막상 지나고 나니 나를 한 뼘쯤 키워준 성장의 열쇠였음을 알게 되는 경우가 얼마나 많은가? 그렇게 우리는 조금씩 눈을 떠가는 것이다.

3

미국 작가 대실 해밋*Dashiell Hammett*이 쓴 《몰타의 매*The Maltese Falcon*》는 하드보일드 탐정 소설의 대표작으로 꼽히는 작품인데, 나에게 제일 인상적이었던 장면은 작품 줄거리와는 큰 연관 없이 사설탐정인 주인공의 입에서 불쑥 튀어나오는 이야기다.

경제적으로나 가정적으로 유복하고 행복한 나날을 보내던 플릿크레프트란 인물이 어느 날 점심을 먹으러 가다가 우연히 공사장 앞을 지나는데 10층 정도 높이에서 철제 빔이 떨어져 바로 앞의 보도가 박살이 난다. 깨진 보도 조각이 튀어올라 그의 뺨을 강타하는 바람에 상처를 입었지만 다행히 치명상은 아니었다. 그는 머리카락이 주뼛 서는 엄청난 충격을 받았는데, 누군가 인생의 어두운 문을 열고 그 안을 보여준 것 같았다고 한다.

그는 훌륭한 시민이자 좋은 남편이고 아버지였다. 그런 식으로 교육을 받았고, 그렇게 주변 환경에 맞춰 사는 게 편했다. 그런데 아무리 모범적으로 또 편안하게 살아도 어느 날 식당 가는 길에 철제 빔에 맞아 즉사할 수 있다는 사실을 알게 된 것이다. 죽음이란 이처럼 마구잡이로 찾아오며, 사람은 눈먼 운명이 허락하는 한에서만 평범한 일상을 살아갈 수 있는 것이다.

그 순간 그는 뭔가 깨닫는다. 마치 긴 잠에서 깨어났을 때처럼 모든 것이 다르게 보이는 것이다. 지금까지 그는 안락하고 확실해 보이는 인생을 살아왔는데, 그것이 실은 진짜 인생이 아니라 인생 본연의 길에서 벗어난 것이었음을 알게 된 것이다. 소로의 표현을 빌리자면, 들리지 않던 귀가 들리고 보이지 않던 눈이 보이게 된 것이다. 변화의 순간은 이처럼 불쑥 얼굴을 들이민다.

그는 인생을 바꾸겠다고 결심한다. 그리고 변화의 방법을 찾는다. 난데없는 철제 빔의 추락으로 자기 인생이 끝날 수도 있었으니 자기도 난데없이 살던 곳을 떠나기로 한 것이다. "그를 괴롭힌 것은, 그가 영위해 온 정연한 일상이라는 게 인생

본래의 길이 아니라 인생을 벗어난 길이라는 깨달음이었다. 그는 철제 빔이 추락한 장소에서 5미터도 채 가기 전에 이 새로운 발견에 따라 자기 인생을 변화시키지 않으면 다시 평화를 찾지 못하리란 것을 확신했다."

그는 점심 식사를 마친 뒤 모든 것을 남겨둔 채 가족들에게 작별인사도 하지 않고 떠난다. 홀연히 사라져버린 것이다. 그리고는 두어 해 동안 동부 해안가에서 서부 끝까지 정처 없이 떠돈다. 그러다가 다시 정착한다. 예전에 살았던 도시와 아주 흡사한 스포케인이란 소도시에 자리를 잡고 옛날의 아내와 매우 비슷한 외모와 성격을 가진 새 아내를 얻고 이전과 비슷한 분위기의 가정을 꾸린다. 예전부터 좋아했던 골프도 다시 시작하고 자기와 비슷한 친구들도 새로 사귀고 그렇게 예전과 똑같은 일상으로 돌아간다.

아내의 의뢰로 플릿크레프트를 찾아낸 주인공이 그를 만나보니 그는 아무 일도 없었던 듯 살아가고 있다. 후회하는 기색도 없고 예전의 가족 걱정도 전혀 하지 않는다. 그저 뭔가 인생의 깨달음을 얻는 바람에 자신의 삶을 변화시켰다고 생각하는 것이다. 소설 속에서 플릿크레프트의 이야기는 이것으로 끝난다.

깨달음이란 이렇게 어느 순간 갑자기 찾아온다. 전에는 들리지 않던 소리가 들리고 보이지 않던 진실이 보인다는 게 무엇인지 이제 이해가 될 것이다. 귀와 눈이 트이는 것이다. 그때

변하는 것이다. 많은 사람들은 그게 언제냐고 묻는다. 그건 아무도 모른다. 물론 분명한 것은 늘 준비하고 있어야 한다는 것이다. 어느 순간 불쑥 깨달음이 문을 두드릴지 모르니 말이다.

지인의 소개로 가끔 모임을 갖는 서울 강남의 한 우동집이 있다. 그런데 알고 보니 이 우동집 사장님이 좀 특별한 분이었다. 소위 명문대를 나와 이른 나이에 외무고시에 합격해 10년 넘게 외교관 생활을 하다가 갑자기 외교관 직을 그만두고 음식점을 차린 것이다. 뭐, 사람마다 다 나름대로의 사연들이 있겠지만 이런 경우는 정말 특이한 케이스다. 자기가 하고 싶은 일을 하기 위해서는 잘 나가던 외교관 생활도 접을 수 있다니 말이다. 보통사람 입장에서는 참 부러우면서도 멋진 결단임에는 틀림없다.

더 특이한 것은 우동집 사장님이 자기 인생의 방향을 전환하게 된 직접적인 계기였다. 그러니까 이 분이 파키스탄 주재 한국 대사관에 근무할 때 현지의 한 호텔에서 저녁 약속이 있었다고 한다. 외교관들이 자주 가는 특급 호텔이었는데, 그날따라 차가 막혀 이 분은 약속 시간보다 조금 늦었고, 도착하자마자 서둘러 호텔 쪽으로 가려는 순간 엄청난 굉음과 함께 호텔 1층에서 큰 폭발이 있었다고 한다. 자살 폭탄 테러였는데, 그날 사고로 파키스탄에 주재하던 체코 대사를 비롯해 50명 이상이 죽고 200명 이상이 다쳤다고 한다. 한마디로 자기 눈앞에서 생사가 갈리는 순간을 생생하게 경험한 셈이다.

그날 일을 계기로 이 분은 자신이 그동안 꿈꿔왔던 일, 예전에 일본에서 근무할 때 맛보았던 최고의 우동을 한국에서 한번 만들어보겠다는 꿈에 도전해보기로 결심했다고 한다. 나이 마흔이 넘어서 말이다. 참 대단한 결단이라는 생각이 들었다. 그리고 문득 앞서 소개한 《몰타의 매》에 나오는 그 문장이 떠올랐다. "누군가 인생의 어두운 문을 열고 그 안을 보여준 것 같았다." 우동집 사장님도 어쩌면 폭발 테러 현장에서 그런 경험을 하지 않았을까 하는 생각이 들었다. 어느 순간 불쑥 찾아온 깨달음, 그로 인해 자기 인생을 송두리째 바꾸어버린 경우는 드물기는 하지만 이렇게 가끔 있다.

4

이것이 끝이 아니다. 중요한 사실은 이런 깨달음에 맞닥뜨린 이후에도 삶은 계속 이어진다는 것이다. 결정적인 깨달음이 와서 인생의 진로까지 바꾸었는데, 여전히 하루하루를 살아가야 하고 그러다 보니 깨어난 상태를 유지한다는 게 쉽지 않은 것이다. 그래서 《몰타의 매》에 나오는 플릿크레프트처럼 평범한 일상으로 돌아가 예전처럼 살아가기도 하는 것이다.

다시 플릿크레프트의 경우를 보자. 그가 정말로 자기 인생을 변화시켰는가? 잘 읽어보면 알겠지만 그는 두어 해 동안 방황한 뒤 거의 비슷한 곳에서 거의 비슷한 인생을 살아간다.

환경은 조금 달라졌지만 그의 삶은 전혀 변하지 않았다. 그는 잠시 깨어났다가 다시 잠들어버린 것이다.

사람이 변한다는 것은 이처럼 어려운 것이다. 금세 다시 돌아갈 수 있다. 눈이 새롭게 뜨이는 순간은 쉽게 찾아오지도 않지만 한 번 깨어났다고 해서 그것으로 끝나는 것도 아니다. 꼭 변해야 한다면 끊임없이 깨어있어야 한다. 아무리 힘들고 어렵더라도 말이다.

게다가 플릿크레프트처럼 바로 눈앞에서 생사의 갈림길을 경험하는 그런 극적인 순간은 매일같이 경험할 수 없다. 살아가다 보면 결정적인 계기 같은 게 우리 곁을 스쳐가곤 하지만 대개의 경우 그냥 지나쳐버리거나 의식적으로 외면해버리고 만다. 붙잡았더라면 우리 인생이 확연히 달라졌을 텐데 말이다. 우리가 살아가는 나날들은 대개 그런 날들로 가득 차있다. 그래서 인생을 살아가는 태도가 쉽게 변하지 않는 것이고, 나 자신을 변화시키기가 힘든 것이다.

일본의 문인 마사오카 시키正岡子規는 이런 글을 남겼다. "나는 지금까지 선종의 이른바 깨달음이란 것을 오해하고 있었다. 어떠한 경우에도 아무렇지 않게 죽을 수 있는 것이 깨달음이라고 생각하던 것은 착각이었다. 깨달음이란 어떤 경우에도 아무렇지 않게 살아가는 것이다." 그는 온몸에 퍼진 결핵으로 인해 뼈가 녹아들 정도의 극심한 통증에 시달리던 날 이렇게 썼다. "정말 미치광이가 되어버리는 쪽이 편할 것이라고 생각하지만 그렇게도 할 수 없다. 만약 죽을 수 있다면 그건 무엇보다 바라는 바다. 그러나 죽을 수도 없고 죽여주는 사람도 없다. 누군가 이 괴로움을 덜어줄 사람은 없을까?"

그러나 이 같은 고통 속에서도 서른넷의 나이로 세상을 떠나기 직전까지 7년간 병상에 누운 채로 일본의 대표적인 시가인 하이쿠와 단카를 혁신하는 작업을 했고 《병상육척病狀六尺》을 비롯한 여러 권의 저서를 남겼다. 그는 죽음이 아니라 삶이 더 어려운 일이라는 사실을 알았던 것이다. 그리고 죽는 날까지 최선을 다해 글을 써나갔다. 붓을 쥘 힘이 없어지자 구술로 적어나가기도 했다. 매일같이 깨어난 상태로 최선을 다해 살아가는 것, 이것이 진정한 깨달음일지 모른다.

앞서 인용했던 영화 「이키루」의 와타나베는 비록 30년을 '미라'로 불리며 허깨비처럼 살았지만 시한부 판정을 받고는 자기 인생의 주인이 되어 제대로 된 삶을 살았다. 덕분에 빈민가의 위험한 물웅덩이가 어린아이들이 뛰노는 놀이터로 바뀔 수 있었다. 그 정도면 적어도 그의 마지막 3개월간은 성공한 인생이었다고 할 수 있을 것이다. 마사오카 시키처럼 마지막 순간까지 최선의 삶을 살아간다면, 그리고 내 인생을 훌륭하게 마무리하고 용기 있고 품위 있게 죽음을 맞이한다면, 비록 불치의 병으로 젊은 나이에 죽더라도 운명을 향해 나에게 참 좋은 기회를 주었다고 고마워할 수 있을 것이다.

소로는 마지막 순간까지도 특유의 강인함을 잃지 않았다.

소로가 병상에 누워 마지막 나날을 보내고 있을 때 친구 채닝 *William Ellery Channing*이 찾아와 죽음에 대해 이야기하자 그는 작은 목소리로 답했다. "어떤 것들은 끝마치는 게 당연히 더 좋은 것이네." 채닝은 다름아닌 《월든》의 열네 번째 장 〈전에 살던 사람들, 겨울의 방문객들〉에서 "가장 험한 눈보라를 무릅쓰고 가장 멀리서 내 집을 찾아온 사람은 한 시인이었다"고 말한 그 시인이다. 또 "이 세상에 마지막 남은 철학자이자 이 땅이 보내준 선물 같은 인물"이라고 극찬했던 올컷 *Amos B. Alcott* 에게는 "후회 없이 이 세상을 떠나려 합니다"라고 말했다. 그는 자신의 말처럼 죽음에 이르러 헛된 삶을 살았구나 하고 후회하지 않았던 것이다.

병문안을 온 한 지인에게는 이렇게 말했다. "나는 어릴 적에 이미 죽는다는 것을 알았으므로 지금 실망하지 않습니다. 죽음은 나와 마찬가지로 당신에게도 가까이 있습니다." 죽기 며칠 전 목사로 활동하기도 했던 오랜 친구 필스버리 *Parker Pillsbury*가 찾아와 "이제 저 세상이 멀지 않았다"고 얘기하자 그는 조용히 말했다. "한 번에 한 세상만." One world at a time.

소로는 죽음을 두려워하지 않았다. 그가 늘 경계했던 것은 제대로 살지 못하고 삶을 마치는 것이었다. 누구나 죽는다. 그러나 누구나 '사는' 것은 아니다. 죽음보다 어려운 것이 삶이다.

11
내 인생의 아티스트가 된다는 것

낙엽은 바람에 날려 소나기처럼 쏟아진다
낙엽은 온갖 빛깔로 대지를 물들인다
하지만 낙엽은 이대로 죽어가는 것이 아니다
흙 속에 살아남아
흙의 부피를 키워주고
흙의 생산력을 높여준다
그 흙에서 자라나는 숲에서
낙엽의 삶은 이어진다

가을의 빛깔들

1

《월든》의 마지막 장인 〈결론〉에는 쿠우루의 장인(아티스트) 이야기가 나온다. 언뜻 인도의 전설이나 신화에서 가져온 것처럼 보이지만 실은 헨리 데이비드 소로가 지어낸 얘기다. 이야기는 밑도 끝도 없이 쿠우루*Kouroo*라는 도시에 완벽을 추구하는 어떤 장인*an artist*이 살았다는 문장으로 시작한다.

이 장인은 어느 날 완벽한 지팡이를 만들겠다고 결심한다. 불완전한 일에는 시간이 한 요소가 되겠지만 완전한 일에는 시간이 문제가 되지 않는다고 생각한 장인은 비록 한평생 딴 일은 아무것도 하지 못하는 한이 있더라도 모든 점에서 완벽한 지팡이를 만들고야 말겠다고 혼자 다짐한다. 그는 지팡이를 만드는 데 쓸 완벽한 재목을 구하러 숲으로 들어간다. 그리고 나무를 하나씩 살피며 재목을 고르는 사이 친구들은 다들 늙어서 그의 곁을 떠난다.

그러나 장인은 조금도 늙지 않는다. 오로지 한 가지 목표만을 추구하는 그의 결심과 숭고한 믿음이 그에게 영원한 젊음을 주었기 때문이다. 시간과 어떠한 타협도 하지 않았기에 시간은 그의 길에서 비켜나 그를 굴복시키지 못한 것을 한탄하며 멀리서 한숨만 지었다. 그리하여 그가 모든 면에서 적당한 재목을 찾아냈을 때 쿠우루는 이미 폐허가 된 지 오래였고. 장인은 그 폐허의 어느 흙 둔덕에 앉아 지팡이를 깎기 시작한다.

지팡이의 모양이 채 갖추어지기도 전에 칸다하르 왕조가 망하자 그는 지팡이 끝으로 모래 위에 왕조의 마지막 왕 이름을 쓰고 일을 계속한다. 지팡이를 매끄럽게 다듬고, 그 끝에 쇠붙이를 달고, 보석으로 장식된 손잡이 부분을 달았을 때는 이미 수억 년의 세월이 흐른 뒤였다. 마침내 지팡이에 마지막 손길이 가해지자 장인도 깜짝 놀란다. 신의 창조물 가운데 가장 아름다운 지팡이가 탄생한 것이다.

소로는 자기가 생각해도 이야기가 너무 거창한 신화처럼 보였는지 중간에 이런 말까지 한다. "그런데 지금 내가 왜 이런 이야기를 하는 것인가?" 그리고는 이렇게 마무리한다.

그는 지팡이를 만드는 가운데 새로운 체계, 충실하고도 균형 잡힌 새로운 세계를 만들어낸 것이다. 그리고 옛 도시들과 왕조들은 사라졌지만 그보다도 더 아름답고 영광스러운 도시와 왕조들이 그 안에 자리를 잡고 있었다. 그리고 그제서야 그는 발 밑에 수북이 쌓여 있는 나무 깎은 부스러기를 내려다 보았는데, 그것들이 아직도 생생한 것을 보고 이제까지의 시간의 경과는 단지 하나의 환각에 지나지 않았으며, 브라마 신의 두뇌에서 나온 한 섬광이 인간 두뇌의 부싯깃에 떨어져서 불붙은 시간에 지나지 않았다는 것을 깨달았다. 그의 재료가 순수했고 그의 기술도 순수했으니 그 결과가 경이로운 것 외에 무엇일 수 있겠는가?

쿠우루의 장인 이야기가 전해주는 메시지는 분명하다. 완벽을 추구하는 데 매진한다면 시간의 제약을 초월할 수 있고, 그런 점에서 무슨 일이든 최선을 다해 완벽함을 추구한다면 우리 삶은 결코 유한하지 않으며 무한하고 광대하다는 것이다. 한마디로 요약하자면, 시간과 관계없이 완벽을 추구하라는 말이다. 소로는 이미 《월든》의 두 번째 장 〈나는 어디서 살았고 무엇을 위해 살았는가〉의 마지막 부분에서 시간과 영원에 대해 이야기했다.

시간은 내가 낚시질하는 시냇물에 지나지 않는다. 나는 무심히 흘러가는 그 물을 마신다. 그러나 물을 마시면서 나는 모래 바닥을 보고 이 시냇물이 얼마나 얇은지 새삼 깨닫는다. 시간의 얇은 물은 흘러가 버리지만 영원은 남는다. 나는 더 깊은 물을 들이켜고 싶다. 별들이 조약돌처럼 깔린 하늘의 강에서 낚시를 하고 싶다.

앞서도 말했듯이 이 두 번째 장은 《월든》의 서론이라고 할 수 있다. 소로는 여기서 자신이 왜 월든 숲 속으로 들어갔으며 무엇을 하고 살았는지를 설명한다. 그리고는 호숫가 오두막에서 살았던 2년 2개월을 사계절로 압축한 인생 실험의 내용이 이어지는데, 소로는 두 번째 장을 이렇게 끝맺는다. "나는 이 머리를 가지고 이 주위의 언덕들을 파볼 생각이다. 이 근처 어딘가에 노다지 광맥이 있을 것 같다. 탐지 막대와 엷게 피어 오르는 수증기를 보면 알 수 있다. 그러면 이제부터 굴을 파내려 가야겠다."

세 번째 장 〈독서〉부터 열일곱 번째 장 〈봄〉까지는 소로가 숲 속에서 살았던 이야기가 구체적으로 서술된다. 그러니까 본론으로 들어가기에 앞서 '시간을 초월한 영원'을 살고자 하는 의지를 토로한 다음, 마지막 열여덟 번째 장에 이르러 쿠우루의 장인 이야기를 꺼낸 것인데, 잘 읽어보면 여기에는 좀더 깊은 뜻이 숨어있음을 알 수 있다.

먼저 다른 사람이 아닌 자기 자신의 삶을 살라는 것이다. 나 자신을 위해 시간을 쓰라는 말이다. 너무나도 많은 사람들이 아까운 자기 인생을 남을 위해 쓰고 있다. 돈을 벌기 위해, 출세하기 위해, 혹은 다들 그렇게 살아가니까, 이런저런 이유와 핑계를 댄다. 하지만 죽음에 이르러서 그런 변명이 얼마나 헛된 것이었는지 뒤늦게 깨달아봐야 아무 소용없다. 누구도 내 인생을 대신 살아주지 않는다. 내가 제대로 살지 않으면 아무도 내 삶을 훌륭하고 멋지게 만들어주지 않는다. 쿠우루의 장인이 만드는 지팡이는 바로 자기 자신인 셈이다.

그리고 처음으로 돌아가 '아티스트'라는 단어에 주목할 필요가 있다. 우리들 각자가 자기 인생을 만들어나가는 아티스트라고 생각하게 되면 내 삶이 예술이 되고 내 인생은 재료이자 작품이 된다. 이제 내 인생에서 유일한 단위는 인생 전체가 되는 것이다. 아티스트로 살아간다는 것은 하루 24시간, 1년 365일이 반복되는 시간의 단위가 아니라 내가 태어나서 죽을 때까지의 한 평생을 하나의 단위로 해서 살아가는 것이다. 하나의 단위니 길고 짧음도 없고 비교대상도 없다. 오로지 내가 판단하기에 달려있다. 그런 점에서 쿠우루의 장인은 영겁의 시간 속에서 완벽을 추구할 수 있었던 것이다.

소로가 《월든》의 마지막 장에 이르러 뜬금없이 자기가 지어낸 쿠우루의 장인 이야기를 들려주는 의도가 바로 이것이다. 소로가 쿠우루의 장인 이야기를 통해 전하려고 했던 메시지는 1) 시간과 관계없이 완벽을 추구하라 2) 다른 사람의 삶이 아닌 내 인생을 살라 3) 하루, 1년 단위가 아니라 인생 전체를 하나의 단위로 살아가라는 것이다.

쿠우루의 장인 이야기는 이처럼 읽으면 읽을수록 그 안에 숨어있는 여러 가닥의 복선들이 드러난다. 물론 거기서 어떤 의미를 캐낼지, 또 그것을 어떤 식으로 받아들일지는 순전히 읽는 사람에게 달려 있다. 아무튼 나는 이 부분을 읽을 때마다 소로에게 새삼 감탄하게 된다. 신화나 전설 같은 이야기를 불쑥 꺼냄으로써 독자들로 하여금 자신이 전하려고 하는 메시지를 한번 더 생각해보도록 한 의도가 놀랍기 때문이다. 비록 소로가 만들어낸 신화라 할지라도 어차피 "신화란 상상력으로 거기에 생명을 불어넣으라고 만들어진 것"이니 말이다.

2

소로는 쿠우루의 장인 이야기에 이어 곧바로 "오직 진실만이 모든 것을 견뎌낸다"고 말한다. 진실이 무엇보다 중요하다는 것이다. 여기서 진실은 우리들 각자의 내부에 있는 고유한 본성이다. 그러니까 내가 최선을 다해 살아가야 할 나 자신의 삶이라는 얘기다.

아티스트는 무엇이든 완벽하게 해내고자 한다. 내가 나의 인생을 하나의 작품으로 완성시켜나가는 아티스트라고 생각해보면 진짜 중요한 것은 단지 무슨 일을 하는가가 아니라 무슨 일이든 확실하고 멋지게 해내는 것이 된다. 이렇게 완벽한 작품을 만들어내려면 자기가 하는 일을 좋아하고 즐겨야 할 뿐만 아니라 보상과는 상관없이 그 일에 전념할 수 있어야 한다. 그것이 바로 소로가 말하는 진실이다. 소로의 말을 들어보자.

만일 사람들이 진실만을 바라보고 속임수를 용납하지 않

는다면 삶이라고 하는 것은 우리가 지금까지 알고 있는 것과는 달리 동화나 〈아라비안 나이트〉처럼 즐거운 이야기가 될 것이다. 만약 우리가 필연적인 것과 당연히 존재할 권리가 있는 것만을 존중한다면 음악과 시가 거리에 흘러 넘칠 것이다. 우리가 서두르지 않고 분별력을 발휘할 때, 오직 위대하고 가치 있는 것들만이 항구적이고 절대적인 가치를 지니고 있다는 것을 깨닫게 될 것이며, 사소한 두려움이나 사소한 쾌락은 참된 현실의 그림자에 지나지 않는다는 것을 알게 될 것이다. 이 숭고한 진리는 항상 우리에게 용기를 준다. 사람들은 눈을 감아버리거나 졸거나 또는 허식적인 것에 속아넘어가기로 동의함으로써 자신들의 인습적인 일상생활을 확립시킨다. 아직도 이 일상생활은 완전히 허구의 토대 위에 세워져 있다. 이제 막 소꿉놀이나 하면서 인생을 배우는 어린이들이 어른들보다 인생의 참다운 법칙들과 관계들을 더 명확하게 분간해낸다. 어른들은 인생을 가치 있게 살지도 못하면서 경험에 의해서, 바꾸어 말하면 실패에 의해서 자기들이 더 현명해졌다고 생각하고 있는 것이다.

우리가 자신의 삶을 마치 대출금 갚아나가듯 시간에 쫓겨 바쁘게만 흘려보내다 보면 금방 소진될 수밖에 없다. 즐거운 이야기가 되어야 할 인생이 하나도 남아나지 않는 것이다. 그건 소로의 말처럼, 눈을 감아버리거나 졸거나 허식적인 것에 속아넘어가는 것이다. 그러나 비록 제한된 시간을 살아갈 수밖에 없는 운명이라 하더라도 자신이 하고자 하는 일을 무한한 가치로 여기고 수고를 보람으로 알고 전념하다 보면 시간은 우리 삶을 제약할 수 없다. 자연의 섭리를 거스를 수는 없지만 최선을 다해 나의 인생을 완벽한 것으로 만들기 위해 노력한다면 늘 새로운 날들이 주어지는 것이다.

의도적으로 살아간다는 것은 다른 사람들이 설정한 기준이나 틀에 얽매이지 않고 자신이 만든 자기 고유의 기준에 따라 자유롭게 사는 것이다. 그래야 내 인생이 쉽게 흔들리지 않는다. 남들이 뭐라고 하든, 바깥에서 무슨 일이 벌어지든 나는 온전하게 평온을 유지하며 살아갈 수 있는 것이다. 소로가 자연을 예찬한 것은, 자연이 누구 눈치 보거나 서두르는 법 없이 스스로 그러하기 때문이다.

우리도 자연처럼 그렇게 살아야 한다. 신이 주신 귀중한 삶의 시간들은 오롯이 내가 누려야 할 보물 같은 것이기 때문이다. 그런데도 많은 사람들이 자꾸만 지나간 과거의 시간들을 한탄하고, 지금 살아가고 있는 현재의 순간순간에는 만족하지 못한 채 불평만 늘어놓고, 아직 오지도 않은 미래의 시간들을 바라보며 두려워하고 절망한다. 서두르지 말고 욕심을 버려야 눈이 떠진다. 그것이 깨달음이고 곧 개안開眼이다.

소로는 묻는다. 왜 우리들은 이렇게 쫓기듯이 인생을 낭비하면서 살아가야 하느냐Why should we live with such hurry and waste

270

of life?고 말이다. 그러면서 "우리가 이처럼 비천한 생활을 하는 이유는 사물의 표면을 꿰뚫어보는 눈을 가지지 못했기 때문"이라고 질타한다. 우리가 진실한 눈으로 보기만 한다면 헛된 희망이나 두려움은 다 사라질 텐데, 왜 그렇게 하지 못하느냐는 외침이다.

3

한번 자신이 지금까지 살아온 인생을 결산해보라. 대재벌기업의 대차대조표보다, 아니 우리나라 정부의 예산 결산서보다 더 중요한 게 바로 나 자신의 인생 대차대조표다. 그러니 눈을 감고 자신에게 이렇게 물어보는 것이다. 그동안 참 많은 시간을 살아온 것 같은데, 그 시간 가운데 과연 얼마를 온전히 나에게 썼는지 말이다. 나의 시간들 중에 많은 부분은 돈을 버는 데 썼고, 상당 부분은 사람들을 만나느라, 또 얼마의 시간은 직장상사와 다투고 직장동료나 후배와 신경전을 벌이며 보냈을 것이다. 치열하게 살아온 것 같지만 결국 남을 위해 보낸 시간들이 대부분이었을 것이고, 밤에 괜한 걱정으로 아무것도 하지 못한 채 보낸 시간들은 또 얼마나 많았는지 이루 헤아리기도 어려울 것이다.

그런 시간들에 비해 그동안 나의 꿈을 위해 쓴 시간은 안타까울 정도로 적다. 누구든 자기가 갖고 있는 돈이나 물건은

어지간해서는 남들한테 그냥 주려고 하지 않는다. 그런데 그보다 훨씬 더 소중한 자기 인생의 시간시간들은 별로 대단치도 않은 인간을 위해 허투루 써버리거나 그들에게 다 바쳐버린다. 돈을 벌고 재산을 지키는 데는 최선을 다하면서도 막상자기가 바라는 목표를 이루고 자신의 시간을 지키는 데는 아무 신경도 안 쓰는 것이다. 너무나도 관대하게 자기 시간을 남들한테 펑펑 나눠주고 있는 셈이다. 이건 자기 인생을 다른 사람한테 줘버리는 것이나 마찬가지다.

월급쟁이 시절 늘 가지고 다녔던 다이어리의 첫 장에 이런 문장을 써놓았던 기억이 있다. "왜 남의 꿈을 이루는 데 아까운 그대 인생을 허비하는가?"Why spend your life for making someone else's dreams? 무슨 말인지 십분 이해할 것이다. 이 문장을 읽을 때마다 나는 하루빨리 내 꿈을 찾아야 한다고 다짐했지만, 물론 쉽게 실행하지는 못했다.

일본계 영국 작가인 가즈오 이시구로Kazuo Ishiguro가 쓴 《남아있는 나날The Remains of the Day》의 주인공 스티븐스는 한평생 주인을 위해 봉사하는 집사의 삶을 살다 노년을 맞이한다. 그가 젊은 시절부터 평생 되뇌어왔던 "위대한 집사란 무엇인가?"라는 물음에 스스로 내놓은 나름 훌륭한 대답은 이렇다. "진정으로 저명한 가문과의 연계야말로 위대함의 필요조건이다. 자신이 봉사해온 세월을 돌아보며, 나는 위대한 신사에게 내 재능을 바쳤노라고, 그래서 그 신사를 통해 인류에

봉사했노라고 말할 수 있는 사람, 그런 사람만이 위대한 집사가 될 수 있다.”

그의 직업이 집사인 만큼 어쩌면 백 점짜리 답일지도 모른다. 그러나 자기 인생을 통째로 바쳐 남에게 봉사한 결과가 무엇인가? 게다가 그 결과에 대해 자신은 실수를 저질렀다는 말조차도 못하는 꼴이니, 참 한심스러울 정도다. 그러나 스티븐스처럼 살아가는 사람이 얼마나 많은가? 자기 인생을 살지 못하고 남의 인생 뒤치다꺼리 하느라 귀중한 삶을 허비하는 사람들 말이다. 한번 스티븐스가 평생 되뇌었던 물음과 답 가운데 집사는 월급쟁이로, 가문은 재벌기업으로, 신사는 오너로 바꿔보라. 기가 막히지 않는가?

스티븐스는 뒤늦게 후회하지만 그렇다고 과감히 자신의 인생을 바꾸지도 못한 채 이 소설은 끝나버린다. 그런데 영화 「지옥의 묵시록Apocalypse Now」의 원작이 된 조셉 콘래드Joseph Conrad의 작품 《암흑의 핵심Heart of Darkness》에서는 주인공 커츠가 “끔찍해! 끔찍해!”The horror! The horror!라는 그 유명한 절규와 함께 숨을 거둔다. 그는 마지막 순간 회사에 바쳐왔던 자신의 삶을 정리하며 이렇게 털어놓는다. “이 많은 상아는 사실 내 것입니다. 회사는 그 값을 치르지 않았습니다. 내가 신변의 큰 위험을 무릅쓰고 손수 이 상아를 모았단 말입니다. 하지만 회사에서는 마치 자기네 소유물인 것처럼 이 상아를 차지하려 들 겁니다. 내가 어떻게 하는 게 좋겠습니까? 항거라도 할

까요?" 평생을 '회사 인간'으로 보낸 많은 사람들이 정년을 맞아, 혹은 구조조정이니 명예퇴직이니 해서 직장을 떠날 때 비슷한 감정을 느꼈을 것이다.

우리 인생이 너무 짧다고, 신이 우리 인간에게 주신 시간이 너무 적다고 불평하지만 정말로 우리 인생이 짧은 것인지, 잘 생각해보면 전혀 그렇지 않다. 신이 우리에게 생명을 준 건 그 자체만으로도 깊이 감사해야 할 일이다. 신은 이렇게 은혜를 베풀었는데 우리가 그 인생을 제대로 쓰지 못하고 있는 것이다. 제대로 쓰기만 하면 우리 인생은 절대로 짧지 않다. 오히려 무척 길다고 할 수 있다.

소로는 말한다. 제발 다른 사람을 위해서가 아니라 자기 자신을 위해 시간을 쓰라고 말이다. 남을 섬기지 말고 나 자신을 섬기라고 말이다. 그것이 진짜 내 인생의 주인으로 살아가는 첫 걸음이기 때문이다. 우리가 천 년을 산다 하더라도 자기 인생을 못 살고 남들 인생이나 뒤치다꺼리 하면서 보낸다면 여전히 짧을 것이다. 그런 삶은 아무 의미도 없다.

4

법정法頂 스님의 책 제목으로도 쓰였던 '일기일회'一期一會라는 말이 있다. 일본 다도茶道에서 오래 전부터 써온 이 말 '이치고 이치에'いちごいちえ는 일생에 기회는 단 한 번뿐이라는 메시지를

전해준다. 누군가와의 인연은 단 한 번뿐이니 그 시간을 소중히 하라는 의미다. 누군가와 함께 마주 보고 대화를 나누는 것, 그리고 차를 한 잔 하며 갖는 만남은 평생 우리에게 단 한 번뿐이며 두 번 다시 일어나지 않는 일이라는 것이다. 만났을 때의 감정, 느낌, 그날의 기분과 날씨는 늘 그 만남을 새롭고 특별하게 만들어준다. 어떤 만남도 절대 똑같을 수 없다. 일기일회는 그래서 살아가면서 부딪치는 모든 만남 그 자체가 다 소중한 우리 삶의 일부분임을 일깨워준다.

일기일회는 바로 오늘을 살라는 말이다. 지금 여기를 살라는 말이다. 지금 오늘 여기를 산다는 것은 내가 살아있음을 순간순간 깨닫는 것이다. 내면을 돌아보고 시간시간을 새롭게 맞이하는 것이다. 내 삶을 사는 것이다. 나답게 살아가는 것이다. 내가 내 인생을 만들어 가는 것이다.

니코스 카잔차키스는 "그대가 무슨 일을 하든 그 일에 그대의 온 존재를 바치라"고 했다. 《그리스인 조르바》에 나오는 이 유명한 구절처럼 말이다. "나는 어제 일어난 일은 생각 안 합니다. 내일 일어날 일을 자문하지도 않아요. 내게 중요한 것은 오늘, 이 순간에 일어나는 일입니다. 나는 자신에게 묻지요. '조르바, 지금 이 순간에 자네 뭐하는가?' '잠자고 있네.' '그럼 잘 해 보게.' '조르바, 지금 이 순간에 자네 뭐하는가?' '일하고 있네.' '잘 해 보게.' '조르바, 자네 지금 이 순간에 뭐하는가?' '여자에게 키스하고 있네.' '조르바, 잘 해 보게. 키스 할 동안 딴 일일랑 잊어버리게. 이 세상에는 아무것도 없네. 자네와 그 여자밖에는. 키스나 실컷 하게.'"

살아서 펄펄 뛰는 조르바의 이런 인생 철학처럼 무슨 일을 할 때든 그 일에 자신의 온 존재를 바쳐야 한다. 쉴 때는 내 온 존재를 바쳐 쉬어야 한다. 누구와 함께든 다른 사람과 대화할 때는 그 대화에 내 전부를 바쳐야 한다. 심지어 요즘 유행하는 말처럼 '멍 때릴' 때도 정말로 온 존재를 바쳐 멍 때리면서 아무 일도 하지 말아야 한다. 그런데 이게 말처럼 잘 되지 않는 이유는 우리가 자꾸만 딴 생각을 하기 때문이다. 기분 좋은 오후 오솔길을 따라 산책을 하면서 괜히 내일 일을 걱정하기도 하고, 오랜만에 친구를 만나 즐거운 이야기를 하면서 쓸데없이 다음주에 떠날 출장 계획을 떠올리기도 한다.

그러나 바로 오늘 이 순간은 일생에 단 한 번밖에 만날 수 없는 인연이다. 이곳에서 지금 마주 보고 있는 이 사람과 함께 할 수 있는 것도 내 생애에서 단 한 번뿐인 기회다. 일기일회다. 법정 스님의 말씀처럼, 앞으로 몇 번이고 만날 수 있다면 범속해지기 쉽지만 이것이 처음이면서 마지막이라고 생각한다면 아무렇게나 스치고 지나칠 수 없다. 기회란 늘 있는 게 아니고 한번 놓치면 다시 돌이키기 어려운 법이다.

지금 이 순간을 산다는 것은 영원을 사는 것이다. 나는 강의실에서 강의하는 것을 예로 들어 이렇게 설명하곤 한다. 지금 이 순간을 산다는 것은 단순히 강의하는 것을 잘 듣고, 그 내용을 이해하고 암기하는 게 아니다. 이보다 더 나아가 그것을 완전히 자기 것으로 만드는 것이다. 강의실에서 들은 내용이 아무리 좋다 해도, 아무리 열심히 외워두었어도 그것이 하나의 지식에 그치고 만다면 결국은 잊혀지고 만다. 그런데 그 내용을 내 것으로 만들어 내 행동이, 내 태도가, 내 마음가짐이 달라졌다면 강의 내용을 다 잊은 다음에도 오늘 지금 이 강의를 듣는 순간은 영원히 남는 것이다.

영어로 지금 현재는 프레젠트*present*다. 왜 그럴까? 어쩌면 지금 이 순간이 '선물'로 주어졌다는 의미일지도 모른다. 지나간 시간은 다시 돌아오지 않는다. 미래는 영원히 우리 손에 잡히지 않는다. 우리에게는 오로지 지금 오늘밖에 없다. 그러니 하늘이 준 선물, 오늘 지금을 마음껏 누려야 한다.

쿠우루의 장인은 시간의 제약을 초월해 영원 속에서 완벽한 지팡이를 만들었다. 소로 역시 그랬다. 《월든》의 첫 장에서 소로는 지금 이 순간을 산다는 것이 다름아닌 영원을 사는 것이라고 말했다. "어떤 날씨든 낮과 밤의 어떤 시간이든 나는 그 시간을 최대한 선용하고 나의 지팡이에 새겨놓으려고 했다. 과거와 미래라는 두 개의 영원이 만나는 바로 이 현재의 순간에 서서 줄을 타듯이 균형을 유지하려고 했다."

소로가 쿠우루의 장인 이야기를 통해 전하려고 했던 세 가지 메시지를 다시 한번 떠올려보라. 시간과 관계없이 완벽을 추구할 것, 다른 사람의 삶이 아닌 내 인생을 살 것, 하루나 1

년 단위가 아니라 인생 전체를 하나의 단위로 살아갈 것. 이렇게 살아야 쿠우루의 장인처럼 시간의 제약을 초월해 영원 속에서 내 인생을 조각할 수 있다.

내 인생의 주인으로 산다는 것은 단 한 번뿐인 내 인생을 완벽하게 조각하고자 최선을 다하는 것이다. 다시는 주어지지 않을 내 인생을 그저 대충 살아버린다면, 내가 아닌 다른 사람을 위해 써버린다면, 하루하루 시간에 쫓기듯 지워나간다면 그건 너무나도 안타까운 일이다. 연말이 되면 많은 사람들이 이야기한다. 또 한 해가 갔다고 말이다. 다들 왜 이리 빨리 한 해가 지나갔느냐고 묻는다. 사람들 말처럼 세월은 참 너무 빨리 흘러가고 우리에게 주어진 시간은 너무 적은 것처럼 느껴진다. 하지만 우리 인생은 결코 짧지 않다.

천 년을 사는 바다거북도 어차피 한평생을 살아갈 뿐이고, 아침에 태어나 밤에 죽는 하루살이도 똑같이 한평생을 살아간다. 무릇 모든 생명은 '삶'이라는 하나의 단위를 살아가는 것이지 길고 짧은 시간을 살아가는 게 아니다. 그런 의미에서 우리 인생은 충분히 길다.

노벨 물리학상을 받은 오스트리아의 이론물리학자 에르빈 슈뢰딩거Erwin Schrödinger는 "내가 이 세계 전체다"라며 이렇게 말했다. "당신이 살아가는 당신의 이 삶은 그저 세계의 사건 중 하나의 조각이 아니라 어떤 의미에서는 세계의 사건 전체다. 바로 지금, 오늘 날마다 땅은 당신을 낳는다. 오로지 지금

278

만이 영원하고 늘 존재하기 때문이다. 이 단 하나의 똑같은 지금 현재가 결코 끝나지 않는 유일한 것이다."

이 세상에는 오로지 단 하나의 작품, 내 인생이 있을 뿐이다. 그러니 이 작품을 완벽하게 조각해야 한다. 바로 내 손으로 말이다. 소로는 말한다. 우리들 각자가 모두 내 인생의 아티스트가 되어야 한다고 말이다. 내 인생을 재료로 완벽을 추구한다면 시간의 제약을 초월해 영원을 살 수 있을 것이라고 말이다.

■ 헨리 데이비드 소로 연보

1817년 미국 매사추세츠 주 콩코드 출생(7월 12일)

1833년 콩코드 아카데미 졸업 후 하버드대학교 입학

1834년 랄프 왈도 에머슨 콩코드로 이주

1837년 하버드대학교 졸업, 2주간 교사 생활(체벌 거부로 사직), 일기 쓰기 시작

1838년 콩코드 문화회관에서 첫 강연, 사설학교 설립

1839년 사설학교가 커짐에 따라 형 존이 합류, 8월에 존과 함께 콩코드 강과
메리맥 강을 2주간 보트로 여행, 엘런 슈얼 콩코드로 이주(형과 동시에
사랑을 느낌)

1840년 마가렛 풀러가 초월주의 잡지 〈다이얼〉 창간(시와 에세이 기고)

1841년 에머슨 집에 거주하기 시작(1843년까지)

1842년 존이 면도하다 벤 상처가 덧나 파상풍으로 사망(1월 12일), 나사니엘 호
손 콩코드로 이주, 에머슨 아들 왈도 사망, 와추셋 여행

1843년 뉴욕 스태튼 아일랜드에 있는 에머슨의 형 집에 가정교사로 8개월간
거주

1844년 아버지의 연필공장에서 새로운 연필 제조 기술 개발, 《바가바드 기타》
를 읽고 동양 경전에 심취, 콩코드 강변에서 낚시하다 친구의 실수로
산불을 일으켜 300에이커의 숲을 태움, 〈다이얼〉 재정난으로 폐간

1845년 월든 호숫가에 지은 오두막으로 이주(7월 4일), 《콩코드 강과 메리맥 강
에서 보낸 일주일》 집필 시작

1846년 멕시코 전쟁 발발(5월 8일), 인두세 납부 거부로 체포돼 유치장에 갇혔다
가 하루만에 풀려남(7월), 메인 숲으로 첫 번째 여행

1847년 오두막 생활 정리하고 다시 에머슨 집에 기거(9월 6일), 에머슨 유럽으
로 강연 떠남

1848년 콩코드 문화회관에서 후일 〈시민불복종〉이 되는 '정부와의 관계에서 개인의 권리와 의미'를 강연, 캘리포니아 골드러시 시작됨

1849년 누나 헬렌 사망, 《콩코드 강과 메리맥 강에서 보낸 일주일》이 여러 출판사에서 거절당하자 자비로 출간, 케이프코드로 첫 번째 여행

1850년 케이프코드로 두 번째 여행, 캐나다로 일주일간 여행, 도망노예법 통과

1851년 도망노예가 캐나다로 달아날 수 있도록 도와줌

1852년 측량일과 강연, 《월든》 원고 수정 집필 등으로 바쁘게 지냄

1853년 메인 숲으로 두 번째 여행, 《콩코드 강과 메리맥 강에서 보낸 일주일》의 초판 1000부 중 팔리지 않은 706부를 반품 받음

1854년 《월든》을 일곱 번이나 수정 집필한 끝에 초판 2000부 출간(8월 9일)

1855년 건강이 나빠지기 시작함

1856년 월트 휘트먼과 첫 만남

1857년 노예해방운동가 존 브라운과 첫 만남, 메인 숲으로 마지막 여행

1858년 해리슨 블레이크와 모나드녹 산에서 이틀 밤 야영

1859년 아버지 사망, 존 브라운이 하퍼스페리 무기고 습격(10월 16일), 〈존 브라운 대장을 위한 탄원〉 강연

1860년 엘러리 채닝과 모나드녹 산에서 5일간 야영(생애 마지막 야영이 됨), 눈 쌓인 숲에 들어가 나무 그루터기의 나이테를 세다 독감에 걸려 기관지염으로 악화(12월 3일), 링컨 대통령 당선(11월 6일)

1861년 의사의 권유로 미네소타 주로 요양 여행, 남북전쟁 발발(4월 12일)

1862년 사망(5월 6일), 장례식에서 에머슨이 추도사 낭독(5월 9일), 콩코드의 슬리피 할로우 공동 묘지에 묻힘

《월든》은 모두 열여덟 장으로 나뉘어져 있는데, 각 장에는 따로 번호가 매겨져 있지 않다. 헨리 데이비드 소로가 월든 호숫가 오두막에서 산 기간은 2년이지만 책을 쓰면서 편의 상 1년간의 생활로 압축했고, 계절의 변화를 세밀하게 묘사함으로써 줄거리가 계속해서 이어지는 듯한 서술 방식을 택했다.

《월든》의 각 장은 소로 나름대로 독자들이 지루하지 않게 전체적인 호흡을 따라가며 읽을 수 있도록 구성한 것이 특징이다. 특히 처음 여덟 장은 두 장씩 서로 마주보고 있는데, 가령 총론이라고 할 수 있는 첫 장 〈경제〉가 주로 삶의 물질적인 측면을 서술하고 있다면 서론이라고 할 수 있는 두 번째 장 〈나는 어디서 살았고 무엇을 위해 살았는가〉는 삶의 정신적인 면과 사색하는 모습을 많이 보여주고 있다. 〈경제〉에서는 자신이 왜 이 책을 쓰게 됐는지 그 동기에 대해 설명하면서, 현재 사람들이 살아가는 단면들과 인간의 기본적인 삶에 필요한 것들을 하나씩 풀어나간다. 이에 비해 〈나는 어디서 살았고 무엇을 위해 살았는가〉에서는 왜 월든 호숫가에 오두막을 짓고 살았는지, 또 이 책은 누구를 위해 무슨 목적으로 썼는지에 관해 자신의 인생 목표와 연관 지어 쾌도난마 식으로 분명하게 적고 있다.

이어지는 세 번째 장 〈독서〉와 네 번째 장 〈소리들〉 역시 마주보는 장인데, 조용히 책을 읽는 장면 바로 다음에 숲 속의 여러 가지 소리들이 들려오는 식이다. 다섯 번째 장 〈고독〉과 마주보고 있는 여섯 번째 장 〈방문객들〉에서 소로는 자신이 결코 타고난 은둔자는 아니라며 이렇게 말한다. "내 집에는 세 개의 의자가 있다. 하나는 고독을 위해, 둘은 우정을 위해, 셋은 사교를 위한 것이다."《월든》을 읽는 묘미는 바로 이런 소로 특유의 문장들을 무수히 만날 수 있다는 데 있다.

그런데 의외로 많은 독자들이 《월든》을 끝까지 다 읽어내기가 힘들다고 말한다. 아마도 제일 큰 이유는 특별한 줄거리가 없기 때문일 것이다. 그러나 《월든》의 숨겨진 매력은 각 장에 등장하는 소로의 독특한 모습이 저마다 특징적이라는 점이다. 여기에 주목하면서 한 장 한 장 읽어가다 보면 틀림없이 새로운 줄거리를 발견할 것이다. 소로가 숲 속에서 그저 한가하게 유유자적하며 살아가는 게 아니라 자연과 교감하면서 조금씩 달라지고 있구나 하는 느낌을 받을 수 있을 것이다.

그리고 《월든》의 백미라고 하자면 무엇보다 이 책의 주인공인 소로가 계절의 순환과 함께 서서히 변해가다 마침내 마지막 장에서 비약적으로 성장한 자신의 목소리를 들려주는 것인데, 이것은 《월든》을 다 읽어낸 독자들에게만 주는 저자의 선물이라고 할 수 있다. 《월든》 열여덟 장의 제목은 다음과 같다.

- 경제*Economy*
- 나는 어디서 살았고 무엇을 위해 살았는가*Where I lived, and What I lived for*
- 독서*Reading*
- 소리들*Sounds*
- 고독*Solitude*
- 방문객들*Visitors*
- 콩밭*The Bean Field*
- 마을*The Village*
- 호수*The Ponds*
- 베이커 농장*Baker Farm*
- 보다 높은 법칙들*Higher Laws*
- 야생의 이웃들*Brute Neighbors*
- 굴뚝 올리기*Housewarming*
- 전에 살던 사람들, 겨울의 방문객들*Former Inhabitants; and Winter Visitors*
- 겨울의 동물들*Winter Animals*
- 겨울의 호수*The Pond in Winter*
- 봄*Spring*
- 결론*Conclusion*

"우리가 진정으로 산 정상에 오르는 것은 집에 도착한 후의 일입니다." 헨리 데이비드 소로가 해리슨 블레이크에게 보낸 편지(1857년 11월 16일)에 쓴 글입니다. 익숙한 풍경이 낯설게 다가올 때 감동을 받습니다. 그때 뭔가 깨달음을 얻습니다.

겨우겨우 책 한 권을 마쳤습니다. 호랑이를 그리려다 고양이를 그린 것이 아닌가 하는 생각이 듭니다. 아무튼 중요한 것은 우리의 눈을 통해 소로의 세계를 들여다 보는 것이 아니라 소로의 눈을 통해 우리의 세계를 바라보는 것입니다. 그것이 소로가 전하고자 하는 메시지이자 《월든》이 지금까지도 생명력을 잃지 않고 있는 이유일 것입니다.

소로는 이 세상의 극히 작은 일부만 보았을 뿐이고 아주 짧은 세월을 살다 갔을 뿐입니다. 《월든》이 아무리 통찰력 있고 심오한 관찰을 담아냈다 하더라도, 또 소로가 남긴 일기가 아무리 세밀하고 방대한 기록이라 하더라도, 그것들은 이 세상을 살아가는 우리 모두가 경험하는 많은 것들의 아주 작은 조각에 불과할 것입니다. 그래서 소로가 "나의 길을 좇지 말라"고 이야기하는 것인지도 모릅니다.

소로의 삶이 대단해 보이는 이유는 그가 애써 가려고 했던 길이 고유하고 독창적이기 때문이지 화려하고 번쩍거려서가 아닙니다. 소로는 단지 자신의 경험을 통해 우리가 세상을 살아가는 방법을 제시했을 뿐입니다. 그것을 어떻게 받아들이고, 우리 삶에 어떤 방식으로 적용할지는 전적으로 우리들 각자에게 달려있습니다.

소로가 우리를 깨어나게 한다 해도 겨우 아침의 문턱까지만 데려갈 수 있습니다. 이제 노예의 삶을 벗어 던지고 내 인생의 주인이 되어 의도적으로 살아갈 것인지, 아니면 다시 또 대부분의 사람들처럼 평온한 절망의 삶을 이어갈 것인지는 나 자신이 결정해야 합니다. 그리고 매일매일 그 결심을 실행해야 할 사람도 다름아닌 나 자신입니다.

나는 이 책 《내 인생의 주인으로 산다는 것》이 많이 팔릴 것이라고 기대하지도 않거니와 베스트셀러가 되기를 바라지도 않습니다. 나는 이 책을 쓰면서 이미 충분한 보상을 받았습니다. 지난 3년간 '월든 강의'를 하면서 어떤 식으로든 소로의 가르침을 정리해 책으로 써야 한다고 생각해왔습니다. 그동안 강의를 하면서 참 많은 것을 배웠습니다. 아마도 '월든 강의'를 하지 않았다면 이 책도 쓰지 못했을 것입니다. 그리고 무엇보다 강의가, 책을 쓰는 일이 즐겁고 행복했습니다. 나는 그것으로 충분하다고 생각합니다. 소로가 말했듯이, 수고 그 자체가 보상이었습니다. 아니 그 이상을 얻었습니다. '월든 강의' 덕분에 더 많은 공부를 할 수 있었고, '월든 스쿨'이라는 작은 모임까지 만들어 참 좋은 분들과 생각지도 못했던 인연을 맺을 수 있었습니다. 그 모두가 다《월든》이 가져다 준 선물이었습니다. 그런 점에서 이 책은 제가 보답할 수 있는 최소한의 의무라고 생각합니다.

아껴두었던 소로의 문장이 있습니다. 〈존 브라운 대장을 위한 탄원*A Plea for Captain John Brown*〉에 나오는 이 한 줄을 인용하는 것으로 마무리하겠습니다.

살아있을 때 그대의 일을 하고 그것을 끝내라. 시작하는 법을 안다면 그대는 끝낼 때도 알게 될 것이다.

박정태

내 인생의 주인으로 산다는 것

1판1쇄 찍음 2016년 11월 10일
1판1쇄 펴냄 2016년 11월 20일

지은이 박정태
펴낸이 서정예
펴낸곳 굿모닝북스

등록 제2002-27호
주소 (10364) 경기도 고양시 일산동구 호수로 672 대우메종 804호
전화 031-819-2569
FAX 031-819-2568
e-mail image84@dreamwiz.com

가격 12,800원
ISBN 978-89-91378-31-5   03810

*잘못된 책은 구입한 서점이나 출판사에서 바꾸어 드립니다.